DER MAGISCHE ZIRKEL

Die Erlösung

Der magische Zirkel

Band 1: Die Ankunft
Band 2: Der Verrat
Band 3: Die Erlösung

Über die Autorin:

Lisa J. Smith hat schon früh mit dem Schreiben begonnen. Ihren ersten Roman veröffentlichte sie bereits während ihres Studiums. Sie lebt mit einem Hund, einer Katze und ungefähr 10.000 Büchern im Norden Kaliforniens.

LISA J. SMITH

Die Erlösung

DER MAGISCHE ZIRKEL

ROMAN

Aus dem Amerikanischen von
Ingrid Gross

Weltbild

Die amerikanische Originalausgabe erschien 1992 unter dem Titel
The Secret Circle – The Captive Part 1 & 2 bei HarperTeen, New York.

Besuchen Sie uns im Internet:
www.weltbild.de

Genehmigte Lizenzausgabe für Verlagsgruppe Weltbild GmbH,
Steinerne Furt, 86167 Augsburg

Published by Arrangement with Alloy Entertainment LLC., New York, NY, USA

Dieses Werk wurde vermittelt durch die Literarische Agentur
Thomas Schlück GmbH, 30827 Garbsen
Übersetzung: Ingrid Gross
Umschlaggestaltung: Johannes Frick, Neusäß/Augsburg
Umschlagmotiv: mauritius images, Mittenwald/Trigger Image
Archiv Johannes Frick, Neusäß/Augsburg
Gesamtherstellung: CPI Moravia Books s.r.o., Pohorelice
Printed in the EU
ISBN 978-3-86365-136-7

2015 2014 2013 2012
Die letzte Jahreszahl gibt die aktuelle Lizenzausgabe an.

Kapitel Eins

»Diana, ich habe eine kleine Überraschung für dich«, sagte Faye zuckersüß.

Dianas grüne Augen mit ihren dichten, samtenen Wimpern schwammen bereits in Tränen. Sie hatte sich noch nicht von den Schrecken der Nacht erholt, und ihr Gesicht wirkte hager und erschöpft, als sie Faye ansah.

Nun, das Schlimmste kam noch.

Jetzt da es wirklich passierte, spürte Cassie ein merkwürdiges Gefühl von Freiheit. Kein Versteckspiel mehr, keine Lügen, kein Ausweichen. Der Albtraum würde hier enden.

»Ich hätte es dir wohl schon früher sagen sollen, aber ich wollte dich nicht aufregen«, begann Faye mit schmeichelnd warmer Stimme. Ihre goldenen Augen brannten vor innerem Feuer.

Adam, der nicht dumm war, schaute von Cassie zu Faye und kam anscheinend zu einer schnellen, wenn auch vernichtenden Schlussfolgerung. Sofort legte er eine Hand unter Dianas Ellbogen.

»Was immer es ist, es kann warten«, unterbrach er Faye. »Cassie sollte nach ihrer Mutter sehen und …«

»Nein, es kann *nicht* warten, Adam Conant«, fiel Faye ihm ins Wort. »Es wird Zeit, dass Diana erfährt, mit welchen Leuten sie sich umgibt.« Sie fuhr wieder zu Diana herum. Ihre bleiche Haut hob sich dramatisch von ihrer wilden schwarzen Haarpracht ab. »Die, die du dir selbst ausgesucht hast«, sagte sie zu ihrer Cousine. »Deine liebste Freundin – und *er* … der unbestechliche Sir Adam. Willst du wissen, warum du nicht Meisterin werden konntest? Willst du erfahren, wie naiv du wirklich gewesen bist?«

Alle aus dem Zirkel hatten sich jetzt um sie herum versammelt und beobachteten das Schauspiel. Cassie konnte die Verwirrung und das aufkeimende Misstrauen in den Gesichtern der Mitglieder erkennen. Der Vollmond im Westen schien so hell, dass er Schatten warf und jedes Detail der Szene beleuchtete.

Cassie sah sie der Reihe nach an: Deborah, die sich gerne tough und draufgängerisch gab; Suzan, deren hübsches Aussehen jetzt dadurch geschmälert wurde, dass sie misstrauisch die Stirn runzelte; die coole Melanie und die zierliche, elfenhafte Laurel. Sie schaute auf Chris und Doug Henderson, die wilden Zwillinge, die bei der zusammengesunkenen Gestalt von Sean standen, und auf Nick hinter ihnen, der einem eiskalten, schönen Engel glich.

Schließlich glitt ihr Blick zu Adam.

Er hielt immer noch Dianas Arm. Aber seine stolzen, attraktiven Züge waren angespannt und wachsam. Seine Augen trafen Cassies, und ein stummes Verstehen flackerte in ihnen auf. Dann sah Cassie verschämt weg. Sie hatte kein Recht, sich auf Adams Stärke zu verlassen. Sie würde jetzt vor dem ganzen Zirkel bloßgestellt werden als das, was sie war.

»Ich hatte gehofft, dass sie das Richtige tun und sich

beherrschen würden«, sprach Faye weiter. »Um ihrer selbst willen, wenn schon nicht für euch. Aber anscheinend …«

»Faye, wovon redest du überhaupt?«, unterbrach Diana sie, mit ihrer Geduld am Ende.

»*Wovon?* Von Cassie und Adam natürlich«, erwiderte Faye und riss dabei unschuldig ihre goldenen Augen weit auf. »Darüber, wie sie dich hinter deinem Rücken betrogen haben.«

Die Worte wogen so schwer wie Blei. Einen Moment lang herrschte völliges Schweigen, dann warf Doug Henderson den Kopf zurück und lachte.

»Ja, und meine Mom ist 'ne Stripperin«, spottete er. »Und Mutter Teresa war in Wirklichkeit Catwoman«, überbot Chris ihn.

»Komm schon, Faye. Sei nicht albern«, sagte Laurel scharf.

Faye lächelte nur. »Ich kann euch keinen Vorwurf machen, dass ihr mir nicht glaubt. Ich war zunächst auch schockiert. Aber ihr müsst wissen, dass alles bereits begann, bevor Cassie nach New Salem kam. Nämlich, als sie Adam unten in Cape Cod kennenlernte.«

Das Schweigen hatte diesmal eine andere Note. Cassie sah, wie Laurel schnell zu Melanie blickte. Jeder wusste, dass Cassie mehrere Wochen in diesem Sommer in Cape Cod verbracht hatte. Und es war auch bekannt, dass Adam sich ebenfalls in dieser Gegend aufgehalten hatte, um nach den Meisterwerkzeugen zu suchen. Cassie beobachtete, wie den verblüfften Freunden um sie herum langsam die Wahrheit aufging.

»Es hat alles dort am Strand angefangen«, fuhr Faye fort. Sie genoss die Situation ganz offensichtlich, so wie sie es immer liebte, im Mittelpunkt zu stehen. Sie sah sexy und herausfordernd aus, während sie sich mit ihrer Zunge über die Lippen fuhr und mit dunkler Stimme zu den Mitgliedern des Zirkels sprach, obwohl ihre Worte nur für Diana bestimmt waren. »Es war Liebe auf den ersten Blick – glaube ich zumindest. Jedenfalls konnten sie die Hände nicht voneinander lassen. Als Cassie hierherzog, hat sie sogar ein Gedicht darüber geschrieben. Wie ging das noch gleich?« Faye neigte den Kopf zur Seite und deklamierte:

Jede Nacht träum ich, bei ihm zu sein.
Bei ihm, der mich küsste und weckte mein Verlangen.
Nur eine Stunde verbrachte ich mit ihm allein.
Seitdem brenn ich wie Feuer.
In dieser Stunde hat alles angefangen.

»Das stimmt. Es war ihr Gedicht«, rief Suzan. »Ich erinnere mich. Wir hatten sie in das alte Chemielabor gelockt, und sie wollte uns daran hindern, es vorzulesen.«

Deborah nickte eifrig. Ihr zierliches Gesicht war ernst. »Ja, das stimmt.«

»Vielleicht erinnert ihr euch auch, wie merkwürdig die beiden sich bei Cassies Einführung in den Zirkel verhalten haben«, sagte Faye. »Und wie schnell Raj mit Cassie Freundschaft geschlossen zu haben schien. Wie er immer an ihr hochsprang und ihr das Gesicht ablecken wollte. Die Erklärung ist einfach. Das kam daher, weil die beiden sich schon vorher kannten. Adam und Cassie wollten natürlich nicht, dass jemand von uns das erfuhr. Sie versuchten, es zu verbergen. Aber schließlich ist man ihnen doch auf die Schliche gekommen. Das war in der Nacht, als wir zum ersten Mal den Kristallschädel in Dianas Garage benutzt haben und Adam Cassie hinterher nach Hause gebracht hat. Ich frage mich, wie sie das wohl eingefädelt haben.«

Jetzt waren Melanie und Laurel an der Reihe, erstaunt zu blicken. Sie erinnerten sich ganz deutlich an die Nacht der ersten Schädelzeremonie, als Diana Adam gebeten hatte, Cassie nach Hause zu bringen, und Adam nach kurzem Zögern zustimmte.

»Die beiden dachten, sie wären allein auf den Klippen. Aber jemand hat sie beobachtet. Zwei kleine Wesen, zwei kleine Freunde von mir …« Langsam bewegte Faye ihre Finger mit den langen blutroten Fingernägeln, als würde sie etwas streicheln. Plötzlich dämmerte es Cassie.

Die Kätzchen. Diese verdammten, kleinen blutsaugenden Kätzchen, die in Fayes Schlafzimmer lebten. Bedeutete das etwa, dass diese Tiere Fayes Spione waren? Dass sie sich mit ihnen unterhalten konnte?

Cassie überlief eine heftige Gänsehaut beim Anblick des großen, auf verstörende Weise schönen Mädchens, und sie fühlte etwas Fremdes, Tödliches hinter seinen goldenen Augen lauern. Sie hatte sich die ganze Zeit gefragt, wen Faye gemeint hatte, als sie von »ihren Freunden« gesprochen hatte, die Dinge sahen und sie ihr mitteilten. Aber eine solche Lösung wäre ihr nie eingefallen. Faye lächelte befriedigt und nickte ihr zu.

»Ich habe viele Geheimnisse«, sagte sie direkt zu Cassie. »Das ist nur eines von ihnen. Egal«, wandte sie sich wieder an den Rest der Gruppe. »Das war die Nacht, in der sie erwischt worden sind. Sie haben sich – nun – geküsst, um es höflich auszudrücken. Es war die Art von Küssen, die zu spontanen anderen Liebesbezeugungen führt. Ich vermute, dass sie ihre Leidenschaft füreinander nicht länger unterdrücken konnten.« Sie seufzte mitfühlend.

Diana schaute jetzt Adam fragend an und wartete auf seinen Protest. Aber Adam hatte nur Augen für Faye.

Diana sog heftig den Atem ein.

»Und ich fürchte, es war nicht das einzige Mal.« Faye betrachtete ihre Fingernägel, als würde sie alles zutiefst bedauern. »Seither haben sie es immer wieder getan. Haben sich hinter deinem Rücken heimlich getroffen, Diana. Wie beim Schulball – zu schade, dass du nicht da warst. Mitten auf dem Tanzparkett haben sie angefangen, sich zu küssen. Ich glaube, danach sind sie an einen verschwiegeneren Ort verschwunden …«

»Das ist nicht wahr!«, schrie Cassie, ohne es zu wollen, und erkannte gleich darauf, dass sie damit im Grunde alles bestätigte, was Faye bisher behauptet hatte.

Alle Blicke waren jetzt auf Cassie gerichtet. Selbst die Henderson-Zwillinge machten keine Witze mehr. Mit ihren blaugrünen Augen betrachteten sie Cassie eindringlich und nachdenklich.

»Ich wollte es dir schon längst sagen, Diana.« Faye drehte das Messer noch weiter in der Wunde herum. »Aber Cassie bat mich, es nicht zu tun. Sie war richtig hysterisch, hat gefleht, gebettelt und geweint. Sie sagte, sie würde sterben, wenn du es herausfinden würdest. Sie würde alles tun. Und so …« Faye seufzte und starrte in die Ferne. »… hat sie mir angeboten, mir den Schädel zu bringen.«

»Was?« Nicks normalerweise unbewegliches Gesicht zeigte ungläubige Verwunderung.

»Ja.« Faye musterte wieder ihre Fingernägel, aber sie konnte ein triumphierendes Lächeln nicht unterdrücken. »Sie wusste, dass ich den Schädel untersuchen wollte, und sie sagte, sie könnte ihn mir beschaffen, wenn ich sie nicht verraten würde. Nun, was sollte ich tun? Sie benahm sich wie eine Verrückte. Ich hatte nicht das Herz, ihr die Bitte abzuschlagen.«

Cassie biss sich auf die Unterlippe. Sie wollte schreien, protestieren, dass es so nicht gewesen war … Aber wozu? Fayes Story enthielt genug Wahrheit, um sie zu verurteilen.

Melanie meldete sich zu Wort. »Und ich vermute richtig, du hattest auch nicht das Herz, den Schädel abzulehnen.« Ihre grauen Augen betrachteten Faye spöttisch.

»Nun …« Faye lächelte gespielt verlegen. »Lasst es mich so ausdrücken. Die Chance war zu verlockend, um sie sich entgehen zu lassen.«

»Das ist nicht lustig!«, rief Laurel. Sie war wie vor den Kopf geschlagen. »Ich glaube es immer noch nicht.«

»Woher wusste Cassie sonst, wo sie den Schädel gestern Nacht ausgraben sollte?«, fragte Faye herausfordernd. »Sie hat bei dir übernachtet, Diana, in der Nacht, als wir den Spuren der schwarzen Energie bis zum Friedhof gefolgt sind. Und sie hat herumgeschnüffelt und dabei aus deinem Buch der Schatten herausgefunden, wo der Schädel vergraben sein muss. Aber erst nachdem sie den Schlüssel zu dem Walnussholzschrank gestohlen und dort vergeblich nachgesehen hatte.« Wilder Triumph flackerte in Fayes goldenen Augen, und sie verbarg ihn nicht länger.

Keiner in der Gruppe konnte die Wahrheit ihrer Worte mehr bezweifeln. Cassie hatte gewusst, wo sie den Schädel finden konnte. Es gab keinen Weg, das abzustreiten. Cassie konnte in einem Gesicht nach dem anderen erkennen, wie die Ungläubigkeit wich und langsam harten Anschuldigungen Platz machte.

Alle starrten sie an. Hilflos straffte sie die Schultern und zwang sich, die Blicke zu erwidern. Ich werde nicht weinen, dachte sie, und nicht wegschauen.

Dann sah sie Dianas Gesicht.

Diana schien wie gelähmt. Ihre grünen Augen waren weit aufgerissen und leer.

»Sie hat geschworen, dem Zirkel immer die Treue zu halten und nie einem der Mitglieder Schaden zuzufügen«, sagte Faye leise. »Aber sie hat gelogen. Wahrscheinlich ist das nicht einmal überraschend, wenn man bedenkt, dass sie zur Hälfte eine Outsiderin ist. Trotzdem, ihr Spiel hat lange genug gedauert. Sie und Adam hatten genug Zeit, sich miteinander zu vergnügen. Und jetzt«, schloss Faye und blickte über die Mitglieder des Zirkels, die sie völlig aus der Fassung gebracht hatte, »gehen wir besser nach Hause. Es war eine lange Nacht.« Sie lächelte nachlässig und wandte sich ab.

»Nein.« Ein einziges Wort, und Faye hielt wie erstarrt inne. Alle Gesichter wandten sich Adam zu.

Cassie hatte seine blaugrauen Augen noch nie so gesehen – sie glichen silbernen Blitzen. Er trat mit gewohnter Geschmeidigkeit vor und packte Faye am Arm. Es lag keine Gewalt in seiner Geste, doch der Griff musste wie Eisen sein – Cassie merkte es daran, dass Faye sich nicht befreien konnte. Faye blickte beleidigt auf seine Hand.

»Du hast deine Chance gehabt«, sagte Adam zu ihr. Seine Stimme war ruhig, doch seine Worte brannten wie glühender Stahl. »Jetzt bin ich dran.« Er fuhr zum Zirkel herum und bannte alle mit seinem Blick. »Und ihr werdet mir zuhören.«

Kapitel Zwei

»Du hast die Geschichte auf deine Art erzählt«, sagte Adam. »Einige Dinge entsprachen tatsächlich der Wahrheit. Andere waren jedoch glatt erlogen. Aber nichts davon ist genau so passiert, wie du es dargestellt hast.«

Er schaute sich in der Gruppe um. »Es ist mir egal, was ihr von *mir* denkt«, begann er. »Aber die Sache betrifft noch jemanden. Und sie …«, sein Blick streifte kurz Cassie, »… verdient es nicht, das alles durchstehen zu müssen. Besonders nicht heute Nacht.«

Einige Mitglieder des Zirkels, vor allem Laurel und Melanie, schauten leicht verschämt weg. Aber der Rest starrte Cassie weiterhin wütend und misstrauisch an.

»Wie sieht also deine Version der Geschichte aus?«, fragte Deborah unwirsch. Sie schien das Gefühl zu haben, hereingelegt worden zu sein, und das passte ihr offensichtlich gar nicht.

»Zunächst einmal stimmt es nicht, wie Cassie und ich uns getroffen haben. Es war keine Liebe auf den ersten Blick …« Adam hielt einen Moment inne und starrte in die Ferne. Er schüttelte den Kopf. »Es war *keine* Liebe. Sie hat mir geholfen, hat mich gerettet vor vier Outsidern, die mit einer Pistole hinter mir her waren. Vor vier Hexenjägern.« Er schaute Chris und Doug Henderson kalt an.

»Aber sie konnte doch nicht wissen …«, begann Deborah.

»Sie wusste damals natürlich nicht, wer oder was ich war. Und auch nicht, was sie selbst war. Hexen kannte sie nur aus dem Märchen. Cassie half mir, weil ich Hilfe brauchte. Diese Typen waren hinter mir her. Sie versteckte mich in einem Boot und schickte sie in die falsche Richtung den Strand hinunter. Sie versuchten, mit allen Mitteln aus ihr rauszubekommen, wo ich war. Sie haben ihr sogar wehgetan, aber sie hat mich nicht verraten.«

Schweigen entstand. Deborah, die körperlichen Mut höher als alle anderen Tugenden schätzte, sah verwirrt aus. Ihre grimmigen Züge glätteten sich ein wenig.

Fayes Gesichtsausdruck war hingegen feindselig. Sie wand sich wie ein Fisch am Haken. »Wie rührend. Die tapfere Heldin. Deshalb konntest du auch hinterher nicht widerstehen, ein bisschen mit ihr rumzumachen.«

»Halt die Klappe, Faye.« Adam schüttelte Fayes Arm. »Ich habe gar nichts mit ihr gemacht. Wir haben nur …« Er schüttelte wieder den Kopf. »Ich habe mich bei ihr bedankt. Ich wollte, dass sie weiß, ich würde nie vergessen, was sie für mich getan hat. Ihr müsst daran denken, dass ich sie zu dem Zeitpunkt noch für eine Outsiderin hielt, und kein Outsider hat sich jemals für einen von uns so eingesetzt. Sie war nur ein nettes Mädchen; ein bisschen schüchtern, aber hübsch, und ich wollte mich bei ihr bedanken. Aber als ich sie ansah, fühlte ich mich plötzlich irgendwie mit ihr verbunden. Das hört sich jetzt vielleicht blöd an, aber ich konnte das Band zwischen uns beinahe sehen …«

»Das silberne Band«, flüsterte Cassie. Ihre Augen schwammen in Tränen, und es war ihr nicht bewusst, dass sie laut gesprochen hatte, bis sie merkte, dass sich ihr alle Gesichter zuwandten.

Melanie hob die Augenbrauen, und Diana sah ebenfalls überrascht aus. Vielleicht kam das daher, weil Cassie jetzt das Schweigen brach, das sie so lange gehalten hatte. Suzans volle Lippen formten sich zu einem lautlosen O.

»Ja, ich glaube, so könnte man es nennen.« Adam starrte wieder in die Ferne. »Ich weiß nicht, es war eben dieses verstörende Gefühl. Aber ich war ihr dankbar und hätte sie gerne als Freundin gehabt. Stellt euch das vor, mit einer Outsiderin befreundet zu sein!« Ungläubiges und amüsiertes Gemurmel erklang. »Und«, fuhr Adam fort und blickte dabei Diana in die Augen, »deshalb habe ich ihr die Chalcedonrose geschenkt, die du mir gegeben hast.«

Diesmal herrschte eisiges Schweigen.

»Es sollte ein Zeichen der Freundschaft sein, eine Art, meine Schuld zurückzuzahlen. Ich dachte, wenn Cassie jemals in Schwierigkeiten gerät, könnte ich es durch diesen Stein fühlen und ihr vielleicht zu Hilfe kommen. Also gab ich sie ihr – und das war alles, was ich tat.« Er sah Faye herausfordernd an und blickte sich noch herausfordernder in der Gruppe um. »Außer, ja, richtig, ich habe sie geküsst. Ihre Hand.«

Laurel blinzelte. Die Henderson-Zwillinge warfen Adam schräge Blicke zu, als wollten sie sagen, dass es seine eigene Angelegenheit war, wohin er ein Mädchen küsste oder nicht. Faye versuchte, ein spöttisches Gesicht zu machen, aber das gelang nicht ganz.

»Dann verließ ich Cape Cod«, fuhr Adam fort. »Und

ich habe Cassie erst wiedergesehen, als ich zu Koris Einführung in den Zirkel hierher zurückkam – die sich ja dann als Cassies Einführung herausstellte. Und es gibt noch etwas Wichtiges. Ich habe Cassie nie gesagt, wer ich war oder woher ich kam. Nicht einmal meinen Namen. Also, egal, warum sie herkam, was sie tat oder welche Gedichte sie schrieb, liebe Faye, sie hatte keine Ahnung, wer ich war. Und keine, dass Diana und ich zusammengehörten. Das erfuhr sie erst, als ich in jener Nacht an den Strand kam.«

»Aha, und das hältst du für eine gute Ausrede, um so zu tun, als würdet ihr euch nicht kennen, und euch hinter dem Rücken aller anderen irgendwo heimlich zu treffen?« Faye ließ nicht locker.

»Du weißt ja gar nicht, wovon du redest«, erwiderte Adam hart. Er sah aus, als hätte er Faye am liebsten wieder heftig geschüttelt. »Wir haben uns nirgendwo heimlich getroffen. Das erste Mal, dass wir allein miteinander gesprochen haben, war, nachdem die Schädelzeremonie in Dianas Garage so unglücklich verlaufen war. Ja, das war die Nacht auf den Klippen, in der uns deine kleinen Spione gesehen haben, Faye. Aber weißt du, was Cassie während unserer ersten Unterhaltung, während der wir allein waren, gesagt hat? Dass sie in mich verliebt sei und dass es nicht sein dürfe. Seitdem sie wusste, dass ich nicht eine zufällige Strandbekanntschaft war, sondern Dianas Freund, hat sie gegen ihre Gefühle für mich angekämpft. Sie hat sogar einen Eid geschworen – mit Blut besiegelt –, dass sie niemals jemandem enthüllen wird, weder durch Wort noch durch Tat, was sie für mich empfindet. Sie wollte nicht, dass Diana es herausfindet und traurig wird oder Mitleid mit ihr hat. Hört sich das nach jemandem an, der versucht, alle hinters Licht zu führen?«

Die Mitglieder des Zirkels sahen ihn an. Ernüchtert antwortete Melanie: »Lass mich mal eines klarstellen. Es ist also nichts dran an Fayes Anschuldigungen?«

»Nein, das will ich nicht behaupten«, sagte Adam leise. »In jener Nacht auf den Klippen …« Er hielt inne und schluckte. »Ich kann nicht erklären, wie es passiert ist, außer, dass es meine Schuld war und nicht Cassies. Sie hat alles getan, um mir aus dem Weg zu gehen. Aber sobald wir alleine waren, fühlten wir uns unwiderstehlich zueinander hingezogen.«

Er schaute, ohne eine Miene zu verziehen, zu Diana, obwohl der Schmerz klar auf seinem Gesicht zu lesen war. »Ich bin nicht stolz auf mich, aber ich wollte dich niemals verletzen. Und Cassie ist völlig unschuldig. Der einzige Grund, warum sie in dieser Nacht überhaupt mit mir gesprochen hat, war der, dass sie mir die Chalcedonrose zurückgeben wollte. Damit ich sie dir zurückgeben konnte. In der ganzen Affäre ist sie immer ehrlich und anständig geblieben. Egal, was es sie gekostet hat.« Er hielt inne, sein Mund wurde hart. »Wenn ich gewusst hätte, dass sie von dieser Schlange erpresst wird …«

»Wie bitte?«, unterbrach ihn Faye, und ihre goldenen Augen glühten gefährlich.

Adam erwiderte ihren Blick genauso intensiv. »Das war es doch, Faye, oder? Erpressung. Deine kleinen Spione hatten uns in jener Nacht gesehen, als wir uns verabschiedeten und uns schworen, uns nie wieder alleine zu treffen, und du hast beschlossen, möglichst viel aus der Sache herauszuholen. Ich habe geahnt, dass danach etwas zwischen dir und Cassie vorging, aber ich konnte nicht herausfinden, was es war. Cassie war mit einem Mal zu Tode eingeschüchtert, doch warum sie nicht zu mir gekommen ist und mir alles erzählt hat …« Er verstummte und sah Cassie an.

Cassie schüttelte stumm den Kopf. Wie sollte sie das erklären. »Ich wollte nicht, dass du auch noch da mit hineingezogen wirst.« Ihre Stimme war kaum ein Flüstern. »Ich hatte Angst, dass du es Diana erzählst, und Faye sagte, wenn Diana es jemals herausfindet, dann …«

»Was, *dann?*«, fragte Adam scharf. Als Cassie wieder den Kopf schüttelte, packte er Fayes Arm fester. »Was, dann, Faye? Würde es sie umbringen? Den Zirkel für immer zerstören? Ist es das, was du Cassie weisgemacht hast?«

Faye lächelte spöttisch. »Und wenn ich es tat? Es ist doch nur die Wahrheit. So wie die Dinge gelaufen sind.« Sie riss sich von Adam los.

»Also hast du ihre Liebe zu Diana gegen sie verwendet. Du hast sie erpresst, damit sie dir dabei half, den Schädel zu finden, stimmt's? Ich wette, es hat dich einige Überredung gekostet.«

Adam hatte einfach geraten, aber genau ins Schwarze getroffen. Cassie nickte unwillkürlich. »Ich habe herausgefunden, wo er war …«

»Aber wie?«, stieß Diana hervor und sprach damit zum ersten Mal direkt zu Cassie. Cassie schaute in ihre klaren grünen Augen mit den dunklen Wimpern, an denen Tränen hingen, und ihre Antwort war nur an Diana gerichtet.

»Ich habe getan, was Faye mir sagte.« Ihre Stimme zitterte. »Zunächst habe ich im Walnussholzschrank nachgesehen – erinnerst du dich, als ich bei dir übernachtete, du aufwachtest und mich in deinem Zimmer fandest? Als der Schädel nicht dort war, wollte ich schon aufgeben, aber dann hatte ich einen Traum. Dadurch fiel mir wieder etwas ein, was ich in deinem Buch der Schatten über das Reinigen eines vom Bösen verdorbenen Gegenstands gelesen hatte. Nämlich, dass man ihn in feuchtem Sand vergraben soll. Deshalb habe ich immer wieder den Strand abgesucht, bis ich den Schädel endlich unter diesem Steinkreis fand.«

Cassie hielt inne und sah Faye an. Mit festerer Stimme fuhr sie fort. »Als ich ihn in Händen hielt, war mir klar, dass ich ihn Faye nicht geben konnte. Ich brachte es einfach nicht über mich. Aber sie war mir gefolgt und hat ihn mir einfach entrissen.«

Cassie holte tief Luft und wappnete sich, Diana erneut in die Augen zu sehen. »Ich weiß, ich hätte es nicht zulassen dürfen. Ich hätte mich ihr in diesem Moment und auch später widersetzen müssen, aber ich war zu schwach und dumm. Jetzt tut es mir so leid. Ich wünschte, ich wäre gleich am Anfang zu dir gekommen und hätte dir alles gesagt. Aber ich hatte solche Angst, dir wehzutun …« Tränen erstickten ihre Stimme und verschleierten ihren Blick. »Und, was Adam gesagt hat, dass es alles seine Schuld gewesen ist, das stimmt so nicht. Es war *mein* Fehler, und bei der Halloween-Party in der Schule habe ich versucht, ihn zu küssen, weil ich außer mir war und dachte, dass nun alles egal sei, da ich ja sowieso verdorben und böse war.«

Auch Dianas Wangen waren nass, aber sie schien sprachlos. »Weil du *was* …«

»Weil ich durch und durch schlecht bin.« Cassie hörte die schreckliche, nackte Wahrheit in ihren Worten. »Denn ich bin verantwortlich für den Tod von Jeffrey Lovejoy.«

Der ganze Zirkel starrte sie entsetzt an.

»Warte mal 'ne Minute und wiederhole das noch mal ganz langsam für mich«, sagte Melanie.

»Immer, wenn jemand den Schädel benutzte, wurde schwarze Energie freigesetzt, die nach draußen drang und jemanden tötete«, erklärte Cassie klar und deutlich. »Faye und ich waren diejenigen, die den Schädel benutzt hatten, bevor Jeffrey starb. Wenn ich nicht gewesen wäre, hätte Faye den Schädel nicht in die Hände bekommen, und Jeffrey wäre noch am Leben. Also, ihr seht, ich bin daran schuld.«

Leben kehrte in Dianas Augen zurück. »Aber du hast das doch nicht gewusst.«

Cassie schüttelte heftig den Kopf. »Das macht nichts. Es gibt keine Entschuldigung. Auch nicht für die schlimmeren Dinge, die ich getan habe, weil ich dachte, jetzt ist sowieso alles egal, du bist eben abgrundtief schlecht, und was macht das dann noch aus? Es machte wohl etwas aus. Ich habe auf Faye gehört und zugelassen, dass sie mich für ihre Zwecke benutzt.« Und ich habe den Hämatitstein behalten, dachte sie, doch es gab keinen Grund, das zu erwähnen. Sie zuckte mit den Schultern und drängte weitere Tränen zurück. »Ich habe mich von ihr dazu erpressen lassen, für sie als Meisterin des Zirkels zu stimmen. Es tut mir so leid, Diana. So leid. Ich weiß nicht, wie ich das geschehen lassen konnte.«

»Aber ich weiß es«, erwiderte Diana zitternd. »Adam hat es bereits gesagt. Du warst zu Tode eingeschüchtert.«

Cassie nickte. All die Worte, die sie so lange unterdrückt hatte, brachen jetzt aus ihr heraus. »Als ich einmal angefangen hatte, Dinge für Faye zu tun, gab es für mich kein Zurück mehr. Sie hatte immer mehr in der Hand, um mich damit zu erpressen. Eins kam zum anderen, und die Schlinge zog sich immer enger um meinen Hals zusammen. Wie sollte ich mich befreien …?«

Ihre Stimme brach. Sie beobachtete durch einen Tränenschleier, wie Faye mit spöttisch verzogenen Lippen vortrat und versuchte, etwas zu sagen, und wie Adam sie mit einem einzigen Blick zum Schweigen brachte. Dann drehte sie sich wieder um und sah Dianas Augen.

Sie glänzten wie gegen das Licht gehaltene Peridotkristalle und waren feucht von noch ungeweinten Tränen, aber auch von einem anderen Gefühl. Es war ein Blick, von dem Cassie geglaubt hatte, ihn nie mehr zu sehen, besonders nicht auf sie gerichtet. Schmerz lag darin, ja, aber auch Vergebung, Sehnsucht und – Liebe.

Etwas in Cassie zerbrach, etwas Hartes, Enges, das immer größer geworden war, seit sie angefangen hatte, Diana zu hintergehen. Sie machte einen stolpernden Schritt nach vorn.

Dann lagen sie und Diana sich in den Armen, beide weinten, beide klammerten sich mit aller Kraft aneinander fest.

»Es tut mir so leid, alles tut mir so leid«, stammelte Cassie.

Längere Zeit schien zu vergehen, bis Diana sich zurückzog, und als sie es tat, ging sie ein Stück von der Gruppe weg und wandte sich um. Sie starrte in die dunkle Nacht. Cassie wischte sich die Wangen mit dem Handrücken ab. Der Schein des Mondes, der tief am Himmel stand, leuchtete wie altes Gold auf Dianas Haar.

Bis auf das entfernte Rauschen der Brandung herrschte tiefes Schweigen. Der Zirkel stand reglos da, als warteten alle auf etwas, das keiner von ihnen richtig benennen konnte.

Schließlich drehte Diana sich wieder zu ihnen um. »Ich glaube, wir haben alle genug gehört«, sagte sie. »Und ich verstehe, vielleicht nicht alles, aber das meiste. Hört mir gut zu, denn ich will es nicht zweimal sagen.«

Alle Mitglieder waren ganz ruhig. Ihre Gesichter waren erwartungsvoll Diana zugewandt. Cassie hatte das ungewisse Gefühl, dass ein Urteil in der Luft hing. Diana glich einer Priesterin oder Prinzessin, groß und bleich, aber bestimmt. Eine merkwürdige Würde umgab sie, eine Aura von Größe und Sicherheit, die über den Schmerz in ihren Augen hinwegtäuschte.

Ich warte auf meine Strafe, dachte Cassie. Wie immer sie ausfiel, sie hatte sie verdient. Sie schaute zu Adam hinüber und erkannte, dass auch er wartete. Sein Gesichtsausdruck bat nicht um Gnade, doch Cassie wusste, was er tief in seinem Inneren empfinden musste. Sie beide standen vor Diana, verbunden durch ihr Vergehen und froh, dass endlich alles ans Licht gekommen war.

»Ich möchte nie wieder eine Diskussion über das hören, was heute Nacht passiert ist.« Dianas Stimme war sanft, aber deutlich. *»Nie wieder.* Wenn ich fertig bin, werden wir alle diese Angelegenheit als erledigt betrachten.« Ihr Blick streifte Adam, ohne ihm in die Augen zu sehen. »Ich glaube, dass ich nachvollziehen kann, wie es für dich gewesen sein muss. Solche Dinge passieren. Ich verzeihe dir. Und was dich betrifft, Cassie, dich trifft noch weniger Schuld. Du warst völlig ahnungslos. Ich mache keinem von euch beiden einen Vorwurf. Alles, worum ich bitte ...«

Cassie holte zitternd Luft und unterbrach sie. Sie konnte sich nicht länger zurückhalten.

»Diana«, begann sie. »Ich möchte ganz ehrlich zu dir sein. Die ganze Zeit war ich unterschwellig wütend und eifersüchtig, weil Adam zu dir gehört und nicht zu mir. Sogar heute Abend noch. Aber das hat sich geändert, ich schwöre es. Jetzt möchte ich nur eines, dass du mit Adam glücklich wirst. Nichts ist mir wichtiger ...« Einen Moment fragte sich Cassie, ob sie ihre tiefen Gefühle für Adam wirklich einfach abschalten konnte, so wie man eine Lampe löscht. Aber sie verdrängte den unliebsamen Gedanken schnell und redete mit völliger Überzeugung weiter. »Adam und ich, wir haben beide diesen Schwur geleistet. Wenn du uns nur noch eine weitere Chance gibst, ihn zu halten ... nur noch eine Chance ...«

Diana öffnete den Mund, aber Cassie fuhr fort, bevor sie sprechen konnte. »Bitte, Diana. Du musst begreifen, dass du mir vertrauen kannst, dass du *uns* vertrauen kannst. Gib uns die Chance, es dir zu beweisen.«

Es entstand eine kleine Pause. Dann sagte Diana: »Ja. Ja, du hast recht.« Sie holte tief Luft, atmete hörbar aus und sah Adam fast schüchtern an. »Nun, warum vergessen wir das alles nicht für eine Weile und machen reinen Tisch?«

Ein Muskel in Adams Wange zuckte. Schweigend nahm er die Hand, die Diana ihm hingestreckt hatte. Diana hielt Cassie die andere Hand hin. Cassie ergriff sie und klammerte sich fest an die kühlen, schlanken Finger. Ihr war gleichzeitig nach Weinen und Lachen zumute. Sie schenkte Diana ein zittriges Lächeln. Als sie Adam anschaute, sah sie, dass auch er sich bemühte, zu lächeln, obwohl seine Augen dunkel und aufgewühlt waren wie Sturmwolken über dem Meer.

»Und das ist alles?« Faye explodierte. »Alles ist wieder gut? Friede, Freude, Eierkuchen? Jeder liebt jeden, und ihr drei geht händchenhaltend nach Hause?«

»Ja«, fuhr Adam sie an und bedachte sie mit einem eisigen Blick. »Zumindest, was das Letzte betrifft. Wir gehen nach Hause. Es ist schon längst Zeit.«

»Cassie braucht Ruhe«, stimmte Diana ihm zu. Sie hatte diese bleierne, unnatürliche Hilflosigkeit ganz abgestreift, die sie gepackt hatte, seit Faye zur neuen Meisterin des Zirkels gewählt worden war. Obwohl sie zerbrechlicher wirkte als jemals zuvor, schien sie ihr Selbstbewusstsein wiedererlangt zu haben. »Wir alle brauchen Ruhe«, sagte sie, keinen Widerspruch duldend.

»Und wir müssen einen Arzt oder so rufen«, meldete Deborah sich unerwartet zu Wort. Sie deutete mit dem Kopf auf Haus Nummer zwölf. »Cassies Großmutter …«

»Auf wessen Seite stehst du eigentlich?«, fauchte Faye sie an. Deborahs Antwort bestand in einem kalten Blick.

Dianas Finger schlossen sich enger um Cassies Hand. »Ja. Du hast recht. Wir werden Dr. Stern anrufen. Und Cassie kann mit mir nach Hause kommen.«

Faye brach kurz in verächtliches Gelächter aus. Aber niemand stimmte ein. Selbst die wilden Henderson-Zwillinge waren ernst, ihre seltsamen blaugrünen Augen nachdenklich. Suzan wickelte sich eine Strähne ihres rotblonden Haars um den Finger und betrachtete Cassies und Dianas verschlungene Hände. Laurel nickte Cassie zu, und in Melanies kühlen grauen Augen lag stilles Einverständnis. Sean kaute auf seiner Unterlippe und blickte unsicher von einem zum anderen.

Aber es war Nick, dessen Reaktion Cassie am meisten verblüffte. Sein Gesicht, das normalerweise keinerlei Regung zeigte, war hager und gestresst, als ob er mit sich selbst ringen würde.

Doch jetzt war kaum der richtige Zeitpunkt, über sein Verhalten nachzudenken. Auch Faye, die vor Wut schäumte, wurde von den anderen nicht beachtet. Ihre Pläne, den Zirkel zu zerstören, waren fehlgeschlagen. Melanie war es schließlich, die sprach. »Möchtest du zuerst zu mir nach Hause kommen, Cassie? Großtante Constance kümmert sich um deine Mutter, und du willst sicher schnell zu ihr …«

Cassie nickte eifrig. Es schien hundert Jahre her zu sein, seit sie ihre Mutter in ihrem Zimmer inmitten dieses schrecklichen roten Lichts gesehen und in ihre leeren, glasigen Augen geschaut hatte. Bestimmt hatte sie sich inzwischen von dem Schock erholt, und sie würde Cassie erzählen können, was eigentlich geschehen war.

Aber als die drei, Melanie, Cassie und Diana, die Cassies Hand auf der kurzen Fahrt nicht losgelassen hatte, in das Haus Nummer vier gingen, sank Cassies Mut. Melanies Urgroßtante, eine Frau mit dünnen Lippen und strengen Augen, führte sie schweigend hinauf ins Gästezimmer. Ein Blick auf die geisterhafte Gestalt im Bett, und Cassie überliefen eiskalte Schauer.

»Mom?«, flüsterte sie entsetzt und wusste bereits, dass keine Antwort kommen würde.

Ihre Mutter sah so jung aus. Auf unnatürliche Weise noch jünger als sonst. Das schien nicht Cassies Mutter dort im Bett zu sein, sondern ein kleines Mädchen, mit dunklem Haar und riesigen schwarzen Augen, das eine entfernte Ähnlichkeit mit Mrs Blake hatte. Eine Fremde.

Niemand, der Cassie helfen konnte.

»Ist schon okay, Mom.« Cassie löste sich von Diana, um ihrer Mutter eine Hand auf die Schulter zu legen. »Alles wird gut. Du wirst sehen. Du kommst wieder in Ordnung.«

Ihr Hals schmerzte, und dann fühlte sie, wie Diana sie sanft wegführte.

»Ihr beide habt schon genug durchgemacht«, sagte Melanie zu Diana, als sie wieder draußen waren. »Überlasst es uns, einen Arzt zu rufen – und falls nötig, auch die Polizei. Du und Cassie, ihr solltet euch ausruhen.«

Der Rest des Zirkels auf der Straße nickte zustimmend. Cassie sah Diana an, die ebenfalls nickte.

»Okay.« Cassies Stimme klang schwach und irgendwie heiser, und erst jetzt fiel ihr auf, wie müde sie war. Einfach hundemüde. Zur gleichen Zeit fühlte sie sich wie beschwipst, und die ganze Szene vor ihr erschien ihr unwirklich wie ein Traum.

Es war auch zu seltsam, in den frühen Morgenstunden hier draußen zu stehen und zu wissen, dass Grandma tot war, Mom unter Schock stand und sie selbst kein Zuhause mehr hatte, wohin sie gehen konnte. Doch es waren keine Erwachsenen auf der Straße, kein Aufruhr, nur die Mitglieder des Zirkels. Ansonsten herrschte eine gespenstische Stille. Warum hatte sich noch keiner der Eltern gezeigt? Sicher mussten einige von ihnen doch gehört haben, was passiert war.

Aber die Häuser in der Crowhaven Road blieben dunkel und still. Auf dem Weg zu Melanie glaubte Cassie, gesehen zu haben, wie in Suzans Haus ein Licht gelöscht und bei den Hendersons ein Vorhang zurückgezogen wurde. Falls einige der Eltern wach waren, dann wollten sie wohl auf keinen Fall etwas mit der Sache zu tun haben.

Wir sind ganz auf uns selbst gestellt, dachte Cassie. Aber Diana war neben ihr, und sie konnte sehen, wie sich Adams Umriss gegen die Scheinwerfer der geparkten Autos des Zirkels abhob. Schon allein die Nähe der beiden erfüllte sie mit neuer Stärke.

»Wir müssen morgen alles miteinander bereden«, sagte sie. »Ich habe euch eine Menge mitzuteilen. Euch allen. Dinge, die meine Großmutter mir erzählt hat, kurz bevor sie … bevor sie starb.«

»Wir können uns um die Mittagszeit am Strand treffen …«, begann Diana, aber Faye unterbrach sie hart.

»Nein! Ich bin diejenige, die entscheidet, wo die Treffen jetzt stattfinden, schon vergessen?«

Faye hatte den Kopf stolz zurückgeworfen, das silberne Diadem mit dem Halbmond hob sich glitzernd von ihrem schwarzen Haar ab. Diana öffnete den Mund und schloss ihn wieder.

»Gut«, erwiderte Adam mit trügerischer Ruhe, trat aus dem Licht der Scheinwerfer und stellte sich neben Faye. »Du bist die Meisterin. Dann tu was. Wo?«

Faye verengte die Augen. »Im alten Chemielabor. Aber …«

»Einverstanden.« Adam wartete nicht ab, bis sie den Satz beendet hatte. Er drehte ihr den Rücken zu. »Ich fahre euch nach Hause«, sagte er zu Diana und Cassie.

Faye sah wütend aus, aber die drei entfernten sich bereits. »Übrigens, Diana, herzlichen Glückwunsch zum Geburtstag«, rief sie ihnen spöttisch hinterher.

Diana antwortete nicht.

Kapitel Drei

»Jacinth! Bist du da? Jacinth!«

Cassie blinzelte in das helle Sonnenlicht. Sie hatte diesen Raum schon einmal gesehen. Es war die Küche ihrer Großmutter – und auch wieder nicht. Denn die Ziegel an den Wänden waren nicht so, wie sie sie kannte, weder rissig vom Alter noch schmutzig, sondern glatt und sauber. Der Herd ihrer Großmutter war rußbefleckt vom Rauch der Jahrhunderte gewesen. Dieser Herd schien fast noch unbenutzt, und seine Einmauerung hatte eine etwas andere Form. Der eiserne Haken für die Kessel glänzte blank poliert.

Es war die Küche aus ihrem Traum, aus dem Traum, den sie das letzte Mal gehabt hatte, als sie bei Diana übernachtete. Der niedrige Stuhl, auf dem sie saß, war derselbe. Der Traum schien sich nun an jener Stelle fortzusetzen, an der er damals geendet hatte.

»Jacinth, bist du mit offenen Augen eingeschlafen? Kate ist hier!«

Ein Gefühl von froher Erwartung und Aufregung überlief Cassie. Kate? Wer war Kate? Ohne zu wissen, warum, stand sie auf und merkte, dass sie ein Kleid trug, dessen Saum die Spitzen ihrer neuen Brokatschuhe streifte. Das in rotes Leder gebundene Buch der Schatten fiel ihr vom Schoß.

Sie wandte sich nach der Stimme um, dorthin, wo im

Haus ihrer Großmutter die Hintertür gewesen wäre. Hier war es die Vordertür. Sie war geöffnet. Heller Sonnenschein fiel durch sie herein, und zwei Gestalten standen auf der Schwelle. Die eine war groß und glich den Bildern, die Cassie von Puritanerfrauen in den Geschichtsbüchern gesehen hatte. Die andere war kleiner und hatte helles, glänzendes Haar.

Cassie konnte die Gesichter der beiden gegen das Licht nicht erkennen, aber die kleinere streckte ihr freudig die Hände entgegen. Cassie wollte nach ihnen greifen, trat vor – und der Traum veränderte sich. Es war dunkel, und sie konnte das gequälte Ächzen von Holz hören, das zerbarst. Salzige Gischt spritzte ihr ins Gesicht, und sie bemühte sich vergeblich, etwas in der Dunkelheit zu sehen.

Das Schiff ging unter. Verloren, alle verloren. Und die Meisterwerkzeuge ebenfalls, jedenfalls für den Moment.

Aber nicht für immer. Wilde Entschlossenheit erfüllte Cassie bei diesem Gedanken. Selbst als eisiges Wasser ihre Beine umspülte, versuchte sie, den Traum festzuhalten, doch er entglitt ihr, und die sturmgepeitschte Nacht wich der stillen Dunkelheit in Dianas Zimmer.

Sie war erwacht.

Und aus unerklärlichen Gründen erleichtert darüber, noch am Leben zu sein.

Es war eigentlich gar nicht so dunkel hier drin. Die Morgendämmerung erhellte die Vorhänge und tauchte das Zimmer in Grau. Diana lag friedlich neben ihr. Wie konnte sie nur so tief schlafen nach allem, was heute Nacht passiert war? Die dunklen Wimpern auf Dianas

Wangen regten sich nicht, und in ihrem Gesicht war keine Bitterkeit zu erkennen.

Sie ist so edelmütig. Ich könnte niemals so gut sein, dachte Cassie. Nicht mal, wenn ich mich ein ganzes Leben bemühen würde. Trotzdem, schon durch Dianas Nähe fühlte sie sich besser.

Cassie wusste, dass sie jetzt nicht mehr einschlafen konnte. Sie setzte sich auf, lehnte sich gegen das Kopfteil des Bettes zurück und dachte nach.

Sie war sehr froh, dass zwischen ihr und Diana jetzt alles wieder in Ordnung war. Und was Adam betraf – Cassie hatte ein wenig Angst, an ihn zu denken, aus Furcht vor ihren eigenen Gefühlen. Doch der leise, dumpfe Schmerz tief in ihrem Inneren, wenn sie sich sein Gesicht vorstellte, war zu ertragen. Das giftige Gemisch aus Eifersucht und Wut, das in ihr gegärt hatte, war tatsächlich verschwunden. Sie wünschte sich von ganzem Herzen nur noch, dass er und Diana glücklich miteinander wurden. Cassie hatte sich verändert. Sie war nicht mehr die Cassie, die in den letzten Wochen von ohnmächtiger Wut beherrscht gewesen war, weil sie Adam nicht bekommen konnte.

Sie hatte in dieser Zeit eine Menge seltsamer Dinge getan, die eigentlich gar nicht zu dem schüchternen Mädchen passten, das mit seiner Mutter erst vor wenigen Monaten nach New Salem gezogen war. Kaum zu fassen, erinnerte sie sich. Ich bin mit Chris und Doug losgezogen und hab in Salem Kürbisse für Halloween geklaut. Ich habe den großen Hund vertrieben, der Chris erwischt hatte. Und so was sieht mir gar nicht ähnlich.

Ich habe »Pizza-Mann, schau mal, wer da kommt« mit Faye gespielt und danach mit Deborah einen wilden Trip auf dem Motorrad gemacht … Diese Fahrt war eigentlich sehr schön.

Das ungewöhnliche Verhalten, zu dem sie durch ihre Verstrickung mit Adam im letzten Monat immer mehr gezwungen worden war, hatte auch sein Gutes gehabt. Okay, die Lügen, die Täuschungen und die Gewissensbisse waren schrecklich gewesen, doch auf der anderen Seite hatte sie Deborah und Suzan näher kennengelernt und verstand jetzt die wilde Art der Henderson-Zwillinge und auch den scheinbar so gefühlskalten Nick besser. Vor allem hatte sie in sich selbst Dinge entdeckt, von denen sie nie geglaubt hätte, dass sie sie besaß.

Zum Beispiel die Kraft, den schwarzen Schatten nach Jeffreys Tod über den Friedhof zu jagen – war das vielleicht sogar Black John selbst gewesen? Oder das Selbstvertrauen, einen Jungen zum Tanz aufzufordern, und am Ende sogar den Mut, Faye die Stirn zu bieten. Sie hoffte nur, dass diese Stärke reichte, um alles zu überstehen, was in den nächsten Tagen auf sie zukommen würde.

Cassie war nicht mehr im alten Chemielabor gewesen, seit Faye sie in der ersten Schulwoche dorthin gelockt und wie eine Gefangene festgehalten hatte. Das Gebäude war noch genauso dunkel und einsturzgefährdet, wie sie es in Erinnerung hatte. Sie hatte keine Ahnung, warum Faye wollte, dass sich der Zirkel ausgerechnet hier traf, außer vielleicht, dass es Fayes Reich war, während der Strand immer Dianas Gebiet gewesen war.

Es war seltsam, Faye an Dianas Stelle zu sehen, wie sie vor der Gruppe stand und aller Augen auf sie gerichtet waren. Faye trug heute ganz normale Klamotten: Jeans und einen schwarzen Pullover. Doch die geheimnisvolle Aura der Meisterin des Zirkels umgab sie, und während sie auf und ab schritt, blitzten ihre Sternrubine in den spärlichen Sonnenstrahlen auf, die durch die mit Brettern vernagelten Fenster hereinfielen.

»Ich glaube, es war Cassie, die diese Zusammenkunft wollte. Sie sagte, sie hätte uns eine Menge zu erzählen. Stimmt's, Cassie?«

»Ja, nämlich das, was meine Großmutter mir verraten hat, bevor sie starb«, erwiderte Cassie ruhig und hielt Fayes Blick stand. »Bevor Black John sie ermordet hat.« Wenn sie erwartet hatte, dass Faye auf diese Neuigkeit mit Verlegenheit reagieren würde, sah sie sich enttäuscht. Die verhangenen goldenen Augen blickten ebenso gleichgültig und arrogant wie zuvor. Anscheinend fühlte sich Faye in keiner Weise für die Taten von Black John verantwortlich, obwohl sie diejenige gewesen war, die es ihm ermöglicht hatte, aus seinem Gefängnis auszubrechen.

»War es wirklich Black John?« Suzans Tonfall war zweifelnd, und sie legte einen perfekt lackierten Fingernagel auf ihre exakt geschminkten Lippen, als wäre Nachdenken eine neue und schwierige Übung für sie. »War er wirklich dort?«

»Er war wirklich dort. Er *ist hier*«, antwortete Cassie bestimmt. Suzan war nicht so dumm, wie sie tat, und manchmal von überraschendem Scharfblick. Cassie wollte sie auf ihrer Seite haben. »Er stieg aus diesem Erdhügel auf dem Friedhof. Das war sein Grab, glaube ich. Als wir den Kristallschädel zum Friedhof brachten und dort die schwarze Energie freisetzten, gab ihm das die Stärke, zurückzukehren.«

»Von den Toten?«, fragte Sean nervös.

Bevor Cassie ihm antworten konnte, sagte Melanie: »Dieser Erdhügel kann nicht Black Johns Grab gewesen sein, Cassie. Es tut mir leid, aber das ist unmöglich. Er stammt aus neuerer Zeit.«

»Der Hügel war nicht Black Johns erstes Grab. Ich weiß nicht einmal, ob er im 17. Jahrhundert überhaupt beerdigt worden ist. Wahrscheinlich nicht, da er auf hoher See ertrank ...« Die anderen sahen einander erstaunt an, aber Cassie bemerkte es kaum. »Ist auch egal, es ist nicht das Grab von damals. Dieses hier stammt aus dem Jahr 1993.«

Laurel, die sich heißen Kräutertee aus einer Thermoskanne eingoss, verschüttete etwas davon auf dem Boden.

Faye blieb wie angewurzelt stehen. »Was?«

Sogar Diana und Adam waren verwirrt und tauschten einen Blick. Doch von unerwarteter Seite bekam Cassie Unterstützung.

»Lasst sie doch ihre Geschichte erzählen«, sagte Deborah. Die Daumen lässig in die Taschen ihrer Jeans gehakt, ging sie zu Cassie hinüber, die auf einer umgedrehten Kiste saß, und stellte sich neben sie.

Cassie holte tief Luft. »Ich wusste, dass etwas nicht stimmte, als ich die ganzen Gräber auf dem Friedhof sah – die Gräber eurer Eltern, die alle 1993 gestorben sind. Diana behauptete, es war ein Hurrikan, aber trotzdem kam es mir seltsam vor. Besonders, als ich hörte, dass ihr alle erst ein paar Monate zuvor geboren worden wart. Ich meine, warum sind nur die Eltern getötet worden? Man sollte doch annehmen, dass auch einige der Babys bei einer normalen Unwetterkatastrophe ums Leben gekommen wären. Und dann noch dieser äußerst merkwürdige Zufall, dass ihr alle innerhalb eines Monats auf die Welt gekommen seid.«

Sie entspannte sich jetzt ein wenig, obwohl es schwierig war, weiterzureden, während sie alle so anstarrten. Zumindest lagen in den Blicken der Mitglieder heute kein Misstrauen und keine Anschuldigungen mehr. Nur Faye war weiterhin feindselig. Sie stand mit verengten Augen da und hatte die Arme vor der Brust verschränkt.

»Aber die Erklärung für alles war ganz einfach«, fuhr Cassie fort. »Black John war eine Hexengeneration vor uns, nämlich die unserer Eltern, nach New Salem zurückgekommen. Keiner wusste, dass er es war, niemand konnte sich erklären, wie es ihm gelungen war, aus dem Totenreich wiederzukehren, aber es war Black John. Er versuchte, mit unseren Eltern einen Hexenzirkel zu bilden, als sie nur ein wenig älter waren als wir jetzt.«

»Mit unseren Eltern?« Doug kicherte. »Komm, Cassie, das glaubst du doch selbst nicht!« Auch andere lachten. Von Skepsis über Besorgtheit bis hin zu offenem Spott war alles in den Mienen der Mitglieder vertreten.

»Halt, einen Moment!«, rief Adam plötzlich aufgeregt. »Es gibt einiges, was dadurch endlich eine Erklärung bekommt. Ich weiß, dass meine Großmutter manchmal etwas verwirrt ist, aber sie hat mir Dinge über meine Eltern erzählt – das war damals, als wir unseren Zirkel gegründet haben –, die jetzt einen Sinn ergeben würden.«

»Da gibt es noch etwas.« Deborah warf einen schrägen Blick auf Nick. »Cassies Großmutter sagte, dass meine Mutter Nicks Vater heiraten wollte, aber Black John hat sie dazu gebracht, stattdessen *meinen* Vater zu heiraten. Das könnte ein Grund dafür sein, warum Mom ausflippt, wenn man das Wort ›Magie‹ nur in den Mund nimmt, und warum sie immer ein wenig schuldbewusst aussieht, wenn sie sagt, dass Nick seinem Vater mit jedem Tag mehr gleicht. Eine ganze Menge könnte dadurch erklärt werden.«

Cassie sah Nick an, der, wie immer etwas von der Gruppe entfernt, in einer dunklen Ecke stand. Er starrte so intensiv auf den Boden, als wollte er Löcher hineinbohren. »Ja, vielleicht ...«, murmelte er so leise, dass Cassie ihn kaum verstand. Sie fragte sich, was er damit wohl meinte.

»Zum Beispiel, dass sie sich immer anschreien – meine Eltern, meine ich«, fügte Deborah noch hinzu.

»Die Eltern hier in der Crowhaven Road sind diejenigen, die Black John überlebt haben«, sagte Cassie leise. »Sie kamen mit dem Leben davon, weil sie ihn nicht bekämpften. Meine Großmutter erzählte, dass unsere Eltern merkten, was Black John vorhatte, nachdem elf Babys innerhalb eines Monats zur Welt gekommen waren. Er wollte einen Zirkel, den er ganz kontrollieren konnte, einen Zirkel aus Kindern, die er formen konnte, während sie heranwuchsen. Ihr«, Cassie nickte der Gruppe zu, »... solltet sein Zirkel werden.«

Die Mitglieder sahen einander an. »Aber was ist mit dir, Cassie?«, fragte Laurel.

»Ich wurde erst später geboren. Wie ihr wisst, Kori auch. Wir waren kein Teil von Black Johns Plan, sondern nur ganz normale Kinder. Aber ihr solltet ihm gehören. Er hatte alles für euch geplant.«

»Und die Eltern, denen diese Vorstellung nicht gefiel, nahmen den Kampf gegen Black John auf«, warf Deborah ein. »Sie töteten ihn, verbrannten ihn und das Haus Nummer dreizehn. Doch dabei starben sie. Nur die Feiglinge überlebten, die zu Hause geblieben waren.«

»Wie mein Vater«, sagte Suzan heiser. »Er wird immer nervös, wenn von einer Sache die Rede ist, bei der sich Menschen geopfert haben, um andere zu retten. Und er weigert sich, über meine Mutter zu sprechen.«

Cassie sah die erstaunten Blicke im Zirkel. In vielen Augen dämmerte die furchtbare Erkenntnis, dass Cassie die Wahrheit sagte.

»Und mein Vater«, meinte Diana nachdenklich. »Immer redet er davon, wie tapfer meine Mutter war, ohne genau zu sagen, warum. Kein Wunder, wenn er nicht mitgegangen ist und sie im Stich gelassen hat.« Sie biss sich traurig auf die Lippen. »So etwas Schreckliches über seinen eigenen Vater erfahren zu müssen.«

»Ja, ja, aber bei mir ist es noch schlimmer. Meine Eltern haben sich beide gedrückt.« Deborahs Gesichtsausdruck war hart. »Und eure auch«, sagte sie zu den Hendersons, die sich stirnrunzelnd ansahen und nickten.

»Ach, und diejenigen von uns, die ganz ohne Eltern aufwachsen mussten, sind am glücklichsten?«, fragte Melanie mit hochgezogenen Augenbrauen.

»Jedenfalls wisst ihr, dass sie Mut besaßen«, erwiderte Deborah knapp. »Du, Adam, Laurel und Nick, ihr habt etwas, auf das ihr stolz sein könnt. Ich wäre lieber bei einer Großtante oder Großmutter aufgewachsen als bei Eltern, die sich den ganzen Tag anschreien, weil sie sich vor sich selbst schämen.«

Cassie schaute wieder zu Nick, und sie beobachtete, wie etwas aus seinem Gesicht wich, eine Anspannung, die da gewesen war, seit sie ihn kannte. Er sah jetzt anders aus, irgendwie weicher, verletzlicher. In diesem Moment hob er den Blick und ertappte sie dabei, wie sie ihn betrachtete.

Cassie wollte wegsehen, aber sie konnte nicht, und zu ihrer Überraschung lag keine Feindseligkeit in seinem Blick. Sein Mund verzog sich leicht zu einem spöttischen, erleichterten Lächeln, und sie merkte unwillkürlich, dass sie nahe dran war, es voller Sympathie zu erwidern.

Da fühlte sie, dass Faye sie prüfend ansah. Sie drehte sich um und sprach schnell wieder zur ganzen Gruppe.

»Die, die getötet wurden, mussten sterben, weil unsere Eltern nicht zusammengehalten haben. Das hat jedenfalls meine Großmutter behauptet. Sie sagte, dass wir jetzt in großer Gefahr seien, weil Black John gekommen sei, um uns zurückzuholen. Er will seinen Zirkel immer noch, und er ist wieder lebendig – ein Mensch aus Fleisch und Blut. Sie warnte uns davor, dass er nicht mehr so verbrannt und schrecklich aussehen würde, wenn wir ihm das nächste Mal begegnen. Es könnte sein, dass wir ihn nicht wiedererkennen, aber wir müssen auf ihn vorbereitet sein.«

»Warum?« Adams ruhige Stimme schnitt unnatürlich laut durch die plötzliche Stille. »Was könnte er uns denn nach Meinung deiner Großmutter antun?«

Cassie hob die Hände. Zwischen ihr und Adam gab es kein schuldbeladenes Geheimnis mehr, doch jedes Mal, wenn sie ihn ansah, spürte sie eine Verbindung zu ihm. Ein neues Band, das Band zwischen zwei Menschen, die gemeinsam durchs Feuer gegangen und gestärkt herausgekommen waren. Es würde immer ein unbewusstes Einverständnis zwischen ihnen herrschen.

»Keine Ahnung«, antwortete sie ihm ehrlich. »Auf jeden Fall wird er versuchen, uns nicht wissen zu lassen, was er mit uns vorhat, bis es zu spät ist, etwas gegen ihn zu unternehmen. Er will uns dazu bewegen, ihm zu folgen, wie es unsere Eltern taten, vermutete meine Großmutter. Aber mit welchen Mitteln, das wusste sie nicht.«

»Ich frage aus dem Grund, weil er uns vielleicht nicht alle haben will«, erwiderte Adam, immer noch leise. »Du sagst, er hat es so eingerichtet, dass elf von uns gleichzeitig geboren wurden. Wenn er dem Zirkel als Anführer beitritt, macht das zwölf. Aber du gehörtest nicht zu den elf Babys, Cassie. Kori ebenfalls nicht. Und es sieht ganz so aus, als hätte Black John Kori bereits aus dem Weg geräumt.«

Diana holte scharf Luft. »Oh mein Gott. Cassie! Du

musst sofort weg. Zieh fort aus New Salem, zurück nach Kalifornien …« Sie hielt inne, denn Cassie schüttelte den Kopf.

»Ich kann nicht«, sagte sie nüchtern. »Großmutter flehte mich an, zu bleiben und ihn zu bekämpfen. Sie behauptete, meine Mutter hätte mich nur deshalb zurückgebracht, damit ich den Kampf gegen ihn aufnehme. Ich mag zur Hälfte eine Outsiderin sein, aber da ich offensichtlich ein Kind bin, das er nicht geplant hat, habe ich vielleicht einen Vorteil.«

»Sei nicht so bescheiden«, wies Deborah sie zurecht. »Der Grund, den die alte Dame uns genannt hat, war ein anderer. Nämlich der, dass deine Familie immer die stärkste Magie besaß. Du hättest das zweite Gesicht und die meiste Kraft, sagte sie.«

»Und ich besitze jetzt auch unser Buch der Schatten«, verkündete Cassie, ein wenig verlegen über Deborahs Worte, und bückte sich, um das in rotes Leder gebundene Buch aus ihrer Tasche zu nehmen. »Meine Großmutter hatte es hinter einem losen Ziegel im Kamin versteckt. Black John wollte es unbedingt haben, also muss etwas darin stehen, wovor er Angst hat. Ich werde es lesen und versuchen, herauszufinden, was das ist.«

»Was kann der Rest von uns tun?«, fragte Laurel. Cassie registrierte, dass die Frage direkt an sie gerichtet war. Außer Faye, die immer noch ein böses Gesicht machte, sahen sie alle erwartungsvoll an. Entnervt hob Cassie die Hände und schüttelte den Kopf.

»Wir könnten mit den alten Frauen in der Stadt reden«, meinte Deborah. »Das wäre jedenfalls mein Vorschlag. Cassies Großmutter erzählte, dass unsere Eltern alles, was Magie betrifft, vergessen haben, dass sie es mussten, um zu überleben. Aber ich nehme an, die alten Damen erinnern sich, und wir könnten sie ausfragen. Zum Beispiel Laurels Urgroßmutter, Granny Quincey, und Adams Großmutter, die alte Mrs Franklin. Sogar deine Großtante, Mel.«

Melanie schien Zweifel zu haben. »Großtante Constance hält überhaupt nichts von den alten Sitten. Sie ist ziemlich unnachgiebig, was das angeht.«

»Und Granny Quincey ist so zart. Man darf sie nicht aufregen«, gab Laurel zu bedenken. »Was die alte Mrs Franklin betrifft, sie ist manchmal, nun ja, etwas abwesend.«

»Um es milde auszudrücken«, sagte Adam. »Tatsache ist, dass meine Großmutter zeitweise nicht ganz klar im Kopf ist. Aber Deborah hat meiner Meinung nach recht. Sie sind alles, was wir haben, deshalb müssen wir das Beste daraus machen. Wir können zusätzlich versuchen, ein paar Informationen aus den Eltern herauszuquetschen … Was haben wir schon groß zu verlieren?«

»Ein paar lebenswichtige Gliedmaßen, was meinen Vater betrifft«, murmelte Suzan und hob ihre Hand hoch, um die Farbe ihres Nagellacks zu bewundern. Aber Chris und Doug grinsten wild und versicherten, dass sie nur zu gerne alle Eltern ins Kreuzverhör nehmen wollten.

»Wir fangen so an: ›He, erinnert ihr euch an den Typen, den ihr vor sechzehn Jahren ein bisschen zu scharf gegrillt habt? Nun, er ist wieder da. Zwar noch etwas angekokelt, aber das wird sich bald ändern. Könnt ihr uns dabei helfen, ihn wiederzufinden?‹«, fantasierte Doug mit sichtlichem Vergnügen.

»Hat deine Großmutter denn gar nichts gesagt, was uns auch nur ein Stückchen weiterbringen könnte?«, fragte Laurel Cassie.

»Nein … Halt, warte.« Cassie straffte unwillkürlich die Schultern und wurde ganz aufgeregt. »Man hat Black Johns Leiche in dem ausgebrannten Haus an seinem Ring identifiziert, einem Ring mit einem Magneteisenstein.« Sie schaute zu Melanie. »Du bist die Expertin für Edelsteine. Was ist ein Magneteisenstein?«

»Schwarzes Eisenoxyd.« Melanie verengte nachdenklich ihre klaren grauen Augen. »Wie der Hämatit, der ebenfalls aus Eisenoxyd besteht. Aber Hämatit wird blutrot, wenn man ihn in dünne Scheiben schneidet. Der Magneteisenstein bleibt schwarz und ist, wie der Name schon sagt, magnetisch.«

Cassie versuchte, sich nichts anmerken zu lassen. Nun, sie hatte gewusst, dass ihr Hämatit aus Black Johns Haus stammte, vielleicht war er sogar sein Hexenstein gewesen. Es hätte eigentlich keine Überraschung für sie sein sollen, dass er einen Ring mit einem ähnlichen Stein getragen hatte. Trotzdem verspürte sie eine leise Besorgnis. Am besten trennte sie sich von dem Stück Hämatit. Im Moment lag er in ihrem Schmuckkästchen im Schlafzimmer. Dort hatte sie ihn abgelegt, als Diana sie an diesem Morgen nach Hause gefahren hatte, damit sie sich ein paar frische Kleider für die Schule holen konnte.

»Okay, wir werden darauf achten«, sagte Adam und

ersparte Cassie damit eine Antwort. »Morgen können wir damit anfangen, die alten Damen zu befragen. Oder vielleicht sollten wir lieber bis nach der Beerdigung von Cassies Großmutter damit warten.«

»Einverstanden«, murmelte Cassie.

»Du machst eine Menge Vorschläge, Adam.« Faye war endlich genug gereizt, um sich zu Wort zu melden. Ihre Arme waren immer noch vor der Brust verschränkt, und ihre bernsteinfarbenen Augen blitzten vor Ärger.

Adam sah sie völlig ausdruckslos an. »Da hab ich doch glatt noch einen, Faye. Vielleicht sollten wir die Wahl zur Meisterin des Zirkels wiederholen.«

Faye machte einen Satz auf ihn zu. »Das kannst du nicht!«, schrie sie wutentbrannt.

»Warum nicht? Wenn alle von uns damit einverstanden sind«, erwiderte Adam ruhig.

»Weil es nirgendwo in den überlieferten Traditionen vorgesehen ist«, zischte Faye. »Egal, welches Buch der Schatten du liest, du wirst nichts dergleichen finden. Gewählt ist gewählt. Ich habe gewonnen, und zwar unwiderruflich. Ich bin die Meisterin des Zirkels.«

Adam wandte sich hilfesuchend an die anderen. Aber Melanie sah besorgt aus, und Diana schüttelte langsam den Kopf.

»Sie hat recht, Adam«, sagte sie leise. »Die Abstimmung und die Zeremonie waren zu diesem Zeitpunkt korrekt. Nirgendwo steht, dass man daran etwas ändern kann.« Melanie nickte widerwillig.

»Und ich mag es nicht, wenn all diese Pläne gemacht werden, ohne mich vorher zu fragen«, fuhr Faye fort und schritt auf und ab wie ein Panther in einem Käfig. Funken schienen geradezu aus ihren Augen zu sprühen, so wie sie von den Rubinen an ihrem Hals und an ihren Fingern aufblitzten, wenn sie in einen Flecken Sonnenlicht trat.

»Nun, was sollen wir denn deiner Meinung nach tun?«, fragte Laurel sie herausfordernd und warf ihr langes hellbraunes Haar zurück. »*Du* wolltest doch Black John befreien, Faye. Du hast behauptet, er würde uns helfen, uns Macht verleihen. Wie steht's damit? Was sagst du jetzt, da er tatsächlich hier ist?«

Faye atmete schwer. »Könnte sein, dass er uns auf die Probe stellt …«

»Indem er Cassies Großmutter um die Ecke bringt?«, schnitt Deborah ihr hart den Satz ab. »Stell dich nicht so blöd an, Faye. Ich war dabei, ich habe es gesehen. Es gibt keine Entschuldigung für den Mord an einer alten Frau.«

Faye schaute ihre ehemalige Freundin böse an, die ihr jetzt in den Rücken fiel. »Keine Ahnung, warum er das gemacht hat! Vielleicht hat er Pläne, von denen wir nichts wissen.«

»Das erste wahre Wort von dir«, unterbrach Melanie sie. »Er hat Pläne, darauf kannst du Gift nehmen, Faye. Und zwar mit dem Ziel, den Zirkel zu übernehmen. Er hat schon vier Menschen getötet, und wenn wir ihm weiter lästig sind, wird er uns ebenfalls mit Vergnügen ermorden.«

Faye blieb stehen und lächelte triumphierend. »Das kann er nicht! Falls Cassie recht haben sollte – und ich will damit nicht behaupten, dass es wirklich so ist –, dann braucht er uns für seinen Zirkel. Also kann er uns gar nicht töten.«

»Alle nicht«, sagte Adam trocken. »Aber einen kann er entbehren.«

Schweigen entstand. Die Mitglieder sahen einander unbehaglich an.

»Nun, dann passt jeder am besten gut auf, dass es ihn nicht trifft«, meinte Faye hämisch und lächelte in die Runde wie ein Raubtier, das zum Angriff bereit ist. Bevor jemand etwas erwidern konnte, hatte sie sich umgedreht und war aus dem Raum gegangen. Man hörte ihre schnellen Schritte die Treppe hinunter und dann das heftige Zuschlagen der Vordertür des alten Chemielabors.

Cassie, Adam und Diana tauschten einen Blick aus. Adam schüttelte den Kopf.

»Wir stecken in Schwierigkeiten«, meinte er.

»Oh, das ist es also, was bei diesem Treffen herausgekommen ist?«, sagte Deborah spöttisch.

Diana verbarg für einen Moment müde ihr Gesicht in den Händen. »Wir brauchen sie auf unserer Seite. Sie ist nun mal die Meisterin des Zirkels, und sie darf sich nicht mit Black John verbünden. Am besten, wir reden noch mal mit ihr.«

Langsam standen alle auf. Das Licht draußen war zu grell nach der dämmrigen Dunkelheit im alten Chemiegebäude. Cassie kniff die Augen zusammen. Die siebte Unterrichtsstunde war gerade zu Ende, und die Schüler strömten aus den Eingängen. Cassie musterte die Menge, konnte jedoch Faye nirgendwo entdecken.

»Wahrscheinlich ist sie nach Hause gegangen«, vermutete Diana. »Wir müssen rasch zu ihr …«

Cassie hörte den Rest nicht mehr. Unter den vielen Schülern auf dem Parkplatz hatte sie plötzlich einen flüchtigen Blick auf ein vertrautes Gesicht erhascht. Ein merkwürdig vertrautes Gesicht, eines, das nicht hierhergehörte. Cassie zerbrach sich den Kopf. Wer war das? Wo hatte sie die Stupsnase, das hellblonde Haar, diese haselnussbraunen Augen schon vorher gesehen? Es war jemand, den sie ziemlich gut kannte, den sie zwar Tag für Tag gesehen, aber auch nur zu gern vergessen hatte, seit sie nach New Salem gekommen war.

Plötzlich spürte sie Hitze und atmete schwüle, feuchte Luft. Eine Erinnerung an Sand unter ihren Füßen überkam sie, an Schweiß, der ihr den Körper hinunterlief, und an klebrige Sonnenmilch auf ihrer Nase. Das Geräusch von sich am Strand überschlagenen Wellen und der Geruch von überhitzten Körpern … Das Gefühl, ständig unterdrückt zu werden …

Cape Cod.

Das merkwürdig vertraute Mädchen war Portia.

Kapitel Vier

»He, pass auf, Cassie!«, rief Chris, der in sie hineinlief, als sie abrupt stehen blieb. »Was is' 'n los?«

»Ich hab nur jemanden gesehen.« Cassie fühlte, dass sie die Augen weit aufgerissen hatte, während sie in die Menge starrte. Portia war in dem wogenden Meer von Schülern verschwunden. »Ein Mädchen, das ich in diesem Sommer kennengelernt habe …« Ihre Stimme verstummte, während sich ihr Gehirn damit beschäftigte, wie sie Portia dem Zirkel erklären sollte.

Aber Adam hatte sie ebenfalls entdeckt. »Eine Hexenjägerin«, sagte er grimmig. »Deren Brüder mit einer Pistole herumfuchteln. Sie nehmen die Sache sehr ernst. Es ist kein Hobby für sie, sondern richtige Besessenheit.«

»Und die kommen ausgerechnet hierher?«, spottete Deborah.

Cassie schaute überrascht von ihr zu Adam. Anscheinend waren Hexenjäger für den Zirkel nichts Neues. »Gerade die sollten es besser wissen.«

»Vielleicht war das Ganze nur ein Irrtum. Könnte doch sein, dass die Eltern umgezogen sind und sie einfach bei uns eingeschult wurde«, meinte Laurel, optimistisch wie immer.

Cassie schüttelte den Kopf. »Portia unterlaufen keine Irrtümer«, murmelte sie. »Adam, was machen wir bloß?« Sie war fast noch entsetzter darüber als über die Tatsache, dass Black John irgendwo in New Salem frei herumlief. Dieser Terror ließ sie keinen klaren Gedanken mehr fassen. Die Angst vor Portia steckte ihr in den Knochen, und Cassie fühlte, wie die alte Hilflosigkeit sie wieder überfiel. Sie war nie mit Portia fertiggeworden. Aus jeder Begegnung mit ihr war sie stumm, gedemütigt und besiegt hervorgegangen. Cassie schloss die Augen.

So bin ich nicht mehr. Ich will nie mehr so sein, beschloss sie. Aber ihr Magen zog sich vor bösen Vorahnungen zusammen.

»Wir werden uns mit ihr wohl oder übel befassen müssen«, begann Adam düster, als Doug ihn unterbrach. Seine blaugrünen Augen funkelten vergnügt. »He, sie ist der Feind, Mann. Richtig? Und Black John, unser selbst ernannter Oberhexer, hat doch gesagt, er will uns helfen, unsere Feinde zu vernichten, stimmt's? Also …«

»Vergiss es«, schnitt Melanie ihm schnell das Wort ab. »Bitte, Doug. Ich meine es ernst.«

Doug zog die Schultern hoch, aber er schaute seinen Zwillingsbruder unter gesenkten Wimpern schräg an.

»Böser Zauber«, murmelte Chris und starrte in die Ferne.

Cassie sah Adam an.

»Niemals«, versicherte Adam ihr. »Mach dir keine Sorgen, Cassie. Das wird niemals geschehen.«

Cassie wohnte jetzt bei Diana. »Ist doch klar, dass du nicht alleine in dem Haus bleiben kannst«, hatte Diana gesagt. Sie und Melanie hatten Cassie an diesem Nachmittag geholfen, ihre Sachen zu packen. Adam und Deborah waren ebenfalls zum Schutz mitgekommen und liefen rastlos durch die Zimmer. Auch die restlichen Mitglieder des Zirkels schauten aus dem einen oder anderen Grund vorbei. Nur Faye ließ sich mysteriöserweise nicht blicken. Keiner hatte sie mehr zu Gesicht bekommen, seit sie aus der Schule verschwunden war.

Das Haus selbst war nicht schwer beschädigt, wenn man von den merkwürdigen Brandflecken auf dem Boden und an einigen Türen absah. Die offizielle Story, die die Erwachsenen sich ausgedacht hatten, als sie letzte Nacht gekommen waren, um die Leiche von Cassies Großmutter wegzubringen, lautete so: Es hatte ein Feuer gegeben, und Mrs Howard hatte vor Angst einen Herzinfarkt erlitten. Der Zirkel hatte den Eindringling nicht erwähnt und die Polizei das Haus nicht einmal versiegelt.

Welche Erklärung die Beamten dafür hatten, dass ein harter Holzfußboden plötzlich Feuer fing und dabei Brandspuren in einem so seltsamen Muster entstehen konnten, war Cassie rätselhaft. Niemand hatte sie gefragt, und sie würde ganz sicher nicht zur Polizei gehen, um freiwillig darüber Auskunft zu geben.

Das Haus schien leer und gespensterhaft, obwohl die Mitglieder des Zirkels in hektischer Aktivität darin herumschwirrten. Auch in Cassie selbst war es leer. Sie hätte niemals gedacht, dass sie ihre Großmutter so sehr vermissen würde. Sie war doch nur eine alte, gebeugte Frau gewesen mit krausem Haar und einer großen Warze auf der Wange. Doch in ihren Augen hatte die Erfahrung vieler Jahre gelegen, und ihre knotigen Hände waren zuverlässig und sanft gewesen. Ihre Großmutter hatte eine Menge geheimnisvoller Dinge gewusst, und es war ihr immer gelungen, dass Cassie sich wieder besser fühlte.

»Ich wünschte, ich hätte ein Foto von ihr. Von meiner Großmutter, meine ich«, flüsterte sie. Hexen ließen sich ungern fotografieren, so blieb ihr nicht einmal das.

»Für 'ne alte Lady war sie echt cool.« Deborah warf sich einen Rucksack über den Rücken und nahm einen Karton voller Bücher und CDs unter den Arm. »Brauchst du sonst noch was?«

Cassie sah sich im Zimmer um. Ja, Debbie, alles, dachte sie wehmütig. Sie wollte ihr Himmelbett mit der rosa Tagesdecke, die damastgepolsterten Stühle und ihre große Mahagonitruhe, die genau die Farbe von Nicks Augen hatte.

»Das ist Bombé, diese Truhe dort«, erklärte sie Deborah. »Sie wurde in Massachusetts hergestellt, das war der einzige Ort in den Kolonien, an dem dieser Stil produziert wurde.«

»Ja, ja, ich weiß«, erwiderte Deborah unbeeindruckt. »Unser Haus steht voll von dem Kram. Das Teil da wiegt mindestens eine Tonne. Also, vergiss es. Was ist mit der Stereoanlage?«

»Nicht nötig, ich kann Dianas Anlage benutzen«, sagte Cassie traurig. Es kam ihr vor, als würde sie ihr Leben zurücklassen. Ich ziehe doch nur ein Stück die Straße hinunter, dachte sie, als Deborah schon vorausgegangen war.

»Cassie, wenn du heute Nachmittag bei uns vorbeischauen und nach deiner Mutter sehen willst, geht das mit Großtante Constance klar.« Melanie war auf der Türschwelle erschienen. »Kannst kommen, wann du willst.«

Cassie nickte und spürte einen seltsamen Schmerz in der Brust. Ihre Mutter. Natürlich würde es ihrer Mutter bald wieder besser gehen. Melanies Großtante Constance hatte sich bereit erklärt, sie zu pflegen, und es war auf jeden Fall besser für sie, bei Melanie zu Hause zu bleiben, als ... irgendwo anders hingebracht zu werden.

Nun sprich's schon aus, sagte sie hart zu sich selbst. In eine Anstalt. Jeder Arzt würde Mom sofort in eine psychiatrische Anstalt oder ein Krankenhaus einweisen, dachte sie. Aber dort gehört sie nicht hin, und sie kommt auch wieder in Ordnung. Sie braucht nur ein bisschen Ruhe, das ist alles.

»Danke, Melanie. Ich komme, sobald ich mit allem fertig bin. Es ist nett von deiner Großtante, sich so um Mom zu kümmern.«

»Bei Großtante Constance hat das mit ›nett‹ nichts zu tun, eher mit Pflichtbewusstsein.« Melanie wandte sich zum Gehen. »Sie glaubt daran, dass jeder seine Pflicht tun muss.«

Ich auch, dachte Cassie. Sie hatte gerade ein paar Kleider vom Bett genommen und hielt inne. *Ich auch.* »Mir ist gerade was eingefallen. Ich bin in einer Sekunde unten«, rief sie den anderen nach.

Der Hämatit. Mit einer Hand öffnete sie ihr Schmuckkästchen. Und erstarrte. Sie fuhr mit den Fingern durch den Inhalt – zwecklos.

Der Hämatitstein war verschwunden.

Panik überfiel Cassie. Sie hatte die ganze Zeit etwas wegen des Steins unternehmen wollen, ohne sich ernsthaft darum zu kümmern. Aber jetzt, da er weg war, erkannte sie erst, für wie gefährlich sie ihn wirklich hielt.

Diesmal wirst du das Geheimnis nicht mehr für dich behalten und dir allein Sorgen deswegen machen, schwor sie sich. Jetzt wirst du das tun, was du von Anfang an hättest tun sollen, nämlich es Diana erzählen.

Cassie ging nach unten. Diana und Laurel waren im Kräutergarten und sammelten alles ein, was Laurel für nützlich hielt. Cassie wappnete sich.

»Diana, ich muss dir etwas sagen.«

Dianas Augen weiteten sich, als Cassie ihr erklärte, wie und wo sie den Hämatit gefunden und warum sie es geheim gehalten hatte. Keiner hatte etwas davon gewusst außer Deborah und Faye.

»Und jetzt ist er verschwunden«, schloss sie. »Ich weiß nicht, ob das etwas Gutes bedeutet.«

»Bestimmt nicht«, sagte Diana langsam. »Da bin ich mir ganz sicher. Cassie, erkennst du nicht, dass der Hämatit dich beeinflusst hat, solange du ihn bei dir hattest? Er hat dich Dinge tun lassen … Hast du ihn bei der Halloween-Party getragen, als du Adam verführen wolltest?«

»Ich … Ja.« Cassie merkte, dass sie rot wurde. »Ich würde gerne alles auf den Stein schieben, doch das kann ich nicht. Ich war es selbst. Ich wollte es.«

»Vielleicht. Aber ich wette, du hast es vorher auch schon gewollt, aber nie wirklich versucht. Ein Hämatit kann dich nicht zwingen, Dinge gegen deinen Willen zu tun, doch er macht es leichter für dich, Sachen nachzugeben, die du sonst nie machen würdest.«

»Wie Onyx. Ergib dich dem Schatten in dir«, flüsterte Cassie.

»Ja«, antwortete Diana.

»Einer von uns muss ihn haben. Einer aus dem Zirkel. Denn ich habe den Stein heute Morgen in das Kästchen gelegt, und außer uns war niemand im Haus. Aber wer?«

Diana schüttelte traurig den Kopf. Laurel zog eine Grimasse. »Ich bleib lieber bei meinen Pflanzen und Kräutern. Die sind ungefährlich, solange du sie respektierst und weißt, was du tust. Die beeinflussen dich nicht«, sagte sie.

Auf Dianas Vorschlag hin durchsuchten die drei das Zimmer erneut. Doch der Hämatit blieb verschwunden.

Cassie ging am Donnerstag wieder zur Schule. Es war ein komisches Gefühl, im Unterricht zu sitzen und zu beobachten, wie das Leben um sie herum normal weiterlief. Die Schüler zählten ungeduldig die Tage bis zu den Herbstferien, die Lehrer gaben ihre Stunden, der stellvertretende Direktor der Schule lief gestresst durch die Gänge. Er hatte keine Ahnung, was in seiner Schulgemeinde los war, und wartete nur voller Bangen auf die nächste Katastrophe.

Natürlich wusste auch Cassie nicht genau, womit sie zu rechnen hatten. Welche Gestalt würde Black John annehmen? Wie würde er aussehen, wenn sie ihm das nächste Mal begegnete? Gefahr lag in der Luft.

Faye kam nicht zum Englischunterricht. Cassie musste nach dem Kurs Mr Humphries erklären, warum sie zwei Tage gefehlt hatte. Er war sehr mitfühlend und verlängerte den Abgabetermin für den nächsten Hausaufsatz, weshalb Cassie aber nicht so schnell wie sonst loskam. Sie war bereits zu spät für den Algebrakurs, als sie auf der dritten Etage noch zur Toilette lief. Doch als sie in einer der kleinen Kabinen saß, hörte sie draußen Stimmen. Sie erstarrte und vergaß die Zeit.

Die Unterhaltung war anscheinend schon länger im Gange.

»Und dann sollte sie eigentlich nach Kalifornien zurückfahren«, sagte die erste Stimme. Cassie erkannte sie auf Anhieb, so oft hatte sie diesen hochnäsigen Klang schon gehört. Portia! »Aber das war sicherlich auch eine Lüge, wenn es dieselbe Cassie ist, die ich meine.«

»Wie sieht die gleich noch mal aus?«, fragte ein anderes Mädchen selbstbewusst. Sally Waltman.

»Eigentlich ist sie ein kleines Nichts. Totaler Durchschnitt. Normal groß, ein bisschen größer als du …«

Ein wütendes Räuspern erklang.

»Ich will damit nicht sagen, dass du klein bist. Du – bist eben zierlich. Ist auch egal, jedenfalls ist sie ziemlich schlank, und alles andere an ihr ist stinknormal. Hellbraunes Haar, herzförmiges Gesicht, langweilige Klamotten – kein Typ, auf den die Jungs fliegen. Eine graue Maus eben.«

»Dann kann es nicht dieselbe Cassie sein«, unterbrach Sally sie kurz. »Unserer Cassie ist jeder Kerl beim Schulball mit raushängender Zunge nachgelaufen. Mein

Freund eingeschlossen, und was hat es ihm eingebracht? Auf den ersten Blick sieht sie völlig durchschnittlich aus, aber kleine Strähnchen in ihrem Haar leuchten in allen möglichen Farben, je nachdem, wie das Licht darauf fällt. Das ist kein Witz. Das ganze Getue mit der Schüchternheit und dem zarten Rühr-mich-nicht-an ist nur Show, darauf wette ich. Die Jungs sind geradezu versessen darauf, sie beschützen zu dürfen, doch dann fängt sie an, sie rumzukommandieren. Und sie kommt auch noch damit durch. Wahrscheinlich, weil sie ihre großen Augen weit aufreißt und das kleine, naive Dummerchen spielt. Diese Masche: ›Oh, ich bin nur ein ganz einfaches Mädchen, aber ich gebe dir alles‹ – darauf fallen sie rein.«

Cassie öffnete empört den Mund und hielt sich gerade noch rechtzeitig zurück.

»Und ihre Augen zu besitzen, wäre einen Mord wert«, fuhr Sally fort. »An der Farbe, dem matten Blaugrau, liegt das nicht. Aber sie schauen so groß und vertrauensvoll – einfach widerlich! Dieser verschwommene, tränenverhangene Greta-Garbo-Blick. Der macht die Jungs verrückt.«

»Es ist *doch* dasselbe Mädchen«, erwiderte Portia überzeugt. »Als ich sie kennenlernte, hatte sie nur noch nicht gelernt, sich so zur Schau zu stellen. Sie wusste, wo ihr Platz war.«

»Also, im Moment gehört sie zu der populärsten Clique der Schule. Die halten sich alle für was Besseres und glauben, sie können sich alles erlauben. Sogar einen Mord.«

»Das ist vorbei«, erklärte Portia mit Befriedigung in der Stimme. »Die Dinge werden sich hier dramatisch verändern, und zwar zu unseren Gunsten. Weißt du, jetzt bin ich geradezu froh, dass meine Mom nach der Scheidung ausgerechnet hierher gezogen ist. Zunächst war ich fast verzweifelt, aber nun hat sich alles zum Guten gewendet.«

Cassie blieb mucksmäuschenstill. Sally und Portia taten sich also zusammen. Wenn sie nur noch ein wenig von ihren Plänen verraten würden …

Aber das Geräusch von laufendem Wasser übertönte die nächsten Sätze, und dann hörte sie, wie Sally sagte: »Ich muss zum Mathekurs. Treffen wir uns in der Pause?«

»Ja. Hör mal, wie wär's, wenn du mich in den Herbstferien mal zu Hause besuchst?«, schlug Portia vor. »Meine Brüder werden dir bestimmt gefallen.«

Der ganze Zirkel hatte Cassie beschützend in die Mitte genommen. Es war Samstag und die Beerdigung fast vorbei. Sie hatte nicht auf dem alten Friedhof stattgefunden, der in der Todesnacht von »Vandalen verwüstet worden war« – so lautete jedenfalls die offizielle Version –, sondern auf dem neuen Friedhof, auf dem auch Koris Grab war. »Neu« bedeutete neu für New Salem, stammten doch seine ältesten Gräber schon aus dem 19. Jahrhundert. Cassie fragte sich, warum die Eltern, die 1993 von Black John getötet worden waren, nicht hier beerdigt lagen. Vielleicht hatte jemand gedacht, der alte Friedhof sei in diesem Fall passender.

Die Leute sprachen Cassie ihr Beileid aus und erkundigten sich nach dem Befinden ihrer Mutter. Ihre Mutter hatte nach dem Tod der Großmutter einen Schock erlitten und war zu krank, um am Begräbnis teilzunehmen. Das war wieder die offizielle Version. Cassie sagte jedem, dass es ihrer Mutter den Umständen entsprechend gut ginge.

Faye war zu Cassies Erstaunen auch erschienen. Ihr schwarzes Spitzenminikleid war wunderschön, wenn auch ein bisschen zu sexy für diesen Anlass. Rote Lippen und Fingernägel waren die einzigen Farbtupfer an ihr.

»Herzliches Beileid«, murmelte eine bekannte Stimme kalt. Cassie sah hoch. Portia. Sally stand ihr fast auf den Fersen. Die beiden schienen in den letzten Tagen unzertrennlich zu sein.

»Was für eine Überraschung, dich hier wiederzutreffen«, fügte Portia hinzu und fixierte Cassie mit ihren haselnussbraunen Augen. Cassie erinnerte sich an diesen Blick. Böse, wie der Blick einer tödlichen Schlange, dachte sie. Diese Augen schienen wie hypnotisch auf sie zu wirken. Cassie merkte, wie die alte Hilflosigkeit sie wieder überfiel.

Sie kämpfte dagegen an und versuchte zu sprechen, doch Portia fuhr bereits fort. »Ich habe gar nicht gewusst, dass du hier Verwandte hast. Aber jetzt willst du vielleicht doch wieder zurück nach Kalifornien …«

»Nein, ich bleibe.« Cassie war voller Frust, weil ihr die richtigen Worte fehlten. Heute Abend würde ihr sicher eine vernichtend spöttische Bemerkung einfallen.

Aber sie war nicht allein in New Salem. Adam sagte: »Cassie hat immer noch Verwandte hier«, und trat an ihre Seite.

»Ja, wir sind alle Geschwister. Irgendwie. Was dagegen?« Chris trat an ihre andere Seite. Er starrte Portia mit seinen seltsamen blaugrünen Augen herausfordernd an. Doug folgte ihm und grinste sein wildes Grinsen.

Portia blinzelte erschrocken. Cassie hatte vergessen, welchen Eindruck die Henderson-Zwillinge auf Leute machten, die sie nicht kannten.

Aber Portia erholte sich schnell. »Das stimmt – man behauptet, dass ihr aus der Crowhaven Road alle irgendwie miteinander verwandt wärt. Nun, vielleicht werdet ihr eines Tages die Bekanntschaft *meiner* Familie machen.« Sie schaute Adam an. »Ich bin sicher, es wird ihr eine Freude sein.«

Sie drehte sich auf dem Absatz um und ging davon.

Cassie und Adam tauschten einen Blick aus, aber bevor sie sich verständigen konnten, war Mr Humphries als Nächster herangekommen.

»Eine ergreifende Feier«, sagte er zu Cassie. »Wir werden deine Großmutter sehr vermissen.«

»Danke.« Es gelang ihr, Mr Humphries anzulächeln. Sie mochte ihn mit seinem grau gesprenkelten Bart und den sympathischen Augen hinter goldgeränderten Brillengläsern. »Danke, dass Sie gekommen sind.«

»Hoffentlich wird deine Mutter bald wieder gesund«, sagte er und machte Mrs Lanning, der Geschichtslehrerin, Platz. Doch Cassies Aufmerksamkeit richtete sich weiter auf ihn. Ein großer Mann mit schwarzem Haar war auf ihn zugekommen. Cassie hörte das Murmeln einer tiefen Stimme.

»... wollen Sie mich nicht vorstellen?«, sagte der dunkle Fremde gerade.

»Natürlich«, antwortete Mr Humphries. Seine Stimme war ein paar Oktaven höher und hektischer als die des Fremden. Er kehrte mit ihm zu Cassie zurück. »Cassie, ich möchte dich mit unserem neuen Schuldirektor bekannt machen, Mr Jack Brunswick. Er ist daran interessiert, seine neuen Schüler so schnell wie möglich kennenzulernen.«

»Das stimmt«, sagte der Mann mit dem tiefen, angenehmen Tonfall. Er streckte Cassie seine große, kräftige Hand entgegen. Sie öffnete den Mund, um etwas Höfliches zu erwidern, als sie plötzlich auf seine Hand schaute und erstarrte. Ihr Herz klopfte wie wild. Schwarze und silberne Punkte tanzten vor ihren Augen.

»Ich glaube, sie fühlt sich nicht gut. Es muss ein langer Tag für sie gewesen sein«, sagte Mrs Lanning. Ihre Stimme schien aus weiter Ferne zu kommen. Die Lehrerin stützte Cassies Arm.

Aber Cassie umklammerte die Hand des Fremden mit den starken, langen Fingern. Sie sah nur noch eines: den schweren Siegelring am Mittelfinger, in den ein Symbol eingeritzt war, das sie an Dianas silbernen Oberarmreif erinnerte – der jetzt Faye gehörte. Der Stein in dem Ring war schwarz und reflektierend, mit einem metallischen Schimmer. Er glich einem Hämatit, doch Cassie wusste es besser. Es war ein Magneteisenstein.

Dann endlich schaute Cassie zu dem neuen Schuldirektor hoch, und sie erkannte das Gesicht, das sie bei der Schädelzeremonie in Dianas Garage gesehen hatte. Das Gesicht, das auf sie zugerast war, schneller und schneller, größer und größer, und versucht hatte, dem Kristallschädel zu entkommen. Ein grausames, kaltes Gesicht. Einen Moment lang glaubte sie sogar, den Kristallschädel über den Zügen des neuen Direktors zu sehen, seine Knochenstruktur war klar sichtbar. Diese leeren Augenhöhlen, die grinsenden Zähne …

Cassie schwankte. Mrs Lanning versuchte, sie zu halten. Sie hörte Adams erschrockene Stimme, und dann Dianas. Aber sie erkannte nichts mehr außer der Dunkelheit in den Augen des Fremden. Sie glichen gläsernen Vulkanen voll schwarzem Felsgestein, dem Ozean um Mitternacht, Magneteisensteinen … Sie verschlangen sie.

Cassie. Die Stimme erklang in ihrem Kopf.

Und dann versank die Welt um sie herum in wirbelnder Dunkelheit, und sie fiel.

Schwarze Dunkelheit. Undurchdringlich. Sie war auf einem Schiff – und wieder nicht. Sie hatte Angst, zu ersticken, kämpfte in eisigem Wasser. Cassie schlug um sich, versuchte, an die Oberfläche zu kommen. Sie war blind …

»*Ganz ruhig!* Du bist in Sicherheit, Cassie. Es ist alles gut.«

Cassie fuhr hoch. Ein nasses Tuch fiel von ihren Augen. Sie lag in Dianas Wohnzimmer auf der Couch. Es war dämmrig, weil das Licht ausgeschaltet und die Vorhänge zugezogen waren. Diana lehnte sich über sie. Ihr langes goldblondes Haar fiel hinunter wie ein Wasserfall und bildete einen Schild zwischen Cassie und der Welt.

»Diana!« Cassie klammerte sich an die Hand des anderen Mädchens.

»Es ist alles gut. Du bist in Sicherheit.«

Cassie atmete tief aus und lehnte sich gegen die Couch zurück. Ihr Blick traf Dianas Augen. »Jack Brunswick ist Black John.« Das war eine nüchterne Feststellung.

»Ich weiß«, erwiderte Diana ernst. »Nachdem du ohnmächtig geworden bist, haben wir alle den Ring gesehen. Er hat bestimmt nicht damit gerechnet, dass wir ihn so schnell erkennen.«

»Was ist passiert? Was hat er gemacht?« Cassie sah vor ihrem geistigen Auge Chaos auf dem Friedhof ausbrechen.

»Nichts. Er ist gegangen, als wir dich zu meinem Auto trugen. Adam und Deborah beschatten ihn. Niemand sonst, keiner der Erwachsenen, hat gemerkt, dass etwas nicht stimmte. Sie schoben deine Ohnmacht auf Erschöpfung. Mr Humphries meinte, du solltest dich ein paar Tage ausruhen und nicht zur Schule kommen.«

»Vielleicht wäre das für uns alle besser«, flüsterte Cassie. In ihrem Kopf drehte sich alles. Black John war Leiter der Schule. Was, um alles in der Welt, plante er?

»Und Adam folgt ihm?«, fragte sie. Diana nickte. Cassie durchzuckte kurz Angst – dann fühlte sie Ärger und Frust. Adam sollte hier bei ihr sein, damit sie mit ihm reden konnte. Wusste er denn nicht, wie sehr sie ihn brauchte …?

»He, ist bei euch da drin alles okay?« Chris und Doug drückten sich auf der Türschwelle herum, als sei das Zimmer das Boudoir einer Lady, das sie nicht betreten durften.

»Es geht ihr gut«, antwortete Diana.

»Bestimmt, Cassie?«, fragte Chris und wagte sich ein paar Schritte herein. Cassie nickte schwach. Plötzlich fielen ihr Sallys Worte wieder ein. *Die Jungs sind geradezu versessen darauf sie beschützen zu dürfen.* Das stimmte doch nicht … oder? Sally hatte die Tatsachen verzerrt. Sie hatte alles falsch dargestellt.

»Kommt, ihr zwei. In der Küche steht eine Schokoladentorte«, sagte Diana zu den Brüdern. »Jeder in der Nachbarschaft hat etwas zu essen vorbeigebracht. Für uns ist es viel zu viel, und wir brauchen Hilfe, damit es nicht verdirbt.« Cassie fand es komisch, dass Diana sie so einfach verließ, aber dann sah sie, dass Chris und Doug nicht allein gekommen waren.

Nick stand auf dem Flur vor dem Wohnzimmer. Als Diana die Hendersons hinausbugsierte, kam er langsam herein.

»He … hallo, Nick«, begrüßte Cassie ihn stotternd.

Er schenkte ihr ein seltsames, flüchtiges Lächeln und setzte sich auf eine Armlehne der Couch. Sein gewohnt steinerner Gesichtsausdruck fehlte heute. Im dämmrigen Licht kam er Cassie ein wenig müde vor und ein wenig traurig. Aber das war vielleicht nur Einbildung.

»Wie geht's dir?«, fragte er. »Du hast uns für eine Minute einen ganz schönen Schrecken eingejagt.«

Nick und erschrocken? Cassie konnte es nicht glauben. »Mir geht's schon wieder bestens«, antwortete sie und zerbrach sich den Kopf, was sie sonst noch sagen sollte. Es war dasselbe wie bei Portia, wenn sie es wirklich brauchte, fiel ihr nichts ein.

Das Schweigen zog sich hin. Nick betrachtete das

Muster auf dem Bezug des Sofas. »Cassie«, begann er schließlich. »Ich muss mit dir reden.«

»Oh, ja?« Cassie war plötzlich ganz seltsam zumute. Sie wurde verlegen, ihr war heiß, und ihre Muskeln fühlten sich an wie Pudding. Sie ahnte, was kommen würde. Einerseits wollte sie nicht, dass Nick fortfuhr, und andererseits wünschte sie es sich so sehr.

»Ich weiß, das ist kaum der günstigste Zeitpunkt«, sagte er mit leichter Ironie. »Aber so, wie die Dinge stehen, könnten wir alle tot sein, bis sich der berühmte passende Moment ergibt.« Cassie öffnete nur stumm den Mund, und Nick fuhr unbeirrt fort. »Mir ist klar, dass du und Conant ... dass ihr beide sehr aneinander hängt. Und auch, dass du große Stücke auf ihn hältst. Ich bin kaum ein würdiger *Ersatz* für ihn. Aber wie ich schon sagte, wie die Dinge nun mal liegen, wäre es vielleicht ziemlich blöd, auf die Erfüllung aller Wünsche länger zu warten.«

Plötzlich schaute er sie direkt an, und Cassie erkannte etwas in seinen mahagonifarbenen Augen, das sie noch nie zuvor bei ihm gesehen hatte. »Also, Cassie, was hältst du davon?«, fragte Nick. »Wie wär's mit dir und mir?«

Kapitel Fünf

Cassie öffnete wieder den Mund, doch Nick fuhr bereits fort: »Als ich dich zum ersten Mal sah, hielt ich dich für eine graue Maus. Aber dann begannen mir Dinge an dir aufzufallen – dein Haar, dein Mund. Die Art, wie du weitergekämpft hast, obwohl du Angst hattest. In der Nacht, als Lovejoy ermordet wurde, warst du zu Tode erschrocken. Trotzdem warst *du* es, die vorschlug, wir sollten nach der schwarzen Energie suchen, und auf dem Friedhof warst du genauso tollkühn wie Deborah.« Nick hielt inne und grinste reuig. »Und hast sogar uns Jungs noch was vorgemacht.«

Cassie fühlte ein Lächeln aufsteigen und unterdrückte es schnell wieder. »Nick, ich …«

»Sag jetzt nichts. Du sollst wissen, dass … dass ich mir ganz schön schäbig vorgekommen bin, weil ich dich so mies behandelt habe, als du mich zur Halloween-Party einladen wolltest.« Seine Kinnmuskeln verkrampften sich, und er starrte unbeweglich auf eine Blume im Sofamuster. »Ich weiß nicht, warum ich das tat. Ich bin eben schnell gereizt. Das ist schon so, seit ich denken kann. Deshalb hab ich eines Tages nicht mal mehr gemerkt, wie ich mit den Leuten umspringe.«

Nick holte tief Luft. »Ich fand's schlimm, bei Debs Eltern leben zu müssen. Immer hatte ich das Gefühl, dass ich ihnen etwas schulde. Deshalb lag ich wohl ständig mit mir und aller Welt im Clinch. Und dann immer wieder dieser eine Gedanke: Nick, alter Junge, mach dir nichts vor. Deine Eltern haben dich nicht richtig geliebt. Sonst hätten sie besser aufgepasst und wären nicht in dem Unwetter umgekommen. Ich habe sie dafür gehasst – und meinen Onkel und meine Tante ebenfalls.«

Nick hielt inne und schüttelte gedankenvoll den Kopf. »Ja, besonders Tante Grace. Sie redet andauernd von meinem Dad. Wie eine Gebetsmühle: Wie tollkühn er war, wie er seine Pflicht erfüllt hat, ohne Rücksicht darauf, wen er dabei verlassen musste … Eben dieser ganze Mist. Mir wurde ganz schlecht. Ich hab niemals gedacht, dass sie das macht, weil sie ihn vermisst.«

Cassie war fasziniert. »Lehnst du daher auch die Magie ab?« Es war ein Schuss ins Blaue, aber sie traf damit ins Schwarze. Er sah sie überrascht an.

»Keine Ahnung. Kann sein, dass es etwas damit zu tun hat. Ich hab den Zirkel gehasst, weil ich glaubte, dass die anderen ein viel besseres Los gezogen hätten als ich. Sie hatten alle noch einen Eltern- oder Großelternteil, und ich hatte nur meine toten Eltern, diese Versager. Und die anderen waren so schrecklich positiv eingestellt – zum Beispiel Conant. Er …«

Nick hielt inne und sah Cassie leicht spöttisch an. »Nun, ich glaube, je weniger ich über ihn sage, desto besser. Jedenfalls weiß ich jetzt die Wahrheit. Meine Eltern waren keine Versager. Und wenn ich einer bin, kann ich niemandem mehr die Schuld daran geben – außer mir selbst. Also, tut mir leid, dass ich mich so benommen habe.«

»Nick, das ist schon okay. Du hast mich ja dann doch noch zur Halloween-Party begleitet.«

»Aber erst, nachdem du zurückgekommen bist und noch mal gefragt hast. Das war ganz schön mutig. Und danach kam die Geisterbeschwörung in der Ruine von Haus Nummer dreizehn, und du bist verletzt worden.« Nicks Mundwinkel senkten sich. »Ich konnte nichts machen. Es war Conant, der dich gerettet hat.«

Die Erinnerung an das aus Rauch geformte Wesen, die dunkle Gestalt, die aus dem Halloween-Feuer aufgestiegen war, kam mit aller Macht. Cassie versuchte, das Bild zu verdrängen. Panik überfiel sie. Ihr Atem ging in kurzen, hektischen Stößen. Bloß nicht über Black John nachdenken! So furchteinflößend er als Schattenwesen gewesen sein mochte, als richtiger Mensch war er noch viel furchteinflößender. Seine Augen …

»Cassie?« Nicks starke Finger schlangen sich um ihr Handgelenk. »Ist schon gut. Ganz ruhig.«

Sie atmete tief durch und nickte. Ihr Bewusstsein kehrte in das dämmrige Zimmer zurück. »Danke«, flüsterte sie. Es tat gut, Nicks Hand auf ihrem Arm zu spüren, seine kräftigen, schlanken Finger, seinen festen Griff. Das gab ihr Halt.

Oh, wie sehr sehnte sie sich nach der Wärme eines Menschen, nach jemandem, der zu ihr gehörte, der sie trösten und halten würde …

Sie erinnerte sich daran, wie sie in Adams Auto gesessen hatte. Das Verlangen, ihn zu umarmen und von ihm umarmt zu werden, war fast übermächtig geworden. Und gleichzeitig war ihr damals schmerzlich bewusst gewesen, dass ihre Leidenschaft für Adam nie Erfüllung finden würde.

Cassie fühlte jetzt denselben bitteren Schmerz. Adam gehörte Diana – für immer. Wie lange sollte sie noch darunter leiden, dass sie niemanden hatte?

»Ich weiß«, sagte Nick gerade mit leiser Stimme, »dass du mich nicht liebst. Ich weiß, ich bin nicht er. Aber, Cassie, ich mag dich. Ich mag dich sehr, mehr als jedes andere Mädchen vor dir. Du behandelst die Leute freundlich, du bist sanft, aber innerlich so stark wie Deborah. Vielleicht so stark wie ich.«

Er lachte kurz. »Du trägst keinem Mitglied des Zirkels etwas nach, egal, wie du am Anfang behandelt worden bist. Deb war darüber richtig überrascht. Und am Ende hast du es geschafft, dass wir dich alle respektieren. Die Henderson-Zwillinge haben sich noch nie etwas aus einem Mädchen gemacht, aber du hast ihnen den Kopf verdreht. Ich glaube, sie werden dir eine Rohrbombe zu Weihnachten schenken.«

Cassie musste in sein Lachen einstimmen. »Nun, das wäre eine Art, das Problem Black John zu lösen.«

»Sogar Faye hat Achtung vor dir. Sonst würde sie sich nicht so bemühen, dich fertigzumachen. Ich kann nicht erklären, woran es bei dir liegt. Du bist nett, aber auch knallhart. Du kannst was vertragen. Und du hast die tollsten Augen, die ich je gesehen habe.«

Cassie merkte, wie sie rot wurde. Sie spürte fast körperlich seinen Blick, und jetzt war sie es, die sich mit dem Sofamuster beschäftigte. Dieses seltsame, heiße Gefühl in ihr wurde mit jeder Minute stärker.

Sie dachte an die erste Woche in der Schule. Deborah und die Henderson-Zwillinge hatten sie gequält und ihre Schultasche herumgeworfen, als plötzlich ein starker, braun gebrannter Arm vor ihren tränenverschleierten Augen erschienen war. Nick hatte sie gerettet. Und wie nett war er damals im Heizungskeller gewesen, nachdem sie Jeffreys Leiche gefunden hatte. Er hatte sie in den Arm genommen. *Ruhig, ganz ruhig,* hatte er gemurmelt. Seine Umarmung hatte ihr damals Halt gegeben und sie getröstet. Nick ließ sich von nichts einschüchtern. Sie mochte ihn.

Aber war »mögen« genug?

Cassie schüttelte unwillkürlich den Kopf. »Nick, es tut mir leid. Ich kann dich nicht beschwindeln …«

»Ich sagte ja, ich weiß, dass du mich nicht liebst. Aber wenn du's auf einen Versuch ankommen lassen willst … Ich werde da sein, wenn du jemanden brauchst. Es könnte doch echt Spaß machen, einander richtig kennenzulernen«, fuhr er in einem lockeren Tonfall fort, den sie vorher noch nie von ihm gehört hatte.

Cassie erinnerte sich plötzlich, wie sauer sie noch eben darüber gewesen war, dass Adam hinter Black John herlief, statt hier bei ihr zu sein und sie zu trösten. Sie hatte kein Recht, so etwas von Adam zu fordern – und solche Gefühle waren gefährlich.

Ich werde da sein, wenn du jemanden brauchst. Woher wusste Nick, wie schrecklich wichtig gerade das für sie war?

Sie sah ihn an und erwiderte so leise, dass sie sich selbst kaum verstand: »Okay.«

Nicks mahagonifarbene Augen weiteten sich leicht.

Das bedeutete für seine Verhältnisse, dass er erstaunt war. Ein verwundertes Lächeln spielte um seine Lippen. Er sah so glücklich aus, dass Cassie davon angesteckt wurde. Warum konnte sie nie widerstehen, sein Lächeln zu erwidern?

»Ich hätte nicht gedacht, dass du darauf eingehst«, sagte er, als könnte er sein Glück nicht fassen.

Cassie lachte. Sie errötete noch mehr. »Warum hast du dann gefragt?«

»Ich hab mir gedacht, die Sache ist's wert, alter Junge, auch wenn sie dich in die Wüste schickt.«

»Nick.« Ein seltsames Gefühl stieg in Cassie auf. »Ich würde dich niemals in die Wüste schicken. Du bist – du bist was ganz Besonderes für mich.« Sie wusste selbst nicht, was sie damit meinte, und die Worte blieben ihr im Hals stecken. Tränen stiegen ihr in die Augen. Sie versuchte vergeblich, sie zu verdrängen. Und dann machte Nick eine Bewegung auf sie zu.

Plötzlich lag Cassie in seinen Armen und weinte an seiner Schulter. Nichts in ihrem Leben hatte sich bisher tröstender für sie angefühlt als der weiche Stoff seines schwarzen Shirts.

Sie schniefte und fühlte, wie er seine Wange an ihr Haar lehnte. »Gib uns beiden doch wenigstens eine kleine Chance«, flüsterte er. Cassie nickte und entspannte sich in seinen Armen.

Es war dunkel, als sie Nick zur Haustür hinausließ. Diana war oben. Chris und Doug waren schon lange weg. Unsicher und befangen klopfte sie leise an Dianas Tür.

»Komm rein«, rief Diana. Zum ersten Mal hatte Cassie dieses Zimmer an jenem Tag betreten, an dem Diana sie im alten Chemielabor aus Fayes Krallen befreit hatte. Damals hatte Diana in einem Meer von Regenbögen auf dem Fensterbrett gesessen. Jetzt saß sie hinter ihrem Schreibtisch und hatte einen Stapel Papiere vor sich.

»Nun, was ist passiert?«, fragte sie und drehte sich um.

Cassies Wangen brannten. »Ich … wir … wir haben beschlossen, es miteinander zu versuchen. Wir sind zusammen, meine ich.«

Dianas Lippen öffneten sich leicht. Sie schaute Cassie in die Augen, als suchte sie etwas. *»Was?«*, fragte sie verblüfft und riss sich sofort zusammen. Sie betrachtete Cassie einen langen Augenblick. »Ach so«, sagte sie schließlich.

»Du bist nicht *sauer?*« Cassie versuchte herauszufinden, was hinter diesen smaragdgrünen Augen vor sich ging.

»Sauer? Warum sollte ich sauer auf dich sein? Ich bin nur … sehr erstaunt, das ist alles. Aber mach dir darüber keine Gedanken. Nick ist ein netter Typ, und ich bin sicher, dass du ihn niemals verletzen würdest. Denn du weißt, dass er etwas ganz Besonderes ist.«

Cassie nickte, aber sie war überrascht, ihre eigenen Worte aus Dianas Mund zu hören. Sie hatte keine Ahnung gehabt, dass Diana das Gleiche wie sie für Nick empfand.

»Nein, ich finde das gut«, erklärte Diana fest und schob ein paar Papiere zur Seite.

Cassie fiel ein Stein vom Herzen. Dann warf sie einen Blick auf die Seiten, die Diana untersucht hatte, als sie hereingekommen war. Das Papier war alt, vergilbt und mit großen schwarzen Buchstabenkolonnen bedeckt. Die Schrift war merkwürdig verschnörkelt, und die Zeichensetzung fehlte fast ganz. Aber, soweit Cassie erkennen konnte, war der Text lesbar.

»Was ist das?«

»Die persönlichen Notizen von Black John. Briefe und solche Sachen. Wir haben sie auf unserer Suche nach den Meisterwerkzeugen gefunden. Ich sehe sie gerade durch, um etwas Brauchbares zu finden, das wir gegen ihn benutzen können. Eine schwache Stelle, um ihn zu bekämpfen. Durch diese Notizen haben wir auch den eigentlichen Hinweis auf das Versteck des Kristallschädels gefunden. Er hat den Schädel in einer Nachricht an einen von Seans Vorfahren erwähnt, und wir haben den Brief auf Seans Speicher entdeckt. Die genaue Lage der Insel war natürlich nicht beschrieben, aber es gab doch einige Andeutungen.«

»Hat Black John wirklich jemandem so vertraut, dass er ihm solch wertvolles Wissen hinterließ? Das ist kaum zu glauben.«

»Der Brief sollte ursprünglich auf eine falsche Spur führen. Anscheinend hatte Black John geplant, heimlich zurückzukehren und den Schädel wieder an sich zu bringen. Entweder, um ihn zu benutzen, oder, um ihn an einem sichereren Ort zu verstecken. Aber er starb, bevor er seinen Plan ausführen konnte.«

»Er ertrank«, murmelte Cassie und drehte ein kleines

rechteckiges Stück Papier in ihren Händen herum. Darauf stand geschrieben *Massachusetts-Bay Colony, 8 dollars.* Du lieber Himmel, das war ja Geld. Geld aus dem 17. Jahrhundert!

»Das hast du schon mal erwähnt.« Diana betrachtete Cassie nachdenklich. »Und ich habe mich damals schon gefragt, woher du das wusstest.«

»Was? Oh, jemand von euch wird es mir erzählt haben.« Cassie versuchte, sich zu erinnern. »Melanie vielleicht.«

»Nein, Melanie kann es nicht gewesen sein. Und auch sonst niemand von uns. Weil wir keine Ahnung davon hatten. Du warst die Erste, die angedeutet hat, dass er auf dem Meer umgekommen ist.«

»Aber …« Verwirrt zerbrach sich Cassie den Kopf. Woher hatte sie diese plötzliche Eingebung gehabt? »Wie …?« Mit einem Mal wusste sie es. »Meine Träume«, flüsterte sie und ließ sich aufs Bett fallen. »Oh Diana. Er war in meinen Träumen. Ich habe vom Ertrinken geträumt, davon, auf einem Schiff zu sein, das untergeht. Aber das war nicht ich. Das war er! Black John!«

»Cassie.« Diana kam herüber und setzte sich neben sie. »Bist du sicher, dass er es war?«

»Ja. Denn es ist heute wieder passiert, als ich ihn auf dem Friedhof sah. Ich schaute in seine Augen – und fühlte, wie ich in die Tiefe stürzte. Ertrank. Keine Luft zum Atmen. Überall um mich herum war Salzwasser, und es war kalt. Ich konnte es schmecken.«

Diana legte einen Arm um Cassies heftig zuckende Schultern. »Denk nicht mehr daran.«

»Es geht schon wieder«, flüsterte Cassie. »Warum lässt er mich das durchmachen? Warum flößt er mir diese Träume ein? Will er mich töten?«

»Ich weiß es nicht.« Diana klang unsicher. »Cassie, ich habe es dir schon einmal gesagt. Du musst nicht hierbleiben ...«

»Doch!« Cassie dachte an ihre Großmutter, und ihre Worte klangen in ihrem Gedächtnis nach. *Es gibt nichts in der Dunkelheit, was man zu fürchten braucht. Man muss ihm nur mutig entgegentreten.*

Der Ozean war dunkel. Das Wasser in seiner bodenlosen Tiefe war schwarz wie die Nacht und kalt wie Hämatit. Aber ich kann das durchstehen, dachte Cassie. Ich werde mich davor nicht fürchten. Ich weigere mich einfach. Sie drängte die Angst zurück und fühlte, wie das Zittern sie langsam verließ.

Meine Familie hat das zweite Gesicht und die stärkste Magie, dachte sie. Ich will diese Kräfte nutzen, um ihn zu bekämpfen ... und zu besiegen.

Sie löste sich von Diana. »Ich glaube, du hattest heute Abend den richtigen Einfall.« Sie deutete auf die Papiere. »Du liest die Notizen da durch und dein Buch der Schatten, und ich werde mir meins vornehmen.« Sie schaute zum Fensterbrett, auf dem das in rotes Leder gebundene Buch neben einem bunten Block mit Notizzetteln, einigen Filzstiften und Markern lag.

»Hast du bisher schon was Interessantes gefunden?«, fragte Diana, als Cassie es sich mit dem Buch auf dem Schoß auf dem Fensterbrett bequem machte.

»Nichts über Black John. Am Anfang scheinen die

Zaubersprüche die gleichen zu sein wie in deinem Buch. Aber die Texte sind trotzdem sehr interessant, und wer weiß, was sich am Ende als nützlich für uns herausstellen wird«, antwortete Cassie. Sie war entschlossen, sich mit den Sprüchen und Amuletten, die im Buch beschrieben waren, vertraut zu machen und so viel wie möglich von ihnen zu lernen. Danach wollte sie herausfinden, aus welcher Quelle sie das Wissen erfahren konnte, das ihr dann noch fehlte. Doch selbst wenn sie sich beeilte, würde dieses Vorhaben Jahre dauern, und die Zeit drängte.

»Diana, wir sollten, so bald es geht, mit den alten Ladys in der Stadt reden. Bevor ... nun, bevor etwas passiert und wir möglicherweise nicht mehr in der Lage dazu sind.« Sie sah Diana ernst an.

Diana blinzelte einen Moment verwirrt. Dann dämmerte es ihr, und sie nickte. »Du hast recht. Er hat schon mindestens vier Menschen getötet. Wenn er glaubt, dass sie eine Bedrohung für ihn sind ...« Sie schluckte. »Wir sprechen morgen mit ihnen. Ich werde Adam Bescheid sagen, wenn er anruft – er soll sich bei mir melden, sobald er und Deborah mit der Beschattung von Black John fertig sind.«

»Ich hoffe nur, Black John merkt nichts davon.«

»Ich auch«, sagte Diana leise und beugte sich wieder über die vergilbten Blätter.

Das Treffen fand am nächsten Tag am Strand statt. Faye hatte keine Gelegenheit, ihr Veto dagegen einzulegen, denn Faye war nicht da.

»Sie ist bei *ihm*«, erklärte Deborah kurz. »Ich bin ihr

heute Morgen gefolgt. Sie hat sich mit ihm im selben Coffeeshop wie gestern getroffen …«

»Warte mal. Einen Moment«, unterbrach sie Laurel. »Du bist zu schnell. In welchem Coffeeshop?«

»Ich werde es euch erzählen«, sagte Adam auf einen Blick von Diana hin. »Gestern nach der Beerdigung sind wir Mr Brunswick gefolgt. Der Name ist übrigens ein Scherz.«

Diana nickte. »Ich habe mal ein bisschen mit Ölfarben gemalt. ›Brunswick‹ ist die Bezeichnung für eine bestimmte Farbe«, wandte sie sich an Cassie und den Rest des Zirkels. »Für pechschwarze Ölfarbe.«

»Sehr witzig«, erwiderte Cassie. Sie hatte einen neuen Platz im Zirkel neben Nick und war deshalb noch ein wenig befangen. Sie war sich seiner Nähe, seines Arms neben ihr, nur zu bewusst. Wenn sie sich ein bisschen nach rechts lehnte, konnte sie ihn berühren, und das wirkte wiederum sehr beruhigend auf sie. »Ich frage mich, was er mit dem armen Mann gemacht hat, der eigentlich für die Stelle des Direktors vorgesehen war.«

»Keine Ahnung.« Adam war natürlich aufgefallen, neben wem Cassie saß, und auch der neue Ausdruck in Nicks Augen, die Art, wie er Cassie beschützend ansah, war ihm nicht entgangen. Cassie merkte, wie er Nick mit verengten blaugrauen Augen von oben bis unten genau musterte. Es war kein freundlicher Blick. »Ich weiß nicht, wie es ihm gelungen ist, sich diesen Posten zu verschaffen. Und auch nicht, warum er ihn wollte.« Er schaute wieder zu Nick und öffnete den Mund, doch Diana kam ihm zuvor.

»Erzähl die Geschichte weiter, Adam. Nun mach

schon. Wir brennen darauf, zu erfahren, was passiert ist, nachdem du ihm gestern gefolgt bist.«

»Was? Ach so. Also, Brunswick hat den Friedhof allein in einem grauen Cadillac verlassen. Wir sind hinter ihm her: Deborah auf ihrem Motorrad und ich im Jeep. Er fuhr in die Stadt, parkte vor Perko's Coffeeshop und ging hinein. Jetzt ratet mal, wer ein paar Minuten später eintraf …«

»… ein schwarzes Spitzenminikleid trug und wirklich sehr sexy aussah«, fügte Deborah hinzu.

»Faye«, flüsterte Diana und wurde weiß im Gesicht. »Wie konnte sie nur!«

»Weiß nicht, jedenfalls hat sie es getan«, erwiderte Deborah lässig. »Wir haben sie durch das Schaufenster beobachtet. Sie ging an seinen Tisch. Er ist ein ganz normaler Mann aus Fleisch und Blut, und er trank Kaffee. Sie redeten ungefähr eine Stunde lang. Faye flirtete mit ihm, warf ihre schwarze Mähne zurück, sah ihm tief in die Augen … Na ja, um's kurz zu machen, sie zog ihre ganze Show ab. Und ihm schien das zu gefallen, er lächelte sie an.«

»Wir warteten, bis sie gingen, dann ist Deb ihr gefolgt und ich ihm«, erzählte Adam weiter. »Er fuhr zu einem Sommerhaus auf dem Festland, wahrscheinlich hat er es gemietet. Dort ist er die ganze Nacht geblieben. Das vermute ich zumindest. Um ein Uhr morgens habe ich meine Beobachtungen abgebrochen.«

»Und Faye?«, fragte Melanie Deborah.

Deborah verzog das Gesicht. »Ich weiß nicht.«

»Was?«

»Mensch, ich hab sie verloren, okay? Wenn du 'ne Harley fährst, bist du nicht gerade unsichtbar. Faye hat lauter rote Ampeln überfahren, plötzlich mitten auf der Fahrbahn gedreht und sämtliche Verkehrsvorschriften missachtet. Und ihr kleiner Sportflitzer ist auch nicht gerade 'ne lahme Ente. Am Ende hatte sie mich abgehängt. Willst du mir daraus jetzt 'nen Strick drehen, oder was?«

»Deb«, versuchte Cassie, sie zu beruhigen.

Deborah sah sie wütend an, verdrehte die Augen und zuckte dann ergeben mit den Schultern. »Jedenfalls habe ich heute Morgen vor ihrem Haus auf sie gewartet. Sie ist in die Stadt gefahren und hat sich wieder mit ihm getroffen. Sie hatten diesmal allerdings einen Tisch hinten im Coffeeshop und nicht nahe am Fenster. Ich bin reingegangen, aber es war unmöglich, zu erkennen, was zwischen ihnen vorging. Ich glaube, sie hat ihm etwas gegeben, aber ich weiß nicht, was.«

»Na toll«, seufzte Suzan schwer, und Deborah erdolchte sie mit ihren Blicken.

»Nein, Debbie, Schätzchen. Ich meine das anders. Ironisch, verstehst du? Ist doch toll, dass sie sich mit ihm gegen uns verbündet hat. Jedenfalls hat es ja den Anschein. Möchte jemand einen Schokoladenkeks?« Suzan nahm sich einen mit spitzen Fingern aus der Packung und biss genüsslich hinein.

Laurel murmelte etwas davon, dass Zucker schlimmer sei als Rattengift, aber selbst ihr war nach all den unerfreulichen Enthüllungen die Lust vergangen, mehr zu ihrem Lieblingsthema zu sagen.

»Mmm, lecker, fehlt nur noch die Cremefüllung«, schwärmte Suzan und leckte sich die Lippen.

»Am besten, wir reden gleich mit den alten Damen«, kehrte Cassie zum Thema zurück. »Mit Adams und Laurels Großmutter und mit Melanies Großtante.«

»Heute ist ein guter Tag«, rief Melanie. »Jeden Sonntagnachmittag treffen sie sich bei uns zu Tee und Kuchen.«

»Stimmt.« Cassie wurde einen Moment traurig. »Meine Großmutter ist auch immer hingegangen.«

»Kuchen?« Suzan blickte interessiert hoch. »Warum hast du das nicht gleich gesagt? Worauf warten wir noch?«

»Halt, einen Moment, bitte.« Diana sah sich in der Runde um. »Hört mal, es ist vermutlich sinnlos, das zu fragen, aber hat jemand von euch aus Cassies Zimmer den Hämatit mitgenommen?« Die Mitglieder starrten erst sie an, dann einander. Alle außer Cassie und Laurel. Großes Kopfschütteln. Auf allen Gesichtern lag die gleiche Verwunderung.

»Jemand hat den Hämatit mitgehen lassen?«, fragte Deborah. »Das Teil, das wir in der Hausruine von Nummer dreizehn gefunden haben?« Cassie nickte und beobachtete unauffällig die anderen Mitglieder des Zirkels. Adam hatte die Stirn gerunzelt, die Henderson-Zwillinge blickten verständnislos. Sean zappelte nervös herum, aber das war ja nichts Neues an ihm. Melanie schien besorgt, Nick schüttelte langsam den Kopf, und Suzan zuckte mit den Schultern.

»Ich habe nicht damit gerechnet, dass jemand den Diebstahl zugibt«, sagte Diana. »Wahrscheinlich liegt's daran, dass die Person, die den Hämatit genommen hat, nicht hier ist, sondern in Perko's Coffeeshop.« Diana seufzte. »Okay, statten wir Haus Nummer vier einen Besuch ab.«

Cassie kannte Melanies Haus inzwischen ziemlich gut, seit sie regelmäßig ihre Mutter besuchte, die hierhergebracht worden war. Das Haus glich dem ihrer Großmutter, war jedoch viel besser instand gehalten worden. Die weißen Wände waren frisch gestrichen, und drinnen war alles tadellos sauber und aufgeräumt.

Großtante Constance saß im Wohnzimmer mit der alten Mrs Franklin, Adams Großmutter, und Laurels Granny Quincey. Sie war nicht gerade erfreut, als sich die elf Mitglieder auf der Schwelle des Zimmers drängten.

»Großtante Constance? Hast du einen Moment Zeit für uns?«

Die alte Frau sah Melanie kühl und tadelnd an. Sie war dünn, strahlte eine strenge Würde aus, und in ihren hohen Wangenknochen entdeckte Cassie eine Ähnlichkeit zu Melanies klassischer Schönheit. Ihr Haar war noch sehr dunkel, aber vielleicht färbte sie es.

»Kommst du deine Mutter besuchen?«, fragte sie, als sie Cassie in der Gruppe entdeckte. »Sie schläft im Moment tief, und wir sollten sie nicht stören.«

»Nein, eigentlich wollten wir mit dir reden, Großtante Constance«, wagte Melanie sich vor. Sie sah die anderen Frauen im Wohnzimmer an. »Mit euch dreien. Dürfen wir reinkommen?«

Eine dünne Linie erschien auf Großtante Constance's

Stirn, aber die mollige Frau auf dem Sofa erwiderte: »Ach, lass sie doch, Connie. Warum nicht? Da bist du ja, Adam. Wo warst du gestern Nacht so lange?«

»Ich dachte, das hättest du nicht gemerkt, Grandma«, erwiderte Adam verlegen.

»Oh, ich bekomme viel mehr mit, als die Leute glauben.« Mrs Franklin kicherte, nahm ein kleines Stück Kuchen und steckte es sich in den Mund. Ihr graues Haar war zu wirren Zöpfen geflochten und auf ihrem Kopf wild zusammengesteckt. Sie schien ein wenig schlampig und unordentlich zu sein und passte damit so gar nicht in den kalten weißgoldenen Salon. Cassie mochte sie auf Anhieb.

»Was ist denn los, Laurel?«, fragte eine dünne Stimme. Cassies Blick wanderte zu Granny Quincey, einer zierlichen Frau mit einem Gesicht wie ein getrockneter Apfel. Sie war Laurels Urgroßmutter und so leicht und klein, dass es schien, als könnte ein Windstoß sie fortpusten.

»Nun ...« Laurel schaute Adam an, der fortfuhr.

»Es hat etwas mit dem zu tun, was meine Großmutter mich gerade gefragt hat. Wo ich gestern Nacht war. Und es hat etwas mit den Dingen zu tun, die vor langer Zeit passiert sind, so ungefähr um den Zeitpunkt herum, an dem wir Kinder alle geboren wurden.«

Großtante Constance runzelte jetzt ernsthaft die Stirn, und Granny Quincey presste die Lippen zusammen. Die alte Mrs Franklin kicherte vor sich hin, aber ihr Blick schweifte ziellos durch das Zimmer, sodass Cassie sich fragte, ob sie ihren Enkel wirklich verstanden hatte.

»Also!«, sagte Großtante Constance scharf. »Wir hören!«

Adam sah zum Rest des Zirkels. Alle signalisierten ihre Unterstützung und wählten ihn schweigend zu ihrem Redner. Er holte tief Luft und wandte sich wieder an die alten Frauen. »Ich habe unseren neuen Schuldirektor beschattet, Mr Jack Brunswick.« Der Name rief keinerlei Reaktion hervor. »Ich glaube, ihr kennt ihn unter einem anderen Namen.« Regloses Schweigen.

»Er ist allen bekannt als Black John.«

Das Schweigen wurde jäh durchbrochen, als Großtante Constance so abrupt aufstand, dass eine der zierlichen chinesischen Teetassen klirrend zu Boden fiel.

»Aus meinem Haus! Raus mit euch!«, schrie sie Adam an.

Kapitel Sechs

»Tante Constance!«, keuchte Melanie erschrocken.

»Du hast mich gehört«, sagte die dunkelhaarige Frau eisig zu Adam. Sie schaute zum Rest der Gruppe. »Raus hier! Alle. Ich mag diese Scherze nicht, besonders nicht jetzt. Habt ihr nicht schon genug angerichtet mit eurer unerwünschten Einmischung? Die arme Alexandra liegt im Gästezimmer, und Maeve ist gerade erst unter der Erde … Melanie, schaff sie mir aus dem Haus!«

Laurel und Granny Quincey gerieten in Aufregung. »Oh Kinder, nicht doch«, wiederholte Granny Quincey andauernd und rang ihre kleinen Hände, die Vogelklauen glichen.

»Bitte, Miss Burke. Hören Sie uns zu«, flehte Laurel, den Tränen nahe.

»Ihr habt keinen Funken Respekt.« Tante Constance atmete schwer. Ihre Augen glühten wie im Fieber.

»Den haben junge Leute nie, Constance.« Adams Großmutter kicherte wieder. »Nun, ich erinnere mich, als wir in ihrem Alter waren, was haben wir da nicht alles angestellt …« Immer noch lachend und den Kopf schüttelnd, schob sie ein zweites Kuchenstück in den Mund.

»Grandma, bitte. Das ist kein Scherz«, begann Adam hilflos, aber es hatte keinen Zweck. Der Lärm im Zimmer war zu groß. Alle redeten durcheinander.

Großtante Constance befahl Melanie lautstark, die

Scherben auf dem Boden liegen zu lassen und endlich die Gruppe aus dem Haus zu schaffen.

Granny Quincey versuchte, mit ihrer hellen, zwitschernden Stimme und beruhigenden Gesten alle zu beschwichtigen, doch niemand achtete auf sie.

Die alte Mrs Franklin lächelte milde und kopfnickend vor sich hin. Diana bat Melanies Großtante inständig, ihnen nur zwei Minuten Gehör zu schenken, doch auch das wurde abgelehnt.

»Zum letzten Mal!« Großtante Constance klatschte laut in die Hände, als wollte sie Diana, Adam und den Rest des Zirkels wie eine Herde Gänse aus der Tür scheuchen.

»Miss Burke!«, schrie Cassie. Sie war selbst den Tränen nahe, obwohl Nick versucht hatte, sie sanft hinauszuführen, seit das Geschrei angefangen hatte. Cassie wollte nicht gehen, sie glaubte zu verstehen, was Großtante Constance gemeint hatte, als sie von der unerwünschten Einmischung des Zirkels gesprochen hatte. »Miss Burke«, wiederholte sie und bahnte sich einen Weg nach vorn. Schließlich befand sie sich direkt vor der alten Frau.

»Es tut mir leid«, begann sie, und plötzlich war es so ruhig im Zimmer, dass sie die Unsicherheit in ihrer eigenen Stimme hören konnte. »Meine Mutter liegt in Ihrem Gästezimmer, und Sie wissen, wie dankbar ich bin, dass Sie sie aufgenommen haben. Und es ist meine Großmutter, die beerdigt worden ist. Aber was glauben Sie, wer ihnen das angetan hat? Es war nicht der Zirkel. Meine Großmutter hat mir kurz vor ihrem Tod erzählt, dass

Black John die ganze Zeit geplant hat, zurückzukommen, und dass sie immer gewusst hat, es würde ihm gelingen. Es stimmt, zum Teil ist seine Rückkehr die Schuld unseres Zirkels – auch meine Schuld. Und es tut uns leid. Mehr, als Sie je verstehen können. Aber er ist wirklich hier.« Sie hielt einen Moment inne. *»Wirklich«*, fügte sie flüsternd hinzu.

Großtante Constance' Atem ging immer heftiger. Ihre rot geschminkten Lippen waren zu einer dünnen Linie zusammengepresst. »Ich fürchte, ich kann nicht glauben, was ihr da sagt. Es ist – einfach unmöglich ...« Ihr Gesichtsausdruck änderte sich, wurde schmerzverzerrt. Sie keuchte laut und griff sich an die Brust.

»Tante Constance!«, rief Melanie und lief zu ihr. Sie und Adam halfen ihr auf einen Sessel.

»Soll ich einen Arzt rufen?«, fragte Diana und warf aufgeregt ihr goldblondes Haar zurück.

»Nein!« Großtante Constance hob den Kopf. »Es ist nichts. Alles in Ordnung.«

»Das stimmt nicht, Constance«, erklang eine zitternde Stimme. Granny Quincey stand mühsam vom Sofa auf, ging mit langsamen Schritten zum Sessel und legte Constance eine zitternde Hand auf die Schulter. »Es ist dein Herz, das dir die Wahrheit sagt. Ich glaube, wir hören den Kindern besser zu.«

Schweigen entstand, während Constance von Melanie zu Adam und dann zu Cassie sah. Cassie zwang sich, den durchdringenden Blick ruhig zu erwidern.

Großtante Constance schloss die Augen und lehnte sich langsam im Sessel zurück. »Ihr habt recht«, flüsterte sie, ohne jemanden anzusehen. »Kommt alle rein und sucht euch einen Platz. Dann könnt ihr eure Geschichte erzählen.«

»... Deshalb haben wir beschlossen, mit euch dreien zu sprechen, da ihr die Einzigen seid, die sich vielleicht noch von früher an ihn erinnern können«, schloss Diana. »Wir haben auch schon überlegt, die Eltern zu fragen ...«

»Lasst eure Eltern aus dem Spiel«, sagte Großtante Constance nüchtern.

Sie hatte dagesessen und sich die Geschichte angehört. Ihr Gesichtsausdruck war immer düsterer geworden. Eine Aura von schwarzem Horror erfüllte das Zimmer. »Sie würden es nicht verstehen.« Sie betrachtete Cassie, ohne sie wirklich zu sehen. Cassie fiel dabei der leere Blick ihrer Mutter ein. »Und sich nicht erinnern. Mein Gott, wie ich mir gewünscht habe, ich könnte auch vergessen ...«

»Was vergangen ist, ist vergangen«, zwitscherte Granny Quincey.

»Ja«, pflichtete Großtante Constance bei. Sie setzte sich gerade auf. »Aber ich weiß nicht, wie ihr auf die Idee kommen konntet, dass ausgerechnet wir drei alten Frauen euch helfen könnten – gegen ihn.«

»Wir dachten, vielleicht erinnert ihr euch an etwas, das ihn betrifft, an einen wunden Punkt, eine schwache Stelle, etwas, das wir benutzen können, um ihn zu bekämpfen«, antwortete Adam.

Constance schüttelte langsam den Kopf. Granny Quincey runzelte die Stirn, ihr Gesicht legte sich dabei in tausend kleine Falten. Die alte Mrs Franklin sah sehr vergnügt aus. Cassie konnte nicht erkennen, ob sie der Geschichte überhaupt gefolgt war oder nicht.

»Wenn er von den Toten zurückgekehrt ist, kann er nicht viele Schwächen haben«, flüsterte Großtante Constance heiser. »Und er hat immer schon verstanden, Menschen zu manipulieren. Faye Chamberlain ist auf seiner Seite, sagtet ihr?«

»Wir befürchten es«, erwiderte Adam.

»Das ist schlimm. Er wird sie gegen euch benutzen. Gegen eure Schwächen. Lockt sie von ihm weg, wenn ihr könnt. Aber wie?« Großtante Constance dachte angestrengt nach. »Der Hämatit, nehmt ihn ihr weg. Er ist sehr gefährlich, denn Black John kann ihn benutzen, um Fayes Willen zu beeinflussen.«

Diana warf einen Blick auf Cassie, der ausdrückte: *Na, was hab ich dir gesagt?* Die alte Frau fuhr fort. »Und der Schädel ist jetzt verschwunden? Seid ihr da ganz sicher?«

»Spurlos«, antwortete Adam.

»Es sah so aus, als würde der Schädel explodieren, während Faye ihn in den Händen hielt. Kurz bevor wir alle zu Boden geschleudert wurden und das Bewusstsein verloren«, erklärte Cassie. »Etwas ist aus ihm heraus explodiert. Und wir konnten hinterher keine Spur mehr von ihm finden.«

»Nun … es gibt also keinen Weg mehr, den Schädel als Werkzeug gegen ihn zu verwenden. Cassie, hast du etwas in dem Buch der Schatten deiner Großmutter gefunden?«

»Nein. Aber ich habe es noch nicht ganz durchgelesen«, gab Cassie zu.

Großtante Constance schüttelte den Kopf. »Ihr braucht eine zusätzliche Macht, die ihr gegen ihn benutzen könnt. Ihr seid alle zu jung, um ihn allein zu bekämpfen – und wir sind keine Hilfe für euch. Wir sind zu alt. Und die Generation dazwischen besteht nur aus Narren. Es gibt keine Macht hier, die stark genug wäre …«

»Es hat sie einst gegeben«, warf Granny Quincey ein.

Constance sah sie an, und ihr Gesichtsausdruck änderte sich. »Einst … ja, natürlich.« Sie wandte sich an den Zirkel. »Wenn die alten Geschichten stimmen, dann gab es einst eine Macht, die stark genug war, Black John zu zerstören.«

»Was war das?«, fragte Laurel.

Großtante Constance stellte eine Gegenfrage. »Auf welche Weise genau hat Adam den Schädel finden können?«

»Es war kein Zufall«, erklärte Diana. »Er hat nach den Meisterwerkzeugen gesucht …« Sie hielt inne. »Die Meisterwerkzeuge«, flüsterte sie.

»Ja. Diejenigen, die einst dem ursprünglichen Zirkel gehörten. Unseren Vorfahren, die New Salem gegründet haben, nachdem sie von den Hexenjägern aus der Stadt Salem vertrieben worden waren.«

Cassie sprach laut, ohne nachzudenken. »Aber was genau waren diese Meisterwerkzeuge?«

Granny Quincey antwortete: »Die Symbole der Meisterin des Zirkels natürlich. Das Diadem, der Oberarmreif und das Strumpfband.«

»Wir besitzen nur Kopien«, sagte Melanie enttäuscht.

»Sie dienen wirklich nur als Symbole. Die Originale waren sehr machtvoll. Richtige Werkzeuge der Magie, die benutzt werden konnten. Aber, Tante Constance«, sie wandte sich an ihre Großtante, »es war doch Black John, der die Meisterwerkzeuge versteckt hat. Adam sucht schon seit Jahren danach, von hier bis Cape Cod. Wie sollen wir sie jetzt so schnell finden?«

»Ich weiß es nicht«, antwortete die alte Frau müde. »Etwas an dem, was du sagst, stimmt nicht. Black John hat sie nicht versteckt, sondern der Urzirkel. Sie haben sie vor ihm versteckt, damit er sie nicht benutzen konnte. Sie kannten die Macht, die der Schädel und die Meisterwerkzeuge zusammen besaßen. Black John wäre unbesiegbar geworden. Das hat meine Großmutter mir jedenfalls erzählt.«

»Sie hätten die Meisterwerkzeuge bestimmt nicht weit fortgebracht«, fügte Granny Quincey hinzu. »Das ist aber nur so eine Vermutung von mir. Black John ist viel gereist, im Gegensatz zu unseren Vorfahren. Sie waren ruhige, sesshafte Menschen, die ihr Zuhause liebten.«

»Ihr wolltet einen Rat. Nun, hier ist meiner«, sagte Großtante Constance. »Findet die Meisterwerkzeuge. Wenn ihr alle zusammenhaltet und sie benutzt, könntet ihr eine Chance gegen ihn haben.« Ihre Lippen bildeten wieder eine dünne Linie.

»Gut«, erwiderte Adam langsam. »Wir verstehen.«

Cassie atmete tief aus und versuchte, nicht enttäuscht zu sein. Es war ein guter Rat, aber sie hatte gehofft – auf was? Auf den Rat ihrer eigenen Großmutter. Sie sehnte sich nach ihr, die so weise gewesen war und es immer geschafft hatte, dass Cassie sich stärker fühlte, als sie geglaubt hatte zu sein.

»Und du, lies brav weiter in dem Buch, das deine Großmutter dir gegeben hat!«, sagte Granny Quincey plötzlich und sah Cassie durchdringend mit ihren schwarzen Vogelaugen an. Cassie nickte, und die alte Frau lächelte ihr leicht, aber auf seltsam eindringliche Weise zu.

Mrs Franklin lächelte ebenfalls und klopfte sich auf die Knie. Dann blickte sie sich um, als hätte sie etwas vergessen. »Was ist morgen?«, fragte sie.

Schweigen entstand. Cassie war nicht sicher, ob Adams Großmutter zu ihnen sprach oder zu sich selbst. Aber dann wiederholte sie: »Was ist morgen?«, und blickte die Mitglieder des Zirkels einen nach dem anderen auffordernd an.

»Na … unser Geburtstag«, schlug Chris vor.

Diana zögerte leicht verwundert. »Ich glaube – es ist die Nacht der Hekate. Ist es das, was Sie meinen, Mrs Franklin?«

»Stimmt, mein Kind«, sagte die alte Mrs Franklin zufrieden. »Oh, als ich jung war, haben wir ein schönes Ritual vollzogen. Ich erinnere mich an die Zeremonien im Mondschein, und aus den Schatten beobachteten uns die Indianer …«

Blicke wurden getauscht. Mrs Franklin konnte sich unmöglich daran erinnern. Es gab seit Jahrhunderten in dieser Gegend keine Indianer mehr.

Aber Diana wurde von ihr angesteckt. »Sie meinen, wir sollen eine Zeremonie abhalten?«

»Ich würde es tun, Liebes«, erwiderte Mrs Franklin.

»Ein Ritual nur für Mädchen. Wir Mädchen hatten immer unsere kleinen Geheimnisse, nicht wahr, Connie? Und wir haben zusammengehalten.«

Diana sah ein bisschen verwirrt aus, aber sie nickte langsam und entschlossen. »Ja. Ja! Es wäre gut, wenn die Mädchen sich träfen. Alle Mädchen des Zirkels. Und ich glaube, ich weiß auch schon, was wir machen werden. Es ist zwar die falsche Jahreszeit für diese Zeremonie, aber das spielt wohl keine Rolle.«

»Ich weiß, es wird dir Spaß machen, Liebes.« Mrs Franklin nickte glücklich. »Und jetzt zu dir, Cassie.« Cassie sah sie überrascht an.

»Cassie«, wiederholte Adams Großmutter. Sie hatte den Kopf zur Seite geneigt und seufzte, so wie man es tut, wenn man Bilder von einem lächelnden Baby betrachtet. »Mein Liebes, du bist so ein hübsches kleines Ding, obwohl du deiner Mutter gar nicht gleichst. Trotzdem …« Sie brach plötzlich ab und schaute sich um. »Hmm?«

Großtante Constance's Miene war strenger denn je. Ihre Augen schossen wahre Blitze auf Mrs Franklin ab. »Edith!«, sagte sie warnend.

Mrs Franklin schaute auf Granny Quincey, die sie ebenfalls mit merkwürdiger, äußerster Konzentration ansah.

»Wieso? Ich wollte doch nur sagen, dass ich ein klein wenig von ihrer Mutter in ihren Zügen entdecke«, verteidigte sie sich und nickte Cassie freundlich zu. »Versuche, dir nicht so viele Sorgen zu machen, Liebes. Alles wird am Ende wieder gut.«

Großtante Constance entspannte sich fast unmerklich.

»Ja. Das ist alles, Melanie. Du führst deine Freunde jetzt besser hinaus.«

Und das war's dann. Die elf standen auf, bedankten und verabschiedeten sich. Dann standen sie vor dem großen weißen Haus im schwachen Licht der Novembersonne.

»Wow!« Cassie atmete tief aus. »Adam, hast du verstanden, was da am Schluss vor sich ging?«

»Tut mir leid.« Adam zog eine Grimasse. »So ist sie eben manchmal.«

»Nein, ich meine nicht deine Grandma. Eher das Verhalten der anderen beiden«, begann Cassie, aber Deborah unterbrach sie ungeduldig. »Was sollte der ganze Quatsch mit der ›Nacht der Hekate‹?«

»Es ist die Nacht des Hutzelweibleins«, erklärte Diana. »Das ist das Symbol für Hekate.«

»Des Hutzelweibleins?«, wiederholte Suzan angewidert, und Cassie wusste, was sie meinte. Das Wort beschwor ein nicht gerade schönes Bild herauf – eine gebeugte, zahnlose, uralte, runzlige Frau, die hinterlistig einen vergifteten Apfel anbot.

»Ja.« Diana sah Cassie an. »Damit ist nichts Schlimmes verbunden, Cassie. Hutzelweiblein bedeutet in der alten Überlieferung einfach: Großmutter, alte Frau – eine Frau im Winter ihres Lebens: Jungfrau, Mutter, dann Großmutter. Hutzelweiblein sind weise und vor allem stark. Nicht mehr körperlich vielleicht, aber geistig. Sie haben viel gesehen, viel mitgemacht und dadurch viel gelernt. Sie sind diejenigen, die das Wissen an uns weitergeben.«

»Wie meine Großmutter.« Cassie verstand langsam.

Natürlich, die gebeugte, runzlige Gestalt war das genaue Abbild ihrer Großmutter. Doch ohne den vergifteten Apfel, dachte sie und musste lächeln. Wenn ihre Großmutter jemandem etwas angeboten hatte, dann nur, um ihm zu helfen. »Märchen können einen manchmal auf ganz schön blöde Gedanken bringen«, sagte sie.

»Genau.« Diana nickte heftig. »Im Alter möchte ich einmal so sein, wie deine Großmutter war, Cassie.« Doug verdrehte die Augen. »Tolle Vorstellung.«

»Die alten Damen haben versucht, uns zu helfen«, wies Melanie ihn zurecht. »Sogar Großtante Constance. Aber was machen wir in der Nacht der Hekate, Diana?«

»Es ist die Nacht, um die Zukunft vorauszusagen«, erklärte Diana. »Wir müssen eine Wegkreuzung finden, an der wir das Ritual abhalten können. Hekate war die griechische Göttin des Scheidewegs. Der Scheideweg stand für eine Änderung, einen neuen Lebenspfad.«

»Ich glaube, wir stehen alle an einem solchen Scheideweg«, entgegnete Melanie nüchtern und ernst.

»Stimmt.« Diana sah Adam an. »Deine Großmutter hatte recht. Das ist etwas, das wir Mädchen tun müssen. Aber was macht ihr Jungs?«

Adam grinste. »Keine Sorgen, wir werden es schon schaffen, uns eine Nacht mal ohne euch zu amüsieren. Vielleicht haben Chris und Doug ein paar Ideen.« Er war völlig locker. Cassie war bereits früher aufgefallen, dass die Jungen des Zirkels sich in keiner Weise durch die Vorrechte der Mädchen benachteiligt fühlten. Es machte ihnen nichts aus. Sie schienen zu wissen, dass sie auf eine andere Art genauso wichtig waren.

»Aber ihr solltet sehr vorsichtig sein«, warnte Nick ernst. Chris und Doug boxten einander und stritten sich, wie sie ihren Geburtstag am besten feiern sollten. Als Nick sprach, hörten sie damit auf.

»Am besten, ihr nehmt einen Kreuzweg, der nicht zu weit entfernt liegt«, fuhr Nick, an Diana und Cassie gewandt, fort. »Und wir sollten uns in der Nähe aufhalten.«

Cassie schaute in sein Gesicht und erkannte den besorgten Ausdruck in seinen Augen, den er zu verbergen suchte. Sie nahm seine Hand und fühlte, wie sich seine starken Finger um ihre schlangen.

»Wir werden uns in Acht nehmen«, versprach sie ihm leise. Sie sah, wie Deborah mit scharfem Blick ihre ineinander verschlungenen Hände musterte und ein wissendes Lächeln auf ihr Gesicht trat. Chris stieß Doug kichernd in die Rippen, der daraufhin entrüstet rot wurde. Melanie riss ihre kühlen grauen Augen erstaunt auf. Laurel und Suzan lächelten ebenfalls.

Cassie fiel auf, dass Adam keine Miene verzog und auch für den Rest des Tages sehr ernst und nachdenklich blieb.

In dieser Nacht träumte Cassie wieder. Verschwommene Träume, die etwas mit dem Buch der Schatten zu tun zu haben schienen. Sie und Diana waren lange aufgeblieben, hatten gelesen und gelernt. Sie hatten nichts Hilfreiches gefunden. Aber in ihren Träumen kam es Cassie so vor, als sei sie kurz vor einer wichtigen Entdeckung.

Sie erhaschte wieder einen Blick auf den sonnendurchfluteten Raum. Es war nur ein kurzer Eindruck, der fast sofort in der Dunkelheit verschwand. Dann war sie wach und starrte in Dianas Zimmer, als könnte sie die Lösung dort finden.

»Cassie?«, murmelte Diana. »Alles okay?«

»Ja«, flüsterte Cassie. Sie war froh, als Diana wieder ruhig wurde. Es war Diana gewesen, die darauf bestanden hatte, dass Cassie bei ihr schlief, weil sie sich Sorgen wegen der Albträume machte. Sobald ich anfange, Diana wirklich zu stören, ziehe ich zurück ins Gästezimmer, hatte Cassie beschlossen. Sie machte Diana schon genug Mühe. Sie musste ihr nicht auch noch den Schlaf rauben.

Eigentlich hatte Cassie im Haus der Meades sehr gut geschlafen. Es war nicht wie das Haus Nummer zwölf, das so sehr ächzte und knarrte, dass sie andauernd aus dem Schlaf gerissen worden war. Wahrscheinlich liegt das an der unterschiedlichen Bauweise der Gebäude, dachte sie. Die Anbauten in Dianas Haus stammten aus neuerer Zeit. Vielleicht war besseres Material dafür benutzt worden.

Cassie lag eine Zeit lang in der Dunkelheit wach und lauschte auf Dianas leisen Atem. Wo ist Black John wohl heute Nacht?, fragte sie sich. Draußen auf dem Festland in seinem gemieteten Sommerhaus? Oder hier auf der Insel von New Salem?

Irgendwie machte es ihr Angst, sich New Salem als Insel vorzustellen. Sie fühlte sich isoliert, belagert. Als ob Black John sie alle vom Rest der Welt abschneiden und auf den Ozean hinausjagen könnte.

Sei nicht albern, schalt sie sich. Aber die Angst, die ihr

die Kehle zuschnürte, wollte nicht weichen. Sie machte sich plötzlich Gedanken, ob ihre Mutter nicht besser in einem Krankenhaus aufgehoben wäre – weg von hier. Egal wo, nur weit weg von hier.

Black John hat keinen Grund, ihr etwas anzutun, dachte sie verzweifelt. Wir sind es, die er hasst.

Aber er hatte ihre Großmutter ermordet. Warum? Nur für das Buch der Schatten?

Mit einem Mal wurde ihr etwas Entsetzliches klar: *Ich* bin diejenige, die jetzt das Buch der Schatten besitzt. Was ist, wenn er kommt, um es zu holen?

Diese furchteinflößende Vorstellung regte ihre Fantasie an. Schon bald klebte ihr das Nachthemd am Körper, und das Bettlaken unter ihr wurde feucht, so heftig schwitzte sie. Ihr Herz klopfte wie wild. Was war, wenn Black John jetzt, in diesem Moment, schon vor der Tür lauerte? Er war ein Mensch aus Fleisch und Blut – aber auch ein Hexer. War er wie andere Menschen überhaupt an die Naturgesetze gebunden? Oder war er bereits körperlos durch die Wand gegangen und glitt wie eine Schlange dicht am Boden auf das Bett zu?

Ich muss ruhig bleiben. *Ich muss!* Wenn ich durchdrehe, ist alles vorbei. Für Mom, für den Zirkel, für alle. Nur gemeinsam können wir ihn bekämpfen. Ich darf nicht das schwache Glied in der Kette sein.

»Es gibt nichts in der Dunkelheit, was man zu fürchten braucht. Man muss ihm nur mutig entgegentreten«, flüsterte sie mit zusammengebissenen Zähnen. »Es gibt nichts in der Dunkelheit, was man zu fürchten braucht. Man muss ihm nur mutig entgegentreten.«

Tränen liefen ihr über die Wangen, aber sie wiederholte den Satz ihrer Großmutter wieder und wieder, bis sie endlich einschlief.

Der nächste Schultag begann mit einer Versammlung. Faye hatte erneut im Literaturunterricht gefehlt. Aber als Cassie in die Aula trat, sah sie zu ihrem Erstaunen das schwarzhaarige Mädchen auf dem Podium.

Sie stand dort ruhig, ja fast sittsam. Sie trug ein Kostüm und glich einer sehr tüchtigen, sehr sexy aussehenden Sekretärin. Ihre schwarze Mähne war auf ihrem Kopf zu einem losen Knoten zusammengesteckt, und unter dem Arm hielt sie einige Papiere und einen Notizblock. Nur eine schwarze Hornbrille fehlte noch, um das Bild von der kompetenten Assistentin des Chefs eines Konzerns perfekt zu machen. Cassie konnte es kaum glauben.

Sie sah sich in der Menge um und entdeckte Suzan und Sean, die in der ersten Stunde den gleichen Englischkurs besucht hatten. Sie gab ihnen ein Zeichen. Die beiden lösten sich von den anderen Schülern und kamen zu ihr. Suzans blaue Augen waren weit aufgerissen.

»Habt ihr Faye gesehen? Was macht sie da oben?«

»Keine Ahnung.« Cassie zuckte mit den Schultern. »Das kann nichts Gutes bedeuten.«

»Jedenfalls sieht sie klasse aus.« Sean fuhr sich schnell mit der Zunge über die Lippen. »Echt scharf.«

Cassie musterte Sean und nahm ihn zum ersten Mal seit längerer Zeit wieder richtig wahr. Es war so leicht, Sean zu übersehen. In der Menge ging er unter. Aber hier, wo nur Suzan und er neben ihr standen, beachtete sie ihn.

Ich muss mich mehr um ihn kümmern, dachte sie. Ein Bild huschte durch ihr Gedächtnis, als sie ihn zum ersten Mal gesehen hatte: mit leicht fiebrig glühenden Augen und einem Gürtel, der mit glänzenden Steinen besetzt war, in die sein Name eingraviert stand. Er hatte bei seinem Schließfach gestanden, in dem sich Playboy-Magazine stapelten, und sie frech angegrinst. Etwas an dem Bild störte sie, doch sie konnte nicht sagen, was.

Die Schüler der letzten Unterrichtskurse strömten in die Aula. Cassie entdeckte die Henderson-Zwillinge und Deborah, die sich zu den Schülern ihres Geschichtskurses setzten. Da waren Diana und Melanie aus dem Unterricht für englische Literatur und auch Sally Waltman. Dicht hinter Sally tauchte ein vertrauter rotblonder Haarschopf auf. Portia Bainbridge. Cassie sah Adam mit seinem Chemiekurs, aber Nick war nicht darunter.

»Faye scheint sich jetzt auch außerhalb des Unterrichts nützlich zu machen«, murmelte eine Stimme hinter ihr. Cassie drehte sich dankbar um. Nick warf einem Jungen, der bereits auf einem Stuhl saß, einen kurzen Blick zu. Dieser stand hastig auf und machte Platz. Cassie achtete kaum darauf. So etwas war alltäglich. Die Schüler aus der Crowhaven Road sagten, was sie wollten, und die Outsider gehorchten. Immer. So lief's nun mal.

Nick setzte sich auf den leeren Stuhl und holte ein Päckchen Zigaretten heraus. Er öffnete es, schüttelte eine heraus … Und sein Blick fiel auf Cassie.

Sie sah ihn mit hochgezogenen Augenbrauen missbilligend an, eine perfekte Imitation von Diana.

»Verstehe.« Nick schaute auf die Zigaretten und dann wieder auf sie. Er schob die Zigarette in das Päckchen zurück und steckte es in seine Tasche.

»Schlechte Angewohnheit«, gab er unwirsch zu.

»Mikrotest, eins, zwei, drei ...« Das war Fayes Stimme. Cassie drehte sich schnell nach vorn.

»Es funktioniert.« Fayes Lächeln war nervös. Sie ging vom Rednerpult weg.

Ein großer Mann, der im Hintergrund der Bühne gestanden hatte, trat heran. Er verstellte das Mikrofon, den Blick auf die Schülerversammlung gerichtet. »Guten Morgen«, sagte er. Beim Klang seiner Stimme überlief es Cassie abwechselnd heiß und kalt. Jeder Muskel ihres Körpers zitterte vor Anspannung, bereit, dem Urinstinkt zu folgen, zu kämpfen oder zu fliehen. Schon allein durch seine Stimme, dachte sie wie benommen. Wie kann die Stimme eines Mannes so etwas bewirken?

»Wie einige von Ihnen bereits wissen, bin ich der neue Schuldirektor. Mein Name ist Jack Brunswick.«

Kapitel Sieben

Es gab spärlichen, zögernden Applaus, der schnell versiegte. Die Atmosphäre in der Aula war gespannt. Unsicherheit und Wachsamkeit lagen fast greifbar in der Luft. Die üblichen Scherze und das Gemurmel verstummten abrupt, bis in dem großen Saal völlige Stille herrschte. Alle Blicke waren auf die Bühne gerichtet.

Er ist ein gut aussehender Mann, dachte Cassie und bekämpfte den fast übermächtigen Drang, zu fliehen. Warum reagierte sie so heftig auf seine Gegenwart? Es war wie in der Nacht ihrer Einführung in den Zirkel, als Adam den Kristallschädel gezeigt hatte. Cassie hatte einen Blick auf ihn geworfen und gefühlt, wie blankes Entsetzen sie überfiel – ihr war es so vorgekommen, als sei er von einer Aura von Dunkelheit umgeben. Erst später hatte sie gemerkt, dass nicht alle Mitglieder des Zirkels das sehen konnten, was sie sah.

Als Cassie jetzt die Menge musterte, konnte sie an dem Gesichtsausdruck der anderen Schüler erkennen, dass sie die Dunkelheit nicht fühlten, die von dem neuen Schuldirektor ausging. Er schien einen Schatten auf sein Publikum zu werfen. Doch für die übrigen Schüler war er nur ein eindrucksvoller, charismatischer Mann.

»Mir ist bekannt, dass es in der New Salem High School erst kürzlich einige Aufregung gegeben hat«, sagte er und ließ seinen Blick langsam über die einzelnen

Reihen der Schüler schweifen. Cassie hatte das merkwürdige Gefühl, als würde er sich dabei jeden Einzelnen von ihnen einprägen. »Sie werden sich sicher freuen, dass das jetzt vorbei sein wird. Diese unglücklichen Zwischenfälle, die unseren Schullalltag beeinträchtigt haben, gehören der Vergangenheit an. Es ist Zeit für einen ganz neuen Anfang.«

»Zwischenfälle«, so nennt er den Tod zweier Schüler und des Schuldirektors, dachte Cassie bitter. Da du die drei auf dem Gewissen hast, kannst du jetzt gut versprechen, dass es vorbei ist. Gleichzeitig überlegte sie, wie er es genau geschafft hatte, die Morde aus dem Grab heraus zu begehen. Ob die dunkle Energie es selbst getan hatte? Sie wollte diese Frage Nick und Suzan zuflüstern – oder Sean, fügte sie schuldbewusst hinzu. Aber es war schwierig, sich von dem Mann auf dem Podium abzuwenden.

»Ich habe Berichten entnommen, dass die Haltung des letzten Direktors und des Lehrerkollegiums in puncto Disziplin, nun, sagen wir, etwas lasch gewesen sein soll.« Der Direktor blickte zu den Lehrern, die an den Wänden der Aula standen, als warnte er sie, ihm nur ja nicht zu widersprechen. »Gewisse Gruppen genossen ungewöhnliche Vorrechte.«

Wovon spricht er?, dachte Cassie verwirrt. Ein ungutes Gefühl stieg in ihr auf.

»Das wird sich jetzt ändern, und ich glaube, am Ende werden die meisten von Ihnen froh darüber sein. Wie heißt doch das Sprichwort: Neue Besen kehren gut.« Der Direktor ließ sich zu einem Lächeln herab, und vorsichtiges Lachen erklang.

Dann redete er weiter. Cassie konnte sich hinterher nicht mehr an die genauen Worte erinnern, nur noch an seine Stimme. Tief, autoritär, an absoluten Gehorsam gewohnt. Einige Schlagworte nahm sie auf: »Erziehung durch Härte«, »Disziplin als Vorbereitung auf das Leben«, »Bestrafung, die der Straftat angemessen ist«.

Sie konnte die Antwort des Publikums fühlen. Dunkle, böse Gefühle von fanatischer Zustimmung lösten seine Worte aus. Sie schwollen in der Menge an, wuchsen, wurden stärker. Das machte ihr fast so viel Angst wie Black John selbst. Es schien, als nährte und pflegte er diese entsetzliche Kraft in den Schülern. Sie hätten ihn eigentlich hassen müssen, doch sie waren in seinem Bann.

Die Regeln. Den Regeln muss gehorcht werden. Schüler, die dem zuwiderhandelten, werden *in sein* Büro gebracht …

»Nun ist es Zeit für die ersten Handzettel«, sagte Black John leise, zur Seite gewandt. Faye und einige andere Mädchen kamen von der Bühne herunter und teilten Zettel aus.

Cassie beobachtete den Direktor, während er die Schüler beobachtete. Er stand ganz locker da, lenkte alle Aufmerksamkeit ohne Mühe auf sich, sogar, wenn er nicht sprach. Ja, attraktiv, dachte sie. Er glich ein wenig dem jungen Sherlock Holmes: tief liegende Augen, Adlernase, ein fester Mund. Seine Stimme hatte sogar einen leichten englischen Akzent. Kultiviert, dachte Cassie. Kultiviert – und bereit, den Schuldspruch zu fällen.

Mehr Hexenjäger als Hexer.

Faye war jetzt an Cassies Reihe angekommen. Sie

drückte ihr einen Packen Zettel in die Hand. »Faye!«, flüsterte Cassie. Ein wütendes Aufblitzen der goldenen Augen war die einzige Antwort, bevor Faye weiterging. Verwirrt nahm Cassie eine der neuen Schulregeln und gab den Rest an Suzan weiter. Das Regelwerk war drei eng beschriebene Seiten lang.

Verbotene Handlungen – Typ A. Verbotene Handlungen – Typ B. Verbotene Handlungen – Typ C.

Es war eine ganze Liste. So viele Regeln, Zeile um Zeile. Ihr Blick blieb hier und da an einigen Sätzen hängen. Verboten war unter anderem:

Make-up, Kleidung oder Frisuren zu tragen, die den ernsten und moralischen Grundgesetzen des Schulbetriebs nicht angemessen sind …

Außerhalb der Pausen einen Schließfachschrank zu benutzen oder sich auf den Fluren herumzudrücken … der Besitz von Wasserpistolen … Abfall auf den Boden zu werfen … auf den Fluren schnell zu laufen … Kaugummi zu kauen … den Befehlen der Lehrer oder der Aufsicht auf den Fluren nicht zu gehorchen …

Aufsicht auf den Fluren?, dachte Cassie. Haben wir doch gar nicht. Sie las weiter.

Der öffentliche Austausch von Zärtlichkeiten … das Plastikgeschirr in der Cafeteria nicht ordnungsgemäß in die Recyclingtonne zu werfen … die Füße auf Stuhlsitze oder Rückenlehnen zu legen …

Das alles und noch viel mehr zog eine Bestrafung nach sich.

»Das kann doch nicht deren Ernst sein«, flüsterte Suzan. Nick stieß einen leisen Pfiff aus.

»Sie werden im Unterricht Gelegenheit bekommen, diese Richtlinien durchzugehen und sie auswendig zu lernen«, verkündete der neue Direktor. Cassie sah aus dem Augenwinkel, wie sich die Reihen von Köpfen hoben. Das Blätterrascheln verstummte.

»Jetzt möchte ich Freiwillige bitten, sich für die Aufsicht auf den Fluren zu melden. Das ist ein Posten von großer Verantwortung. Bitte überlegen Sie es sich also gut.«

Fast alle hoben die Hände. Die Schüler der New Salem High School hatten sich noch nie für freiwillige Arbeit mit solcher Begeisterung gemeldet. Cassie sah zu Portia hin, die wie ein Jagdhund vor Aufregung zitterte und den Arm steil in die Höhe hielt. Sally neben ihr winkte wie wild. Sie glich einer Erstklässlerin, die unbedingt vom Lehrer aufgerufen werden will.

Black Johns Blicke schweiften über die Schüler und überprüften jeden einzelnen.

Da merkte Cassie, dass auch Sean die Hand heben wollte.

»Sean!«, zischte sie. In der Aula war es so still, dass sie nicht wagte, laut zu sprechen. Suzan sah zu Sean hinüber und wich ängstlich vor ihm zurück. Er war außer Nicks Reichweite. »Sean!«, wiederholte sie.

Er schien sie nicht zu hören. Seine glänzenden Augen waren auf die Bühne gerichtet. Sein angespanntes Gesicht leuchtete vor Eifer.

Cassie war verzweifelt. Sie griff an Suzan vorbei nach Seans linkem Arm und legte alle Konzentration, die sie sammeln konnte, in den einen Gedanken: *Sean.*

Sie fühlte, wie dieser Gedanke einem Laserstrahl gleich aus ihrem Körper entwich. Genauso wie damals, als sie den Hund auf dem Kürbisfeld von Chris ablenken wollte. Ein Ausbruch reinster Kraft. Seans Kopf fuhr ruckartig zu ihr herum. Seine Miene war erstaunt.

»Nimm die Hand runter«, flüsterte sie und fühlte sich von den Nachwirkungen des Kraftausstoßes schwach und zittrig. Sean schaute auf seine Hand, als hätte er sie noch nie gesehen. Hastig senkte er sie. Er klammerte sich an den Sitz seines Stuhls, den Blick immer noch seitwärts auf Cassie gerichtet.

Cassie merkte, dass Suzan jetzt vor ihr zurückwich. Das rotblonde Mädchen und Sean sahen beide verängstigt aus. Cassie blickte unwillkürlich zur Bühne. Der neue Direktor schaute sie unmittelbar an. Seine Lippen waren zu einem leichten Lächeln verzogen.

Na wunderbar. Ihm gefällt's, und meine eigenen Freunde fürchten sich vor mir, dachte sie bitter.

Black John musterte sie einen Moment lang, dann schenkte er sein Lächeln dem Rest des Publikums.

»Sehr gut. Diejenigen von euch, die auserwählt worden sind, bleiben bitte nach der Versammlung noch, um ihre Pflichten zu erfahren. Der Rest ist hiermit entlassen. Guten Morgen.«

Cassie sträubten sich die Haare im Nacken. *»Auserwählt?«*, flüsterte sie und sah sich um. Es hatte doch gar keine Wahl stattgefunden. Doch einige der Schüler, die die Hand gehoben hatten, gingen bereits ruhig und geordnet zum Podium. Portia und Sally gehörten zu ihnen.

Merkt ihr denn nichts?, dachte Cassie verzweifelt. Ihr müsst doch sehen, wie merkwürdig das Ganze ist.

Sie drehte den Kopf zu Mr Humphries, der wartend im Gang stand. Er schien nichts Ungewöhnliches an dem Vorgang zu finden. Mit einem leicht dümmlich milden Ausdruck im Gesicht führte er seinen Kurs hinaus. *Ruhiggestellt,* dachte Cassie zitternd. Hypnotisiert.

Black John stand immer noch an seinem Pult. Sie konnte seine Blicke im Rücken spüren, als sie die Aula verließ.

Cassie blieb zurück, als die Schüler ihres Literaturkurses aus der Aula gingen. Sie wollte mit Nick, Sean und Suzan reden. Suzan und Sean sahen sie merkwürdig an, aber Nick legte ihr den Arm um die Schultern.

»Das war sehr gut«, flüsterte er. Cassie fühlte sich besser, bis ihr auffiel, dass er die Zettel mit den neuen Vorschriften nicht bei sich hatte.

»Ich hab den Quatsch einfach auf dem Sitz liegen gelassen«, erklärte er cool, und Cassie verließ vollends der Mut.

»Damit hast du Abfall herumliegen lassen. Und das ist ein Verstoß, der Bestrafung von Typ A nach sich zieht. Nick, wir müssen vorsichtig sein. Gerade hinter uns ist er her«, warnte sie ihn.

»Das ist wirklich kein Witz.« Adam trat zu ihnen. Seine blaugrauen Augen musterten kurz Nicks Arm um Cassies Schultern. »Hast du dir schon durchgelesen, was unter ›Verbotene Handlungen Typ C‹ steht, Cassie?«, fragte er ruhig.

Cassie hatte es nicht. Sie blätterte zur letzten Seite der

Vorschriften und schaute nach: »Skateboard, Rollschuh oder Fahrrad zu fahren ... Musik spielen zu lassen oder auch nur in Form von MP3-Playern, Handys etc. auf das Schulgelände mitzubringen ... zu rauchen oder Tabakwaren anderweitig zu benutzen ... Und das soll schlimmer sein als die Verstöße gegen die Regeln Typ B, wie Drogenmissbrauch oder Schlägereien?«, fragte sie ungläubig.

»Diese Regeln scheinen in eine ganz bestimmte Richtung zu zielen«, erwiderte Adam düster.

Da ging Cassie ein Licht auf. Sie erinnerte sich an ihren ersten Schultag in New Salem. Sie war damals von den Henderson-Brüdern fast umgefahren worden – natürlich hatte sie da noch nicht gewusst, dass es die Hendersons waren. Sie hatte nur zwei verrückte Jungen mit Heavy-Metal-T-Shirts und wirren blonden Haaren gesehen, die auf Rollerblades die Flure entlangrasten und dabei ihre MP3-Stöpsel im Ohr hatten.

Sie schluckte.

»Die sind für *uns*«, flüsterte sie. Adam erwiderte ihren Blick und nickte.

»Rauchen.« Cassie packte Nick bei der Hand und zog ihn zu sich, damit sie ihm direkt ins Gesicht sehen konnte. »Nick, bitte. Du musst vorsichtig sein. Er will uns reizen, und wir sind noch nicht bereit für eine direkte Auseinandersetzung mit ihm ... Nick!« Sie hatte ein mulmiges Gefühl. Nick hasste jede Art von Autorität und betrachtete Vorschriften als eine Art persönliche Herausforderung. Im Moment konnte sie aus seinem Gesichtsausdruck sehen, dass er nicht gewillt war, den Regeln zu folgen. »Nick!«

»Die Strafe für Vergehen des Typs C lautet, in sein Büro geschickt zu werden«, sagte Adam. »Er will uns wirklich in seine Fänge kriegen, Nick, und spielt ein schmutziges kleines Spiel.«

»Nick, ich möchte, dass du mir versprichst, keine Dummheiten zu machen«, bat Cassie ihn eindringlich. »Bitte, Nick. Du musst es mir versprechen.«

Nick sah langsam auf sie herunter. Cassie verstärkte ihren Griff und erwiderte seinen Blick ebenso eindringlich. Bitte, dachte sie. Tu's für mich, bitte.

Nick wandte sich ab. »Okay«, sagte er schließlich. Er nickte leicht und hielt die Augen auf die Decke gerichtet. »Ich werde mich bemühen – mich nicht erwischen zu lassen.« Cassie fiel ein Stein vom Herzen. »Danke«, flüsterte sie, gerade als Diana, Melanie und Laurel mit düsteren Mienen zu ihnen traten.

»Habt ihr den Unsinn am Anfang mitbekommen? Die Sache, dass die vorherige Schulleitung gewissen Gruppen ungewöhnliche Vorrechte eingeräumt hat?«, fragte Melanie. »Damit meinte er uns. Den Klub und seine speziellen Privilegien. Er hat angekündigt, das alles jetzt zu ändern.«

»Er hat uns durch die Blume mitgeteilt, dass wir keine Macht mehr haben«, sagte Cassie leise. »Damit hat er den anderen so gut wie die Erlaubnis gegeben, uns zu …«

Ihre Stimme verstummte. Alle sahen einander schweigend an.

»Alle Mann an die Gewehre. Scheint, als sei die Jagdsaison auf Hexen eröffnet«, spottete Nick schließlich. Er hatte seinen Arm wieder um Cassie gelegt.

»Machen wir, dass wir hier rauskommen«, schlug Suzan nervös vor.

»Das können wir nicht«, gab Laurel zu bedenken. »Das Schulgelände ohne Erlaubnis zu verlassen, ist ebenfalls eine Regelübertretung.«

»*Alles* ist gegen die Vorschriften«, sagte Suzan wütend.

»Wo sind Chris und Doug?«, fragte Cassie plötzlich scharf. »Und Deborah?«

Alle sahen sich um. Außer Nick waren die Henderson-Zwillinge und die wilde Deborah diejenigen, die vermutlich am ehesten Ärger bekommen würden.

»Sie haben in der ersten Stunde Geschichte, aber ich glaube, die anderen Schüler sind ohne sie zurückgegangen«, meldete sich Sean zu Wort. »Vermutlich sind sie noch in der Aula.«

»Also los«, befahl Adam kurz.

Sie fanden Chris und Doug direkt vor der Aula. Die beiden standen Rücken an Rücken im Mittelpunkt einer Gruppe von Outsidern und waren bereit, sich zu prügeln.

»... ihr werdet damit nicht mehr durchkommen!«, verspottete sie einer der anderen Jungen triumphierend.

»Ach ja?«, schrie Chris.

»Ja! Eure Tage sind gezählt, Mann. Ihr werdet *in sein Büro geschickt.*«

»Die Outsider verlieren keine Zeit«, murmelte Nick in Cassies Ohr.

»Ihr werdet *alle* in sein Büro geschickt.« Adam bahnte sich einen Weg durch die Outsider zu Chris und Doug.

Er hielt das Regelwerk der Verbote hoch wie einen magischen Talisman. »Prügelei ist eine Regelüberschreitung des Typs B. Ihr werdet alle dafür bestraft.«

Für einen Augenblick herrschte Unsicherheit, dann machten die anderen den Zwillingen widerwillig Platz.

»Wir sehen uns noch!«, drohten die Angreifer, bevor sie sich abwandten und den Flur hinuntergingen.

Doug wollte ihnen nach. »Wann immer ihr wollt, wo immer ihr wollt!«, schrie er, als Nick ihn packte und festhielt. »Lass mich los!«, zischte er ihn wütend an.

»Wir können uns jetzt noch keine Auseinandersetzung leisten«, versuchte Diana ihm klarzumachen. »Gute Arbeit«, fügte sie, an Adam gewandt, hinzu.

»Es hat geklappt – diesmal«, antwortete Adam nüchtern. »Wenn ich Brunswicks Vorgehen richtig einschätze, werden sie bald merken, dass die meisten Verbote gegen uns gerichtet sind. Sie werden vielleicht keine Strafe wegen einer Regelübertretung bekommen, aber wir auf jeden Fall.«

Zu Cassies großer Erleichterung bog Deborah gerade in diesem Moment um die Ecke. »Deb, wo hast du gesteckt?«

»Ich hab beobachtet, wie die Fluraufsicht ihre Befehle entgegennahm. Die bekommen sogar Armbinden!«

»Das sind ja Nazimethoden«, sagte Cassie.

»Er organisiert eine Hexenjagd«, stellte Adam nüchtern fest.

»Ich frage mich, ob er das früher schon mal gemacht hat«, überlegte Suzan nachdenklich.

Cassie wollte fragen, wie sie das meinte, doch die

Worte blieben ihr im Hals stecken. Suzan, die aussah wie ein kleines Dummerchen und sogar jetzt in ihrer Handtasche nach der Puderdose suchte, hatte den springenden Punkt mal wieder entdeckt.

»Und Faye arbeitet für ihn …«, begann Diana, als Cassie sie unterbrach.

»Nein, wartet. Hört mir zu. Was hat Suzan gerade gesagt? *Ich frage mich, ob er das früher schon mal gemacht hat.* Wisst ihr, was? Ich wette, er hat's getan.«

»1692«, erwiderte Adam langsam. »In Salem. Wie konnten wir nur so blöd sein?«

»Was ist?«, fragte Chris verwirrt.

»Ich glaube, Adam will damit sagen, dass Black John die Hexenjagd von Salem organisiert haben könnte«, erklärte Diana. »Doch wie …«

»Vielleicht nicht gerade organisiert, aber dazu beigetragen«, warf Cassie ein. »Er hat dafür gesorgt, dass sie nicht einfach im Sande verlief, hat die Hysterie angeheizt. So wie er es heute auch tut.«

»Warum?«, fragte Laurel eindringlich.

Schweigen entstand. Adam hob den Kopf. Seine Stimme war hart. »Damit der Zirkel gezwungen war, aus Salem fortzuziehen. Und *ihm* zu folgen. Sie konnten in dieser gefährlichen Atmosphäre nicht länger bleiben, also folgten sie Black John nach New Salem – und nahmen die Meisterwerkzeuge mit.«

»Ihr habt mir erzählt, dass Black John einer der Anführer des ursprünglichen Hexenzirkels war«, sagte Cassie. »Aber ich frage mich, war er das schon vor dem Umzug des Zirkels, oder wurde er es erst danach?«

Die Gesichter der Mitglieder waren sehr ernst.

»Ich glaube, er versucht, dasselbe wieder zu tun. Alle gegen uns aufzuhetzen, bis wir keinen anderen Ausweg mehr sehen, als uns an ihn zu wenden. Er ist der Einzige, der uns verteidigen kann.«

»Zur Hölle mit ihm!«, drückte Deborah die allgemeine Meinung aus.

»Gut gebrüllt, Löwe. Ich bin jedoch sicher, er rechnet nicht damit, dass wir sofort zu Kreuze kriechen«, murmelte Nick. »Unsere Lage könnte in ein paar Wochen schon anders aussehen.«

»Wir müssen mit Faye reden«, sagte Deborah knapp.

Sie warteten am hinteren Ausgang der Aula, aus dem Faye, laut Deborah, am ehesten herauskommen würde. Als sie es tat, hatte sie wieder den unvermeidlichen Notizblock unter dem Arm.

»Endlich allein«, sagte Nick. Alle elf Mitglieder des Zirkels umzingelten sie und zwangen sie, stehen zu bleiben. Die Gesichter ringsum erinnerten Cassie daran, wie Deborah, Faye und Suzan sie angestarrt hatten, als sie sie beim unfreiwilligen Mithören ihres Gesprächs vor der Schule erwischt hatten. Schön, konzentriert und tödlich. Mit einem Wort: gefährlich.

Faye sah sie an und warf den Kopf zurück. Da ihr Haar zum Knoten gebunden war, verfehlte die Geste ihre Wirkung total.

»Geht mir aus dem Weg. Ich hab tausend Sachen zu erledigen«, fauchte sie.

»Für ihn?«, fragte Adam angespannt. Diana legte eine

Hand auf seinen Arm und sprach an seiner Stelle weiter.

»Faye, wir wissen, dass du jetzt nicht reden kannst. Aber wir werden heute Abend ein Ritual abhalten, da es die Nacht der Hekate ist …«

»Und unser Geburtstag«, warf Chris beleidigt ein.

»… und wir möchten, dass du dabei bist.«

»Ihr haltet ein Ritual ab?« Faye glich in diesem Moment weniger einer tüchtigen Chefsekretärin als vielmehr ihrem alten Selbst, einem schwarzen Panther. »Das könnt ihr nicht. Ich bin die Meisterin des Zirkels.«

»Wie kannst du das sein, wenn du dich nie mehr bei uns blicken lässt? Wir werden diese Zeremonie heute Abend veranstalten, Faye, und zwar an der Wegkreuzung von Crowhaven Road und Marsh Street. Mit dir oder ohne dich. Wenn du kommst, kannst du die Zeremonie gerne leiten.«

Faye warf einen Blick auf Deborah und Suzan, die sie früher immer unterstützt hatten. Aber Deborah runzelte nur die Stirn, und Suzans blauer Blick war leer. Von dieser Seite hatte sie keine Hilfe zu erwarten.

»Verräterinnen«, fauchte Faye verächtlich. Ihr schöner, sinnlicher Mund war zusammengekniffen. Schließlich sagte sie: »Ich werde dort sein. Um die Zeremonie zu leiten. Jetzt macht besser, dass ihr wegkommt, bevor die Fluraufsicht euch erwischt.«

Sie drehte sich um und schritt davon.

Irgendwie schafften sie es, den Tag ohne größere Probleme zu überstehen, obwohl Suzan nachsitzen musste, weil sie ein Kuchenpapier nicht weggeworfen hatte. Sie hatte es nicht etwa auf dem Tisch liegen gelassen, sondern nur nicht sofort fortgeworfen, nachdem sie den Kuchen gegessen hatte. Es war ein Verstoß aus Strafregister Typ A.

Am Abend feierten sie den Geburtstag der Hendersons still bei Adam zu Hause. Chris und Doug waren sehr enttäuscht. Sie hatten sich eine Strandparty mit Nacktbaden gewünscht »und lauter anderen wilden Sachen«, wie Chris es ausdrückte. Adam schwieg dazu.

Faye kam gegen zehn Uhr. Sie trug dasselbe schwarze, enge Kleid, das sie in der Nacht der Wahl zur Meisterin getragen hatte. »Zu meiner Zeit war das Gewand weiß.« Die alte Mrs Franklin kicherte, als sie Faye in das unordentliche Wohnzimmer mit seinen bequemen, abgenutzten Möbeln führte. »Aber die Sitten ändern sich.«

Faye gab keine Antwort. »Ich bin hier«, verkündete sie mit einem hochmütigen Blick in die Runde. »Gehen wir.«

Cassie betrachtete das silberne Diadem, das auf Fayes mitternachtsschwarzem Haar saß, den silbernen Oberarmreif um ihren wohlgeformten Arm und das Strumpfband aus grünem Leder mit blauer Seide an Fayes Oberschenkel. Sie fragte sich, wie die echten Werkzeuge, die vom ursprünglichen Zirkel benutzt worden waren, wohl aussehen mochten.

Es wurde nicht viel gesprochen, als die sieben Mädchen langsam die Crowhaven Road hinuntergingen. Diana und Faye führten sie an. Cassie hörte Diana leise reden. Das goldblonde Mädchen trug eine weiße Tüte mit den Dingen, die nötig waren, um einen richtigen Hexenkreis zu zeichnen und die Zusammenkunft zu beginnen.

Sie erreichten die Wegkreuzung. »Es muss eine Kreuzung sein, von der drei Wege abgehen«, hatte Diana gesagt. »Um die drei Lebensalter der Frau zu symbolisieren: Jungfrau, Mutter und alte, weise Frau.« Hier traf die Marsh Street auf die Crowhaven Road, die nach Norden und Süden führte.

»Dürfen wir uns überhaupt auf der Straße aufhalten?«, fragte Suzan gerade ängstlich. »Was ist, wenn ein Auto kommt?«

»Wir springen schnell aus dem Weg«, erwiderte Laurel cool.

»Ich glaube, dass uns nichts passieren wird. Um diese Zeit kommen hier kaum Autos vorbei. Beeilen wir uns, es ist kalt.«

»Das ist meine Zeremonie«, erinnerte Faye sie streng und zog den Zeremoniendolch mit dem schwarzen Griff aus der Scheide.

»Ich hab nie das Gegenteil behauptet«, sagte Diana leise. Sie trat zurück und beobachtete, wie Faye einen Kreis zog.

Cassie fühlte, wie ihr das Blut in die Wangen stieg, während sie hinter Diana stand und zusah, wie Faye genau das tat, was Diana bisher immer getan hatte und noch tun würde – wenn Cassie nicht gewesen wäre. Sie wollte Diana etwas zuflüstern, doch stattdessen sagte sie es nur zu sich selbst.

Irgendwie werde ich alles wiedergutmachen. Faye wird nicht für immer Meisterin bleiben. Egal, was ich dafür tun muss, dachte sie. Fast unwillkürlich fügte sie hinzu: Das schwöre ich bei Erde, Wasser, Feuer und Luft.

Kapitel Acht

Faye zog auf der Straße einen Kreis mit dem Zeremoniendolch. Dann ging sie um den Kreis herum und verspritzte Wasser aus einem Becher. Danach machte sie den Weg noch zweimal. Einmal mit einem langen brennenden Weihrauchstäbchen und dann mit einer angezündeten Kerze. Das sollten die Symbole sein für die Elemente Erde, Wasser, Luft und Feuer. Der süßliche, durchdringende Geruch des Weihrauchs erfüllte die kalte Nachtluft.

»Gut. Jetzt kommt herein«, befahl Faye schließlich. Die Mädchen traten durch eine Lücke im Nordosten des Kreises, die Faye offen gelassen hatte. Sie setzten sich in den Kreis. Cassie musste sich erst daran gewöhnen, bei dieser Zeremonie nur die Gesichter der Mädchen zu sehen.

»Willst du es erklären, oder soll ich es tun?«, fragte Diana Faye, die weiße Tüte in der Hand.

»Ach, mach du es ruhig«, erwiderte Faye großzügig.

»Also, jede von uns nimmt eine Kerze. Wir zünden sie nacheinander an und stellen sie in einem Kreis genau in unserer Mitte auf. Dabei benennen wir mit einem Wort einen Aspekt der Weiblichkeit. Nicht die einzelnen Lebensabschnitte wie Jungfrau, Mutter und alte, weise Frau, sondern eine Qualität. Eine …«

»Eine Tugend, zum Beispiel«, half Melanie ihr aus.

»Richtig. Eine Tugend. Wenn wir alle an der Reihe waren, heben wir die Kerzen hoch zu den Elementen, um ihre Gunst zu erlangen. Das Ritual ist eine Art Feier unserer Weiblichkeit.«

»Ich finde das wunderschön«, sagte Cassie leise.

»Dann wollen wir beginnen. Wer möchte die Farbe Rot? Muss ich da überhaupt fragen?« Diana holte eine rote Kerze aus ihrer Tüte. Cassie glaubte, einen leichten Zimtduft zu riechen.

»Ich. Mir gehört Rot«, meldete sich Faye sofort. Sie drehte die Kerze in den Händen hin und her und musterte ihre glatte wächserne Form. Dann hielt sie sie hoch und legte eine Hand schnell über den Docht. Cassie sah, wie eine Flamme aufflackerte und ihr Schein durch Fayes Finger fiel, die jetzt rosafarbenen Muscheln glichen. Die roten Fingernägel glitzerten wie kostbare Juwelen.

Diana legte die Streichhölzer auf den Boden, die sie Faye hingehalten hatte.

»Leidenschaft«, murmelte Faye heiser und lächelte ihr altes Raubtierlächeln, während sie Wachs auf die Erde tropfen ließ und ihre Kerze darauf festklebte.

»Ist das eine Tugend?«, fragte Melanie skeptisch.

Faye hob eine Augenbraue. »Leidenschaft ist eine Seite der Weiblichkeit. Und diesen Aspekt will ich feiern.«

»Lass sie doch«, beschwichtigte Laurel. »Leidenschaft ist okay.«

Die rote Kerze brannte hell wie ein Stern.

Diana zog eine orangefarbene Kerze aus der Tüte. »Wer will sie?«

»Ich«, rief Suzan. Die Kerze hatte fast denselben Farbton wie Suzans rotblondes Haar. Suzan schnupperte an ihr.

»Pfirsich«, stellte sie befriedigt fest, und der süße Duft wehte auch zu Cassie hin. »Schönheit«, verkündete Suzan und zündete den Docht auf normale Art mit einem Streichholz an.

»Schönheit ist aber auf keinen Fall …«

»Gut, sie ist keine Tugend, aber doch etwas, das Frauen besitzen«, wandte Cassie ein. Melanie verdrehte die Augen. Suzan stellte ihre Kerze neben die rote.

»So, jetzt bin ich dran. Keine Sorge, ich weiß, wie's geht.« Deborah entriss Diana fast die weiße Tüte und wühlte darin herum. Schließlich holte sie eine gelbe Kerze heraus.

»Streichholz!«, forderte sie knapp. Suzan legte ihr das Päckchen in die Hand. Als die Kerze brannte, sagte Deborah laut und deutlich: »Mut.«

Der saure, reine Geruch nach Zitronen erfüllte die kühle Nachtluft, während Deborah ihre Kerze schräg hielt und klares Wachs auf den Boden tropfte. Der Duft passt zu ihr, dachte Cassie. Sie betrachtete Deborah. Diese sah wild und ungezähmt aus mit ihren langen schwarzen Locken und der abgewetzten Lederjacke, die vom flackernden Schein der Kerze beleuchtet wurden.

»Weiter«, sagte Diana, als Deborahs gelbe Kerze bei den beiden anderen stand. Sie nahm die Tüte wieder an sich. »Grün.«

»Die ist für mich.« Melanie griff danach. Sie saß direkt neben Cassie. Cassie lehnte sich zu ihr hinüber, als

Melanie an dem Wachs roch. Erinnert mich an Wälder und Tannen, an einen Weihnachtsbaum, dachte sie.

»Weisheit.« Melanie atmete noch einen Moment den Duft ein, dann fand auch diese Kerze ihren Platz. Die vier brennenden Kerzen bildeten einen Halbkreis.

»Blau«, sagte Diana.

Cassie fühlte, wie Erregung sie packte. Gleichzeitig war sie nervös. Blau war ihre Lieblingsfarbe, und sie spürte, dass sie diese Kerze haben musste. Doch durfte sie sich schon zu Wort melden? Da Diana und Laurel nichts sagten, fiel ihr wieder ein, dass Laurel Amethyste liebte und oft Lila trug. Sie räusperte sich.

»Ich nehme sie«, sagte sie und griff nach der hellblauen Kerze, die Diana anbot. Sie freute sich, dass sie das Blau in den Regenbogenfarben des Zirkels verkörpern durfte – aber sie hatte sich noch nicht überlegt, was sie sagen wollte. Woran erinnert Blau?, fragte sie sich und hielt die Kerze dicht unter ihre Nase, um Zeit zu gewinnen. Welche Tugend eines Mädchens möchte ich feiern?, überlegte sie.

Sie konnte den Duft nicht genau erkennen. Er war süß und zugleich scharf.

»Er stammt von der Frucht des Lorbeerbaums«, klärte Melanie sie schließlich auf. »Ein alter Duft. Schon die ersten Einwanderer benutzten ihn.«

»Ach so.« Vielleicht war er ihr deshalb bekannt vorgekommen. Vermutlich hatte ihre Großmutter auch solche Kerzen angezündet. Jetzt wusste Cassie, welche Tugend sie hervorheben wollte.

»Inspiration«, sagte sie. »Fantasie. Als meine Großmutter mir half, das Kostüm für die Halloween-Party zu schneidern, hat sie mir erzählt, wie die Musen den Menschen geholfen haben. Indem sie sie inspirierten, neue Dinge zu versuchen, neue Ideen auszuprobieren. Und die Musen waren unbestritten weiblich.«

Cassie hatte nicht vorgehabt, eine solche Rede zu halten. Verlegen senkte sie den Kopf. Ich hab keine Streichhölzer, dachte sie. Plötzlich fiel ihr etwas ein.

Sie wölbte die Hand, wie Faye es getan hatte, um den Docht und konzentrierte sich vollständig auf Feuer, auf tanzende, lodernde Flammen. Die Macht dieses Gedankens brach wie ein Laserstrahl hervor und zielte auf den Docht.

Plötzlich schoss eine Flamme so heftig hoch, dass sie verblüfft die Hand wegriss, um sich nicht daran zu verbrennen.

»Ein spontaner Einfall – so wie das gerade«, fuhr sie noch ein wenig erschrocken fort. Dann tropfte sie Wachs auf den Boden, um ihre blaue Kerze darauf zu befestigen.

Die anderen Mädchen starrten sie erstaunt an, bis auf Faye, die nachdenklich und ein wenig misstrauisch die Augen zusammenkniff.

Deborah lächelte. »Scheint ganz so, als hätten wir noch jemanden, der weiß, wie man mit Feuer umgeht«, sagte sie, und Faye blickte noch bissiger.

»Ah, Lila.« Diana hatte sich gefangen und holte die nächste Kerze hervor.

»Das ist meine«, erklärte Laurel sofort. »Wie hast du das bloß gemacht, Cassie? Ist ja schon gut, ich fahre mit der Zeremonie fort, Diana. Mich interessiert's nur sehr.« Laurel betrachtete ihre Kerze. »Ich weiß nicht, wie ich es mit einem Wort sagen soll. Also, Bewusstsein für die Umwelt. Eine Art – Verbundenheit mit allen Dingen. Wir sind ein Teil dieser Erde, und wir sollten uns um all die anderen Dinge kümmern, die mit uns hier leben.«

»Wie wär's mit Mitgefühl?«, schlug Melanie leise vor.

»Das ist gut. Mitgefühl.« Laurel zündete lächelnd ihre lilafarbene Kerze an.

»Wonach duftet sie?«, flüsterte Suzan, als Laurel ihre Kerze zwischen Cassies blaue und Fayes rote stellte. Damit hatte sie den Regenbogenkreis komplettiert.

»Nach Blumen. Ich glaube, es sind Hyazinthen«, flüsterte Laurel zurück.

»Wartet mal. Wenn du die dorthin stellst, was ist dann mit Diana? Ist etwa keine Kerze mehr für sie übrig?«, fragte Cassie empört.

»Doch. Weiß kommt in die Mitte, und ich bin als Einzige übrig.« Das trifft sich gut, dachte Cassie und sah zu, wie Diana eine vanillefarbene Kerze aus der Tüte nahm und hochhielt. Dianas Farbe war weiß, so wie Fayes Farbe rot war.

Es zeigte sich auch an der Tugend, die Diana benannte. »Reinheit«, sagte sie schlicht, hielt ein brennendes Streichholz an den Docht und stellte ihre Kerze in die Mitte des Kerzenrings.

Diana mit ihrem langen goldblonden Haar und ihrem schönen Gesicht, das von den Flämmchen beleuchtet wurde, schien die Verkörperung der Reinheit selbst zu sein. Ihre Miene war ernst und völlig unbefangen. Wenn

Diana »Reinheit« sagte, dann meinte sie es auch, und nicht einmal Faye wagte zu spotten.

Der Kreis aus Kerzen bot einen hübschen Anblick. Sieben Flämmchen tanzten in der Nachtluft. Sieben Düfte vermischten sich zu einem einzigen Wohlgeruch. Die leichte Brise trug manchmal den Duft von Zimt zu Cassie, dann wieder von Tannen oder die Frische der Zitronen.

»Leidenschaft, Schönheit, Mut, Weisheit, Inspiration, Mitgefühl und Reinheit.« Laurel zeigte nacheinander auf die Kerzen, die jeweils eine Tugend verkörperten.

»Lasst uns allen ...«, begann Diana und stieß Faye an.

»Lasst uns allen diese Tugenden beschieden sein«, fuhr Faye als Meisterin des Zirkels fort. »Erde, Wasser, Feuer und Luft, seid Zeugen. Dabei ist es nicht so, als ob uns diese Eigenschaften noch fehlen würden«, fügte sie selbstbewusst hinzu und betrachtete den glühenden Kreis mit einem zufriedenen Lächeln.

Laurels Augen glitzerten, als sie Cassie über die Flammen hinweg ansah, und Cassie erwiderte ihren vergnügten Blick.

»Na ja. Jedenfalls besitzen wir sie, wenn man uns alle zusammen betrachtet«, meinte Deborah und grinste frech.

Einen Moment lächelten sich alle Mädchen über die Kerzen hinweg an, und Cassie hatte das Gefühl, als wären sie ein Teil von etwas Größerem. Jedes von ihnen hatte etwas Wichtiges beigetragen, und zusammen waren sie mehr als nur die Summe aller Teile.

»Jetzt müssen die Kerzen die ganze Nacht brennen«, erklärte Melanie.

»Und was ist, wenn jemand mit dem Auto drüberfährt?«, fragte Suzan nüchtern.

»Ich glaube, wenn wir's nicht sehen, ist es egal.« Diana überlegte. »Wartet mal, da ist noch etwas, das ich tun möchte. Es gehört zwar nicht zur Nacht der Hekate, sondern zu einer anderen alten griechischen Tradition. Einer Feier, bei der das Vertrauen im Mittelpunkt steht.«

Sie griff in ihre Tüte. »Die griechischen Priesterinnen der Athene haben dieses Ritual abgehalten. Es besteht darin, dass die Älteste im Zirkel eine Schachtel an die Jüngste gibt. Also, in unserem Fall, ich an dich, Cassie. Du musst das Kästchen irgendwo vergraben, ohne nachzusehen, was drin ist. Eigentlich solltest du dich damit auf eine gefährliche Reise in die Dunkelheit begeben, doch Nick hat recht, du bleibst besser in der Nähe. Bringe es ein Stück von der Straße weg und vergrabe es dort.«

»Und das ist alles?« Cassie betrachtete die Dose, die Diana ihr gegeben hatte. Sie war aus hellem Holz und mit geschnitzten kleinen Figuren verziert. Sie stellten Bienen, Bären und Fische dar. Cassie schüttelte das Kästchen leicht, und etwas klapperte. »Und ich soll es nur vergraben?«

»Das ist alles.« Diana reichte Cassie das letzte Teil aus der weißen Tüte: eine kleine Schaufel. »Das Wichtigste ist, dass du nicht hineinsiehst. Deshalb die Sache mit dem Vertrauen. Eine Feier zu Ehren von Vertrauen, Verantwortung und Freundschaft. Einige Zeit später werden wir zurückkommen und die Dose wieder ausgraben.«

»Okay.« Mit Schaufel und Kästchen unter dem Arm trat Cassie aus dem Kreis und entfernte sich von der Gruppe. Eigentlich ließ sie die kleinen tanzenden Flammen nur ungern hinter sich.

Sie wollte Dianas Kästchen nicht nahe am Weg vergraben. Die Erde war zu hart und mit Kies bedeckt. Es würde ziemliche Mühe kosten, mit dem Werkzeug ein Loch zu schaufeln, das tief genug war. Außerdem könnte jemand ein solches Versteck leicht entdecken und den Schatz stehlen.

Cassie ging weiter nach Osten. Aus dieser Richtung hörte sie das Rauschen des Meeres und spürte eine leichte, salzige Brise. Sie kletterte über ein paar Felsbrocken, und dann erstreckte sich der Strand vor ihr. Er war verlassen und wirkte irgendwie gespenstisch. Wellen mit weißen Schaumkronen klatschten träge ans Ufer.

Ein gelber Mond, etwas mehr als halb voll, stieg über dem Meer auf. Der Trauermond, erinnerte sich Cassie. Er hatte genau die Farbe von Fayes Augen. Ja, er sah aus wie ein feindseliges, uraltes Auge. Cassie hatte das unangenehme Gefühl, missgünstig beobachtet zu werden, als sie mit der kleinen Schaufel in den kühlen trockenen Sand stach und zu graben begann.

So, das war tief genug. Der Sand klebte inzwischen an der Schaufel, und Cassie hoffte, dass die Feuchtigkeit Dianas hübschem Kästchen nicht schaden würde. Als sie es in das Loch gleiten ließ, blitzte das Mondlicht kurz in seinem Schnappverschluss aus Bronze auf. Das Kästchen war unverschlossen. Einen Moment kämpfte Cassie mit der Versuchung, den Deckel zu öffnen.

Sei nicht blöd, ermahnte sie sich. Nach allem, was sie und Diana durchgemacht hatten, sollte es ihr jetzt nicht einmal gelingen, eine Dose zu vergraben, ohne hineinzusehen …?

Aber keiner würde es erfahren, lockte eine leise, innere Stimme.

Ich würde es wissen, brachte Cassie die Stimme zum Schweigen. Sie nahm die Hände zu Hilfe, um so schnell sie konnte Sand auf das Kästchen zu werfen.

Plötzlich fiel ihr die Schwärze auf.

Das ist nur ein Schatten, dachte sie. Der Mond stand jetzt hoch genug, um einen Schatten hinter einen einzelnen Felsen zu werfen, der näher am Wasser war als Cassie selbst.

Sie beobachtete ihn aus den Augenwinkeln, während sie den Sand glättete. Fertig, jetzt konnte niemand mehr erkennen, dass dort etwas vergraben war. Der Schatten schien sich lang und länger zu ihr hinzustrecken, aber das lag wohl daran, dass der Mond aufstieg …

Falsch, dachte Cassie. Sie war gerade dabei, sich den Sand von den Händen zu wischen, und hielt inne, um das gespenstische Schauspiel näher zu betrachten.

Schatten werden kürzer, wenn der Mond höher steigt. Genau wie bei der Sonne. Aber dieser Schatten wurde immer länger.

Das Rauschen des Ozeans klang plötzlich unnatürlich laut.

Ich hätte auf Diana hören und näher bei der Gruppe bleiben sollen, dachte sie. Langsam warf sie einen unauffälligen Blick über die Schulter. Die Felsen, über die sie geklettert war, um an den Strand zu gelangen, schienen mit einem Mal in weiter Ferne zu liegen, und von dem Kerzenring dahinter war keine Spur mehr zu sehen. Es gab kein Geräusch außer dem Rauschen der Wellen. Cassie fühlte sich mit einem Mal sehr allein und schutzlos.

Zeig deine Angst nicht, ermahnte sie sich. Steh auf und geh. Ihr Herz klopfte wie wild.

Oh nein. Jetzt konnte sie beim besten Willen nicht mehr behaupten, dass alles normal war. Der Schatten hatte sich ganz von dem Felsen gelöst. Er war nur noch ein tiefschwarzer, riesiger Fleck, der über den Sand auf sie zuglitt wie dunkle Tinte. Und er lebte!

Renn, renn!, schrie alles in Cassie. Aber ihre Beine gehorchten ihr nicht. Fliehen war unmöglich.

Cassie. Ihr Kopf fuhr hoch. Suchend sah sie sich nach der Person um, die gesprochen hatte. Aber es gab niemanden. Nur das Meer und die Wellen.

Cassie.

Ich will hier weg! Der Drang, wegzulaufen, war übermächtig. Doch ihre Beine waren immer noch wie gelähmt. Tränen traten ihr in die Augen.

Die Schwärze floss breiig wie Teer auf sie zu. Sie teilte sich und schloss Cassie von allen Seiten ein.

Cassie.

Die unheimliche Dunkelheit flüsterte mit der Stimme von Black John. Wie ein schwarzer See wogte sie jetzt um Cassies Füße. Cassie sah hinunter und glaubte, Schlangen, schwarze Würmer und anderes widerliches Zeug darin zu erkennen. Black John hielt sie mit seiner teuflischen Magie gefangen, aber er wollte sie anscheinend nicht töten. Er wollte ihren Verstand durchdringen.

Cassie spürte, wie er es versuchte. Der Druck wurde immer stärker. Kalter Schweiß trat ihr auf die Stirn. Ein Gedanke tröstete sie jedoch: Zum Glück habe ich den Hämatitstein nicht mehr.

Ich hätte auf die anderen hören sollen. Warum habe ich es bloß nicht getan?, dachte sie dann. Die Mädchen würden sie noch nicht vermissen. Erst wenn es zu spät war. Viel zu spät.

Sie wollte schreien, aber auch ihre Stimme gehorchte ihr nicht. Sie stand dort wie erstarrt und konnte den Blick von der fauligen Schwärze um ihre Füße nicht abwenden.

Benutze die Kraft deiner Gedanken!, dachte sie, doch sie war zu verängstigt. Dieses Teufelswerk konnte sie nicht einfach vertreiben, so wie sie es mit dem Dobermann gemacht hatte. Dazu war sie nicht stark genug.

Bitte, bitte, helft mir! Und plötzlich schickte sie diese stummen Schreie aus. Bitte, helft mir. Jemand muss doch kommen. Ich kann mich nicht alleine befreien. Bitte, bitte …

Cassie, erklang das heisere Flüstern wieder. Die Wellen, die Dunkelheit und der Mond schienen es zusammen auszusprechen.

Helft mir …!

»Cassie!« Das war ein lautes Rufen und kein Flüstern. Es wurde übertönt vom Bellen eines Hundes. Ein Gefühl von Wärme und Sicherheit stieg in ihr auf. Sie sah sich hektisch um. Ihre Beine bewegten sich immer noch nicht.

»Ich bin hier!«, schrie sie zurück. Noch während sie antwortete, fühlte sie, wie der lähmende Bann von ihr wich. Die Schwärze zog sich zu dem Felsen zurück, von dem sie gekommen war, und vermischte sich mit dem wirklichen Schatten.

»Cassie!« Eine vertraute, geliebte Stimme.

»Ich bin hier!«, rief Cassie wieder und stolperte auf den Klang zu. Die Bilder von Trost, Nähe und Sicherheit erfüllten sie immer noch und führten sie. Sie folgte blind ihren Gefühlen.

Kurz bevor sie die Felsen am Rand des Strandes erreichte, packten sie starke Arme und hielten sie fest. Sie fühlte die Wärme eines menschlichen Körpers gegen den ihren.

Über Nicks Schulter sah sie in Adams Augen.

Der Mond schien ihm voll ins Gesicht und ließ seine Augen blauviolett wie das untere Ende einer Flamme erscheinen. Wie der Himmel vor einem seltsamen Sturm. Sie glaubte, kleine Fleckchen von Silber in seinen Pupillen zu erkennen. Raj sprang an ihm hoch und bellte immer noch. Der Schäferhund wedelte wie wild mit dem Schwanz, während er auf Cassie zulaufen wollte. Adam hielt ihn am Nackenfell zurück.

»Bist du okay? Bist du verletzt?«, fragte Nick leise.

»Nein. Mir ist nichts passiert«, flüsterte sie und wusste kaum, was sie sagte.

»Du hättest nicht alleine weggehen sollen. Die anderen hätten das nicht zulassen dürfen«, schimpfte Nick.

»Ist schon gut, Nick.« Sie klammerte sich mit aller Macht an ihn und verbarg ihr Gesicht an seiner Schulter gerade in dem Moment, als Adam sich abwandte und den widerstrebenden Raj wegführte. Sie ließ Nick nicht los und wusste, dass er ihr heftiges Zittern spürte.

»Cassie.« Er strich ihr zärtlich über den Rücken.

Cassie löste sich ein wenig von ihm. Adam war verschwunden. Sie betrachtete Nick im Mondschein, seine gut geschnittenen Züge, über denen immer ein Hauch von Kälte lag. Doch jetzt war der Blick seiner Augen alles andere als eisig.

Leidenschaft, dachte sie und rief sich Fayes rote Kerze ins Gedächtnis zurück. Dann küsste sie ihn.

Außer Adam hatte sie noch nie jemanden richtig geküsst, aber sie glaubte, gut genug zu wissen, wie es geht. Nicks Mund war warm. Das war schön. Sie spürte, wie überrascht er war und wie schnell die Überraschung einem tieferen, süßeren Gefühl Platz machte. Er erwiderte ihren Kuss.

Cassie küsste ihn, um nicht nachdenken zu müssen. Küssen war die richtige Ablenkung. Und was Nick betraf, so hatte sich selbst Expertin Suzan gründlich geirrt. Er war kein Leguan. Sein Kuss war aufregend. Cassies Nerven kribbelten wie elektrisch geladen. Wärme erfüllte sie bis in die Fingerspitzen.

Schließlich lösten sich beide schwer atmend voneinander. Cassie sah zu ihm hoch. Ihre Finger waren immer noch um seine geschlungen.

»Entschuldige den Überfall«, sagte sie unsicher. »Ich hatte nur solche Angst.«

»Erinnere mich daran, dass ich dich öfter in diesen Zustand versetze.« Nick machte einen leicht erstaunten Eindruck.

»Wir gehen besser zurück. Black John war hier.«

Eines musste sie Nick lassen. Er schrie weder *»Was?«*, noch packte er sie an den Schultern und schüttelte sie. Er warf nur einen schnellen, wachsamen Blick um sich und wechselte seinen Griff, sodass er sie mit der linken Hand hielt und die rechte frei hatte.

»Er ist inzwischen weg«, erklärte Cassie. »Da war ein Schatten. Er kam aus einem Felsen, aber jetzt ist er nicht mehr da.«

»Nach deinem Abenteuer darf erst recht keiner mehr allein in der Gegend herumlaufen.« Nick führte sie zu den Felsen, über die sie klettern mussten, um auf die Wegkreuzung zu kommen.

»Ich glaube, Black John wollte in meinen Verstand eindringen«, erzählte Cassie den anderen, als sie alle wieder in Adams Haus versammelt waren. Sie saß neben Nick und hielt seine Hand ganz fest. »Um mich zu beeinflussen, meinen Körper zu übernehmen oder was auch immer. Ich konnte ihn kaum abwehren. Wenn ihr nicht gekommen wärt, hätte er gesiegt.«

»Keiner darf mehr alleine rausgehen«, sagte Nick mit einem merkwürdig intensiven Blick auf Diana. Er meldete sich sonst bei den Treffen nie zu Wort, aber jetzt war sein Tonfall bestimmt und duldete keinen Widerspruch.

»Du hast recht«, erwiderte Melanie. »Außerdem sollten wir etwas zu unserer Verteidigung unternehmen. Eine Art Schutz gegen ihn aufbauen.«

»An was hast du dabei gedacht?« Adam saß auf der Lehne von Dianas Sessel. Er wirkte gefasst und ruhig.

»An Kristalle, zum Beispiel. Amethyste vielleicht. Sie könnten uns helfen, unsere Konzentration zu verstärken und geistige Angriffe von Black John abzuwehren. Wenn natürlich gleichzeitig ein anderer Kristall getragen wird – ein Hämatit, zum Beispiel –, ist das Ganze nutzlos.« Melanie schaute dabei Faye an.

Faye machte eine ungeduldige Geste. »Wie ich meiner lieben Cousine, die sich in alles einmischen muss, bereits sagte: Ich besitze diesen blöden Stein nicht. Ich hab's nicht nötig, die Edelsteine anderer Leute zu stehlen.«

»Okay, wir wollen uns nicht streiten«, beschwichtigte Diana. »Melanie, hast du genug Amethyste bei dir zu Hause? Oder könntest du uns welche leihen, Laurel? Ich finde, wir sollten sie so schnell wie möglich vorbereiten, damit jeder von uns sie heute Nacht mit nach Hause nehmen kann.«

»Ja, und trennt euch nie von ihnen«, warnte Melanie. »Im Bad, im Bett, in der Schule, wo auch immer. Aber tragt sie unter euren Sachen. Er darf sie, wenn möglich, nicht sehen. So ist ihre Wirkung größer.«

»Was für eine Art, eine Party zu beenden«, stöhnte Doug, als er seine Jacke aufhob.

»Betrachte das Ganze als eine Art Gastgeschenk«, erwiderte Nick ohne Sympathie. »Als Warnung.« Er drückte Cassies Finger schnell und sah sie dabei auf eine Art an, die mehr als alle Worte ausdrückte, dass er diesen

Vorfall und alles, was sich daraus ergeben hatte, nicht so schnell vergessen würde.

Cassie wurde warm ums Herz. Aber auf dem Weg zu Melanie fragte sie so nebenbei: »Warum seid ihr eigentlich überhaupt zum Strand gekommen?«

»Ja, war eure Party so stinklangweilig? Habt ihr endlich kapiert, dass ohne uns Mädchen nichts läuft?« Deborah musterte Chris mit einem herausfordernden Blick.

Chris sah sie auf seltsame Art an. »Nein, wir hatten echt 'ne Menge Spaß. Es war Adam, der uns aufgeschreckt hat. Er sagte auf einmal: ›Cassie ist in großer Gefahr.‹«

Kapitel Neun

Cassies Amethyst war ziemlich groß. Es war ein Anhänger, der von den Klauen einer silbernen Eule mit ausgestreckten Flügeln herabhing. Unter ihrem blauen Pullover spürte sie ihn kühl an ihrer Brust. Sie schaute noch einmal in Dianas Spiegel, um sicherzugehen, dass der Anhänger keine verräterische Beule bildete.

Sie berührte den Stein nervös. Bisher hatte sie drei Edelsteine besessen: die Chalcedonrose von Adam, den Quarzanhänger, den Melanie ihr für den Schulball geliehen hatte, und das Stück Hämatit, das sie in der Ruine von Haus Nummer dreizehn gefunden hatte.

Sie hatte sie alle nicht lange behalten. Die Chalcedonrose hatte sie Adam zurückgegeben, den Quarz noch in der Nacht des Balls auf dem alten Friedhof verloren, und der Hämatit war ihr gestohlen worden. Sie hoffte nur, dass diesem Amethyst nichts passieren würde.

Wolken waren noch während der Nacht aufgezogen, und der Himmel war stahlgrau, als Diana sie an diesem Morgen zur Schule fuhr.

Die Schule war in diesen Tagen noch trister als das Wetter. Aufsichtspersonen mit Armbinden und düsteren Mienen standen auf allen Fluren und warteten darauf, dass jemand eine Regel übertrat. Was meistens nicht lange dauerte.

Es gab so viele Verbote, dass es unmöglich war, nicht

eines oder zwei davon zu übertreten, allein durch die Tatsache, dass man lebte und atmete.

»Wir wären fast geschnappt worden, weil wir ein lärmverursachendes Objekt bei uns hatten«, erzählte Chris, als sie zur Pause den Flur hinuntergingen.

Cassie erstarrte. »Was habt ihr gemacht?«

»Wir haben den Typen bestochen«, sagte Doug mit einem frechen Grinsen. »Mit einem MP3-Player.«

»*Meinem* MP3-Player«, fügte Chris traurig hinzu.

»Ich frage mich, was die Strafe für Bestechung einer Aufsichtsperson ist«, überlegte Laurel, als sie die Cafeteria erreicht hatten.

Cassie öffnete den Mund, aber die Worte blieben ihr im Hals stecken. Durch die Glasfenster der Cafeteria konnte sie etwas erkennen, das sie alles andere vergessen ließ.

»Oh nein!«, stöhnte Laurel.

»Ich glaub das einfach nicht«, flüsterte Diana.

»Ich schon«, gab Adam trocken zurück.

Im Mittelpunkt der Cafeteria befand sich eine Holzkonstruktion, die Cassie aus ihren Geschichtsbüchern kannte. Sie bestand aus zwei Teilen, die in geschlossenem Zustand die Handgelenke und den Kopf einer Person wie mit eisernen Zangen auf gleicher Höhe festhielten.

Ein Pranger.

Und es hatte sich bereits ein Opfer gefunden.

Ein Junge stand am Pranger. Ein großer, selbstbewusster Typ, den Cassie aus ihrem Algebrakurs kannte. Er hatte beim Schulball mit ihr getanzt und seine Hände ein bisschen zu sehr wandern lassen. Er legte sich auch gern mit den Lehrern an. Aber sie hatte ihn noch nie etwas tun sehen, das eine solch drastische Strafe verdient hätte.

»Damit kommt er nicht durch.« Dianas grüne Augen blitzten vor Wut.

»Wen meinst du? Den Direktor?«, fragte Deborah. Sie, Nick und Suzan standen an der Tür vor der Cafeteria und hatten auf die anderen gewartet. »Es ist ihm bereits gelungen. Er hat vor ein paar Minuten mit einigen Eltern einen Rundgang durch die Schule gemacht. Sie kamen in die Cafeteria, und er hat ihnen das Ding regelrecht *vorgeführt*, verdammt! Sagte, es gehöre zu seinem Erziehungsprogramm und er wolle die Störenfriede der Schule im wahrsten Sinne des Wortes anprangern.«

Deborah ballte die Hände zu Fäusten. »Der Pranger an sich sei ja gar nicht so schlimm, aber die Methode der Zurschaustellung umso wirksamer. So müsse die Mehrheit der Schüler nicht unter dem Verhalten einiger weniger leiden. Es klang so furchtbar vernünftig, und sie haben gelächelt, genickt und alles brav geschluckt.«

Cassie merkte, wie ihr schlecht wurde. Sie erinnerte sich an das unterirdische Hexenverlies in Salem, wo sie mit Chris und Doug durch dunkle, enge Gänge gehastet war, die rechts und links von winzigen Zellen gesäumt waren. Der Pranger verursachte dasselbe übelkeiterregende Gefühl in ihr. Wie können Menschen anderen Menschen so etwas antun?, dachte sie.

»Die Geschichte Salems diente ihm außerdem noch als Alibi. ›Ein Erbe unserer Vorfahren.‹« Nick hatte vor Abscheu die Lippen verzogen, und Cassie wusste, dass er dasselbe fühlte wie sie.

»Können wir uns beim Essen weiter darüber unterhalten?« Suzan trat von einem Fuß auf den anderen. »Ich sterbe vor Hunger.«

Aber als sie wie gewohnt zum Hinterzimmer der Cafeteria gingen, das in den letzten vier Jahren als exklusiver Treffpunkt der Mitglieder des Zirkels gedient hatte, trat ihnen ein kleines, drahtiges Mädchen mit kurzem braunrotem Haar in den Weg. »Tut mir leid.« Sally Waltman grinste spöttisch. »Der Raum darf nur noch von der Fluraufsicht betreten werden.«

»Ach ja?«, fauchte Deborah.

Zwei Jungen mit Armbinden tauchten wie aus dem Nichts neben Sally auf.

»Ja!«, sagte einer von ihnen.

Cassie schaute durch das Glasfenster in das Hinterzimmer – heute standen keine Schülertrauben davor wie sonst – und entdeckte Portias rotblondes Haar. Sie war umgeben von einer Schar Mädchen und Jungen, die sie bewundernd ansahen. Alle trugen Armbinden.

»Ihr müsst euch irgendwo anders einen Platz suchen«, befahl Sally gerade dem Zirkel. »Und da es nicht genug Stühle für alle an einem Tisch gibt, müsst ihr euch eben trennen. Wie bedauerlich.«

»Wir gehen nach draußen.« Nick nahm Cassies Arm.

Sally lachte böse. »Draußen zu essen, ist verboten. Wenn ihr hier drinnen keinen Sitzplatz mehr findet, müsst ihr eben stehen.«

Cassie fühlte, wie sich Nicks Muskeln verknoteten. Mit aller Gewalt hielt sie seinen Arm fest. Diana tat dasselbe bei Adam, dessen blaugraue Augen, mit denen er die beiden Typen neben Sally musterte, geschliffenem Stahl glichen.

»Das ist es nicht wert«, sagte Diana leise und gezwungen ruhig. »Genau das will er doch. Stellen wir uns dorthin.«

Sally war sichtlich enttäuscht, als alle sich einen Platz an der Wand suchten. Dann leuchteten ihre Augen plötzlich triumphierend.

»Und *er* hat die Regeln bereits übertreten«, sagte sie und deutete auf Doug. »Er hat einen MP3-Player bei sich.«

»Der ist doch gar nicht eingeschaltet«, protestierte Doug.

»Muss er auch nicht. Das Gerät nur mitzubringen, zieht eine Bestrafung von Typ A nach sich. Los, du musst mitkommen.« Ihre beiden muskulösen Wachhunde sprangen vor, um Doug zu packen.

»Nick, bitte nicht. Warte ...« Verzweifelt warf sich Cassie vor ihn. Eine Prügelei in der Cafeteria, das hatte ihnen gerade noch gefehlt!

Dougs Augen glitzerten wild. Er sah so aus, als wollte er selbst Sally einen Kinnhaken verpassen, von den beiden Jungen ganz zu schweigen.

»Bringt ihn her!«, befahl Sally erregt.

Die Typen griffen nach Doug. Seine geballte Faust zuckte zurück. Und dann durchschnitt eine heisere Stimme das Durcheinander. »Was geht hier vor?« Fayes goldene Augen glühten. Sie trug ein neues seriöses Schneiderkostüm. Diesmal in Gelb und Schwarz.

Sally starrte sie böse an. »Sie weigern sich, den Befehlen der Fluraufsicht zu gehorchen«, sagte sie. »Und der hier hat einen MP3-Player bei sich.«

Faye griff nach vorn und löste das Gerät von Dougs Gürtel. »Jetzt nicht mehr«, erklärte sie eisig. »Ich befehle ihnen, irgendwo anders zu essen. Vielleicht draußen. Auf *meine* Anweisung!«

Sally kochte vor Wut. Faye kicherte vergnügt und führte den Klub aus der Cafeteria.

»Danke«, sagte Diana schlicht. Einen Moment lang sahen sich die beiden Mädchen in die Augen. Cassie dachte an den Kerzenring auf der nächtlichen Straße. Ein neuer Lebensabschnitt – war Faye dabei, ihn zu betreten? Kam sie zum Zirkel zurück?

Aber Fayes nächste Worte zerstörten alle Hoffnung. »Ihr könntet euch das Hinterzimmer leicht zurückerobern. Meldet euch zur Fluraufsicht. Das ist es, was er will.«

»Red keinen Quatsch, er will unseren Zirkel übernehmen«, unterbrach Deborah sie hart.

»Er will sich mit uns zusammentun. Kapiert doch endlich. Er ist einer von uns.«

»Nein, das ist er nicht, Faye.« Cassie erinnerte sich an den Schatten unter dem Felsen und erschauderte. »Er ist ganz und gar nicht wie wir.«

Faye warf ihr einen seltsamen Blick zu. »Es findet eine Versammlung der Fluraufsicht in Raum C 207 in der letzten Stunde statt. Denkt darüber nach. Je eher ihr beitretet, desto leichter wird alles für euch.« Sie warf Doug seinen MP3-Player mit einer lässigen Geste zu und ging.

Die Pause verlief alles andere als gemütlich. Auf dem Schulhof war es kalt, und niemand außer Suzan hatte Appetit. Sean kam spät, als die ganze Aufregung schon vorbei war.

Sie machten Pläne, wie man Black John bekämpfen könnte. Aber immer wieder kamen sie auf das Stichwort »Macht« zurück. Sie brauchten Macht, um ihn besiegen zu können. Und das bedeutete wiederum, sie mussten unbedingt die alten Meisterwerkzeuge finden.

Jeder hatte eine andere Idee für die Suche. Adam schlug den Strand vor. Besonders die Gegend um Devil's Cove, wo der alte Schuldirektor Mr Fogle von einer Steinlawine getötet worden war. Deborah hingegen war für den alten Friedhof. »Es gibt ihn schon seit dem 17. Jahrhundert«, sagte sie. »Der erste Zirkel hätte dort leicht etwas verstecken können.«

Melanie und Diana diskutierten die Möglichkeit, ein Kristallpendel zu entwerfen, das die Spuren der »weißen Energie« aufspüren sollte, die die Meisterwerkzeuge vielleicht ausstrahlten.

Cassie saß still neben Nick und schwieg. Sie hatte den ebenso dummen wie verzweifelten Wunsch, das alles hier zu vergessen und den Kopf an seiner Schulter zu verbergen. Sie kannte New Salem nicht so gut wie die anderen – wie sollte sie da mit einem vernünftigen Vorschlag kommen? Und sie hatte eine schreckliche Vorahnung von entsetzlichen, bösen Dingen, die nur auf einen winzigen Anlass warteten, um sie alle zu vernichten.

Wir werden verlieren, dachte sie, während sie den besorgten Stimmen der anderen zuhörte. Wir sind nur ein paar Schüler, und *er* hat uns Jahrhunderte an Erfahrung voraus. Wir werden verlieren.

Die schlimme Vorahnung wurde im Laufe des Tages immer stärker. Cassie lief Nick über den Weg, als sie aus ihrem letzten Kurs kam. Er blieb auf dem Flur stehen.

»Du siehst ja schrecklich aus«, sagte er besorgt.

»Danke für das Kompliment. So was hört ein Mädchen immer gern.« Cassie rang sich ein Lächeln ab.

»Nein, ich meine, du bist so blass. Geht's dir nicht gut? Willst du nach Hause?«

»›Die Schule ohne Erlaubnis zu verlassen …‹«, zitierte Cassie automatisch und unendlich müde.

Dann lag sie in seinen Armen.

Nick fluchte. »Die können sich ihre Erlaubnis nehmen und sie sich in den …«

Cassie klammerte sich an ihn. Nick war so gut zu ihr. Sie wünschte sich mit aller Macht, ihn lieben zu können. Und ich *werde* ihn eines Tages lieben, schwor sie sich.

Vielleicht sollten sie zurück zur Crowhaven Road gehen. Irgendwohin, wo sie allein sein konnten. Sie brauchte seine Nähe und Wärme. Doch Nick war nicht der Typ, der zärtliche Gefühle gern in der Öffentlichkeit zeigte.

»Halt mich«, flüsterte sie dennoch. Er tat es, und dann küsste er sie.

Ja. Mach weiter. Sei ein Teil von Nick – das bedeutet Sicherheit. Nick würde sich um sie kümmern. Sie konnte jetzt aufhören, nachzudenken.

»Na, na, na … sieht für mich ganz nach einer Regelübertretung von Typ A aus«, sagte eine strenge Stimme. »Öffentlicher Austausch von Zärtlichkeiten. Was meinst du, Portia?«

Nick und Cassie lösten sich rasch voneinander. Cassie wurde rot.

»Geradezu widerlich.« Portia Bainbridge rümpfte die Nase.

Hinter ihnen stand eine Gruppe von Aufsichtsleuten, die wohl gerade auf dem Weg zu ihrer Versammlung waren. Es waren ungefähr dreißig. Cassies Herz begann, wie wild zu schlagen.

»Und es war ihre Schuld«, fuhr Portia hochnäsig fort. »Ich habe gehört, wie sie ihn dazu angestiftet hat. Nehmen wir sie mit.«

»Das ist richtig. Dieses Flittchen.« Cassie erinnerte sich an Sallys Stimme auf der Toilette, an die Wut darin, die Boshaftigkeit.

Unserer Cassie ist jeder Kerl beim Schulball mit raushängender Zunge nachgelaufen. Mein Freund eingeschlossen … Sie hatte sich und ihr Verhalten seit jenem Tag in einem ganz anderen Licht gesehen.

Nicks Blick flog über die Gruppe. Sein Gesicht war kalt. Er war wieder der alte Nick, wie Cassie ihn zuerst kennengelernt hatte. Kalt wie Eis. »Mitnehmen? Wohin? Die Strafe für einen Typ-A-Regelverstoß ist Nachsitzen. Kennt ihr eure eigenen Vorschriften nicht?«

»Wir bestimmen, welche Strafe es gibt …«, begann Portia, aber Sally unterbrach sie.

»Sie hat sich bereits geweigert, während der Pause einer Aufsichtsperson zu gehorchen. Deshalb nehmen wir sie mit. Mr Brunswick hat uns spezielle Anweisungen gegeben. Wir werden sie in sein Büro bringen – sie kann sich mit *ihm* auseinandersetzen.«

»Dann müsst ihr uns beide mitnehmen«, sagte Nick. Sein Griff um Cassies Schultern verstärkte sich.

Die Übermacht war zu groß. Cassie musterte die Gruppe und entdeckte kein einziges freundliches Gesicht darunter. Es waren alles Schüler der Oberstufe, Schüler, die Hexen hassten. Und Faye war jetzt nicht da.

»Nick.« Ihre Stimme klang sanft und ruhig über dem wilden Klopfen ihres Herzens. »Ich gehe wohl besser mit ihnen.« Sie sah zu Sally hin. »Kann ich mich noch von ihm verabschieden?«

Sally grinste hämisch und nickte. Cassie legte ihre Arme um Nicks Hals.

»Hol die anderen«, flüsterte sie ihm zu. »Die Aufsicht wird in ihrer Versammlung sein. Ihr müsst einen Weg finden, mich rauszuholen.«

Als er sich zurückzog, sah sie Verständnis in seinen mahagonifarbenen Augen aufblitzen. Dann, nach einem ausdruckslosen Blick auf Sally, trat er beiseite.

Die Aufsichtspersonen umringten Cassie mit wichtigen Mienen und begleiteten sie wie eine Massenmörderin den Flur hinunter. Sie hatte den unbändigen Drang, zu kichern. Doch als sie das Büro des Direktors erreicht hatten, machte dieses Gefühl einer Woge von Entsetzen und Angst Platz.

Er hat das geplant, dachte sie. Vielleicht nicht gerade für heute. Aber er wusste, er wird uns irgendwie einen nach dem anderen in seine Fänge kriegen. Sie versuchte, die leise Stimme zu ignorieren, die ihr zuflüsterte: *Er wusste, er würde dich kriegen. Denn du bist es, hinter der er her ist.*

Weil sie eigentlich eine Outsiderin war – oder vielleicht auch nur, weil sie nicht in seine Pläne passte. Wieder sah sie Kori vor sich: wie sie kalt und reglos mit gebrochenem Hals am Fuß des Hügels lag. Cassie war schon einmal Zeugin dessen gewesen, was mit den Menschen geschah, die nicht in Black Johns Pläne passten.

»Wenn du ein bisschen mit den Wimpern klimperst, lässt er dich vielleicht gehen«, flüsterte Sally gehässig und stieß sie in die offene Tür.

Cassie schwieg. Sie konnte nicht antworten.

Sie war das letzte Mal in diesem Büro gewesen, als sie sich bei Mr Fogle darüber beschweren wollte, dass Faye sie quälte. Nichts hatte sich seither geändert, außer dem flackernden Feuer, das jetzt im Kamin brannte. Und der Mann hinter dem Schreibtisch war ein anderer.

Schau ihn nicht an, dachte Cassie, als die Tür hinter ihr zuschlug. Aber zu widerstehen, war zwecklos. Diese schwarzen Augen hielten sie von dem Moment an gefangen, in dem sie zum Schreibtisch geblickt hatte. In dem Gesicht, das dem eines stolzen Raubvogels glich, lag keinerlei Überraschung darüber, dass sie hier war.

Der Direktor legte einen vergoldeten, schlanken Füllfederhalter mit einem kaum hörbaren Klicken auf den Schreibtisch.

»Cassandra.«

Nur dieses eine Wort, und Cassies Knie wurden weich.

Es war die Stimme des Schattens. Eine dunkle, geschmeidige Stimme. So ruhig, so heimtückisch – so böse. Unter dem Blick seiner hämatitschwarzen Augen fühlte sie sich nackt und schutzlos ausgeliefert. Als könne er direkt in ihren Verstand sehen. Und dabei nach einer schwachen Stelle suchen, um hineinzugelangen und sie ganz und gar unter seine Kontrolle zu bringen.

»Mr Brunswick.« Ihre Stimme klang fremd in ihren eigenen Ohren. Höflich, aber auch sehr distanziert.

Black John lächelte.

Er trug einen schwarzen Rollkragenpullover und ein schwarzes Jackett. Er stand auf und legte seine Fingerspitzen leicht auf den Schreibtisch.

»So tapfer«, sagte er. »Ich bin stolz auf dich.«

Das war das Letzte, was sie erwartet hätte. Cassie starrte ihn an. Fast automatisch tasteten ihre Finger zu dem Amethyst unter ihrem Pullover.

Seine Augen folgten der Bewegung. »Ich würde mir die Mühe sparen. Die Wirkung dieses Kristalls ist viel zu gering.« Er lächelte leicht.

Cassie ließ die Hand langsam fallen. Wie konnte er das wissen? Sie war verwirrt. Aus dem Gleichgewicht gebracht, starrte sie ihn an und versuchte, ihn mit der verbrannten Kreatur in Verbindung zu bringen, die sich in der Küche über ihre Großmutter gebeugt hatte, und mit dem Hexer aus dem 17. Jahrhundert, der einen verängstigten Hexenzirkel aus Salem herausgeführt hatte.

Wieso war es ihm gelungen, überhaupt hier zu sein? Das war die Kernfrage. Was war die Quelle seiner großen Macht?

»Der Amethyst ist ein schwacher Stein. Ein Stein des Herzens«, fuhr er ruhig fort. »Die Reinheit des Ziels, das ist das Geheimnis. Reinheit und Klarheit. Verliere niemals dein Ziel aus den Augen.«

Sie hatte das seltsame Gefühl, dass er ihre Frage beantwortete. Oh Gott, warum war Nick noch nicht da? Ihr Herz klopfte so heftig, so hart ... Sie hatte Angst.

»Lass es mich dir vorführen«, sagte der Mann in Schwarz. »Würdest du mir für einen Moment diesen Anhänger geben? Nur für einen kleinen Moment«, fügte er hinzu, als Cassie sich nicht rührte.

Zögernd griff Cassie nach hinten an ihren Nacken. Mit kalten Fingerspitzen löste sie die silberne Kette und nahm sie ab. Sie wusste nicht, was sie sonst hätte tun können.

Langsam und ruhig nahm er sie entgegen.

Plötzlich fühlte sich Cassie wie in einer Vorstellung von einem Zauberkünstler, der einen Trick vorführen will. Aber kein Ass steckt in diesen Ärmeln, dachte sie. Nur Fleisch, das gar nicht da sein sollte.

Die Kette immer noch hochhaltend, wandte sich der Direktor von Cassie ab und zum Kamin hin. Das Feuer knisterte und tanzte.

Cassie fühlte ihren Pulsschlag bis hinunter in ihre Fingerspitzen. Sie hatte das Gefühl, zu ersticken. Ich halte das nicht mehr lange aus, dachte sie. Nick, wo bist du?

»Siehst du«, sagte der Direktor mit einer Stimme, die merkwürdig verzerrt klang. »Amethyst ist ein Stein, der nicht ganz rein ist. Um meine Macht zu verstärken, benutze ich immer den Quarz ...« Er begann, sich langsam wieder zu ihr umzudrehen.

Nein, dachte Cassie. Alles schien sich in Zeitlupe zu bewegen, so als ob sie einzelne Einstellungen eines Films nacheinander betrachten würde. Eines Films von höchster Qualität. Jedes Bild war hell und scharf. Cassie wusste nicht einmal, wo das *Nein* hergekommen war, außer, dass tief in ihrem Verstand etwas voller Protest aufschrie und sie zu warnen versuchte. Schau nicht hin, schau nicht hin!

Cassie wollte die Handlung anhalten, das Bild einfrieren. Doch sie war machtlos. Es dauerte unendlich lange, bis der Mann in Schwarz sich ganz umgedreht hatte. Jetzt stand er ihr direkt gegenüber.

Sie sah das elegante schwarze Jackett, den schwarzen Rollkragenpullover. Aber aus dem Rollkragen ragte der Kopf eines Monsters. Tränen traten in Cassies Augen. Ein Schrei erstickte in ihrer Kehle.

Der Mann hatte kein Gesicht. Keine Haare. Keine Augenbrauen. Keine Augen. Keine Nase. Keinen Mund. Nur eine grinsende Reihe zusammengepresster Zähne. Doch diese und sogar die nackten Knochen waren durchsichtig wie Wasser.

Cassie konnte nicht schreien, nicht atmen. Ihr Verstand war außer Kontrolle geraten. Ihre Gedanken liefen Amok. Oh nein, oh nein, der Kristallschädel ist nicht verschwunden, kein Wunder, dass wir ihn nicht finden konnten … Er ist gar nicht explodiert … Er ist sein Kopf.

Oh Adam, oh Diana, er ist sein *Kopf!*

»Du siehst, Cassandra«, ertönte die unmenschliche Stimme hinter diesen schrecklichen Zähnen. »Reinheit zusammen mit Klarheit ist Macht. Und ich habe mehr Macht, als ihr Kinder euch jemals erträumen könnt.«

Oh nein. Ich glaube das nicht … will nicht glauben, dass das passiert … Ich möchte nichts mehr sehen …

»Mein Geist ist nicht an diesen Körper gebunden«, fuhr Black John mit schrecklicher Klarheit fort. »Er kann wie Wasser dorthin fließen, wohin ich ihn leite. Ich kann meine Macht überallhin lenken.«

Die leeren Augenhöhlen blickten zu dem Amethystanhänger, der immer noch von einer ganz normalen Hand gehalten wurde. Feuer flackerte tief in dem Kristall auf.

Dann fühlte Cassie es. Einen Ausbruch von Macht, ähnlich dem, den sie ausgeschickt hatte, um den Hund abzuschrecken, Sean zu warnen und die Kerze anzuzünden. Nur war dieser hier viel stärker, viel gebündelter, als ihre zaghaften Versuche es gewesen waren. Sie konnte die Macht geradezu sehen wie einen aufzuckenden Blitz.

Der Amethystanhänger wurde zerschmettert.

Die silberne Eule schwang hin und her, doch ihre Krallen waren jetzt leer. Der Kristall war weg.

Cassie hörte das leise Klirren, als die Splitter zu Boden fielen. Doch sie registrierte es nicht bewusst. Sie war blind und taub vor Angst.

»Und jetzt, Cassandra …«, begann die Stimme erneut, doch dann wurde sie unterbrochen von einem Geräusch, so laut, dass selbst Cassie es in ihrem benommenen Zustand vernahm. Ein Brüllen kam vom Schulhof her. Schrille Schreie, wüster Lärm. Der Direktor ließ die silberne Kette fallen und ging zum Fenster.

Cassies Verstand erwachte. Sie wollte nur noch eines:

raus hier. Da der Schwarze Mann abgelenkt war, raste sie zur Tür.

Sie rannte aus dem Büro, ohne einen Blick an die Sekretärinnen zu verschwenden. Chaos herrschte auf den Fluren. Alle liefen aus den Klassenräumen.

»Eine Prügelei!«, schrie ein Junge auf der Treppe. »Los, kommt!«

Es war wie ein Aufstand. Sie können nicht alles gleichzeitig unter Kontrolle halten, erkannte Cassie wie in Trance. Sie rannte einen Flur entlang, dann Stufen hinunter, instinktiv auf den Mittelpunkt des Chaos zu.

»Cassie, warte!«

Nicht die Stimme eines Mannes, aber eine ebenso bedrohliche. Sie gehörte Faye.

Cassie blieb einen Moment stehen und sah sich verzweifelt nach Nick, Diana oder Adam um.

»Cassie, nun warte doch! Keiner will dir etwas tun. Ich bin die ganze Strecke vom Büro aus hinter dir hergerannt.«

Vorsichtig zog Cassie sich zurück. Der Flur war jetzt leer. Alle waren draußen.

»Cassie, hör mir nur einen Moment zu. Er will dich nicht umbringen, das schwöre ich! Er will dir helfen. Er mag dich.«

»Faye, du bist wahnsinnig!« Cassies Selbstbeherrschung war dahin. Ihre Stimme überschlug sich fast. »Du weißt nicht, was er ist! Alles, was du in ihm siehst, ist nur eine Illusion. Er ist ein Monster!«

»Sei nicht albern. Er ist einer von uns.«

»Oh nein, oh nein.« Die Reaktion auf das Erlebte

übermannte sie. Ihre Knie zitterten so stark, dass sie sich gegen die Wand lehnen musste. Sie glitt zu Boden und riss dabei ein Poster für ein Footballspiel mit. »Du hast ihn nicht gesehen. Du weißt gar nichts.«

»Ich sehe jedenfalls, dass du dich wie ein Baby benimmst. Du hast ja nicht einmal zugehört, was er dir zu sagen hatte. Er wollte alles erklären …«

»Faye, wach auf!«, schrie Cassie. »Um Himmels willen, wach auf und schau ihn dir einmal richtig an. Er ist nicht der, für den du ihn hältst. Du bist total verblendet.«

»Ach ja? Und du meinst, du weißt Bescheid?« Faye trat einen Schritt zurück und kreuzte die Arme über der Brust. Sie hob ihr Kinn und sah mit verhangenen, merkwürdig triumphierenden Augen auf sie herab. Ein leises Lächeln umspielte ihre blutroten Lippen. »Du glaubst, du weißt alles – aber du kennst nicht einmal den Namen, den er benutzte, als er das letzte Mal hier war. Als er zu unseren Eltern kam und in Haus Nummer dreizehn wohnte.«

Die Kraft, die Cassie in ihrer Panik noch Momente zuvor gespürt hatte, versiegte. Die Erde schien unter ihr zu schwanken. Sie presste eine Hand auf den Boden.

Faye betrachtete sie immer noch mit diesem merkwürdigen Blick.

»Nein«, flüsterte Cassie.

»*Nein*, du weißt es nicht? Oder *nein*, du willst es auch gar nicht hören? Aber ich werde es dir erzählen, Cassie. Denn es wird Zeit, dass du es erfährst. Sein Name war John Blake.«

Kapitel Zehn

Cassie fehlten die Worte. Sie war nicht fähig, auch nur einen klaren Gedanken zu fassen. Sie weigerte sich, Fayes Worten zu glauben. Doch tief in ihrem Inneren wusste sie, dass sie die Wahrheit sagte.

»Es stimmt. Er ist dein Vater.« Cassie blieb sitzen und starrte vor sich hin. »Und er möchte, dass du glücklich wirst, Cassie. Er möchte, dass du sein Erbe antrittst. Er hat eine Menge Pläne für dich.«

»Und was bist *du* dann?«, schrie Cassie außer sich. »Meine neue Stiefmutter?«

Faye kicherte. Lässig, sinnlich und zufrieden. »Vielleicht. Warum nicht? Ich habe immer ältere Männer bevorzugt – und der Altersunterschied zwischen ihm und mir beträgt doch nur gute dreihundert Jahre.«

»Du ... du bist widerlich.« Cassie suchte nach den richtigen Worten. Keines war hart genug, und sie weigerte sich, das zu glauben, was sie da hörte. »Du bist, du bist ...«

»Ich habe doch bis jetzt noch gar nichts getan, liebe Cassie. John und ich pflegen nur eine ... geschäftliche Beziehung.«

Cassie merkte, wie ihr das Essen hochkam. »Du nennst ihn wirklich *John?*«, flüsterte sie.

»Wie denn sonst? Etwa Mr Brunswick? Oder so, wie er sich beim letzten Mal nannte, Mr Blake?«

Die Welt um Cassie drehte sich. Könnte ich doch in Ohnmacht fallen, wünschte sie sich. Damit sie an nichts mehr zu denken brauchte.

Aber es gelang ihr nicht. Langsam ließ der Schwindel nach, und der Boden unter ihr fühlte sich wieder fest an. Es gab keinen Ausweg. Sie hatte keine andere Wahl, als sich all dem zu stellen.

»Oh nein«, flüsterte sie halb zu sich selbst. »Es ist wahr. Es ist wirklich wahr.«

»Und ob«, stellte Faye zufrieden und ruhig fest. »Deine Mutter war seine Freundin. Er hat mir die ganze Geschichte erzählt. Wie sie sich in ihn verliebt hatte, als er zum Haus Nummer zwölf gekommen war, um sich ein paar Streichhölzer zu leihen. Sie haben anscheinend nie geheiratet – aber ich bin sicher, er hat ihr seinen Namen nicht missgönnt.«

Es war die Wahrheit ... Und das war es auch gewesen, was Cassies Großmutter ihr hatte sagen wollen, bevor sie starb. Ihre letzten Worte waren nur noch ein Flüstern gewesen: »John« und dann etwas, das Cassie nicht verstanden hatte. Aber sie konnte sich daran erinnern, wie die Lippen ihrer Großmutter das Wort lautlos geformt hatten. Es war eindeutig »Blake« gewesen.

»Warum hat sie mich nicht schon früher darauf vorbereitet?«, flüsterte Cassie abgehackt und merkte kaum, dass sie laut gesprochen hatte. »Warum hat sie gewartet, bis sie im Sterben lag? *Warum?*«

»Wer? Deine Großmutter? Wahrscheinlich wollte sie dich nicht aufregen«, erwiderte Faye. »Sie dachte sicher, du würdest verstört reagieren, wenn du es wüsstest. Und vielleicht …« Faye lehnte sich näher heran. »… hat sie geahnt, dass die Wahrheit dich enger an ihn binden würde. Du bist sein eigenes Fleisch und Blut, Cassie. Seine Tochter.«

Cassie schüttelte wie blind den Kopf. Ihr war übel. »Die anderen alten Damen – sie müssen es auch gewusst haben. Und *niemand* hat mir etwas gesagt. Warum nicht?«

»Ach, hör auf, dich selbst zu bemitleiden, Cassie. Ich bin sicher, sie haben geschwiegen, weil sie Angst vor deiner Reaktion hatten. Und ich muss sagen, es sieht ganz so aus, als hätten sie richtig gehandelt. Du verlierst ja völlig die Fassung.«

Großtante Constance, dachte Cassie. Sie hatte die Wahrheit gekannt. Wie kann sie es da noch ertragen, mich überhaupt nur anzusehen? Und erst recht, Mom in ihr eigenes Haus aufzunehmen und sie zu pflegen?

Und Mrs Franklin hatte es ihr sagen wollen. Diese Erkenntnis kam ihr plötzlich. Ja. *Das* war es gewesen, worum es bei dieser letzten merkwürdigen Szene in Großtante Constance's Salon gegangen war.

Adams Großmutter hatte sie über ihren Vater aufklären wollen. Granny Quincey und Constance hatten sie daran gehindert. Sie bildeten alle eine Verschwörung des Schweigens, um die Wahrheit von Cassie fernzuhalten.

Die anderen Eltern vermutlich nicht, dachte sie und fühlte sich mit einem Mal unendlich müde. Aber die erinnern sich wahrscheinlich nicht einmal. Sie haben sich ja dazu gezwungen, alles zu vergessen. Großtante Constance hatte den Zirkel gewarnt, die alten Erinnerungen wieder ans Licht zu zerren, und ihr Blick war dabei auf Cassie gerichtet gewesen.

»Denk darüber nach, Cassie«, sagte Faye. Ihre tiefe Stimme klang jetzt ganz nüchtern und nicht länger hämisch oder triumphierend. »Er will nur das Beste für dich, hat es immer gewollt. Du bist als ein Teil seines Plans geboren worden. Ich weiß, dass du und ich in der Vergangenheit Probleme miteinander hatten. Aber John will, dass wir uns verstehen. Willst du es nicht wenigstens versuchen, Cassie? Cassie?«

Langsam und qualvoll zwang sich Cassie, sich auf Fayes Worte zu konzentrieren. Faye kniete vor ihr. Ihr schönes, sinnliches Gesicht schien, von einem sanften Licht erfüllt, zu glühen. Sie meint das wirklich, dachte Cassie. Sie ist ehrlich. Wahrscheinlich hat sie sich in ihn verliebt.

Und vielleicht, überlegte Cassie benommen, sollte ich wirklich darüber nachdenken. So viele Dinge haben sich verändert, seit ich nach New Salem gekommen bin – ich bin nicht mehr der Mensch, der ich einmal war.

Die alte, schüchterne Cassie, die nie einen Freund hatte und niemals den Mund aufmachte, ist verschwunden. Bedeutet diese Entwicklung nur eine weitere Veränderung, einen neuen Lebensabschnitt? Vielleicht stehe ich ja an einem Scheideweg.

Sie sah Faye lange und nachdenklich tief in die Augen. Dann schüttelte sie langsam den Kopf. Nein.

Allein schon bei diesem Gedanken packte sie kalte Entschlossenheit. Das war ein Weg, den sie niemals beschreiten würde, egal, was auch geschah. Sie würde nie das werden, zu dem Black John, *ihr Vater*, sie machen wollte.

Ohne ein Wort und ohne einen Blick stand Cassie auf und verließ Faye.

Draußen ging der Tumult weiter. Cassie schaute suchend über den Schulhof und entdeckte in der schwachen Novembersonne eine Gestalt mit langem goldenem Haar. Sie lief auf sie zu.

»Diana …«

»Cassie! Gott sei Dank! Als Nick uns sagte, du seist allein mit ihm in seinem Büro …« Diana brach ab und riss die Augen auf. »Cassie, was ist los?«

»Ich muss dir etwas erzählen. Zu Hause. Können wir jetzt gehen?« Cassie klammerte sich an Dianas Hand.

Diana betrachtete sie einen Moment lang nachdenklich, dann riss sie sich zusammen. »Ja. Natürlich. Aber Nick wird nach dir suchen. Er hatte die Idee, dass wir als Ablenkung auf dem Flur Randale machen und mit den anderen Streit anfangen sollten. Alle Jungs haben mitgemacht. Und Deborah und Laurel. Sie suchen nach dir.«

Cassie konnte ihnen jetzt nicht gegenübertreten, besonders nicht Nick. Wenn er einmal erfuhr, was sie wirklich war – wen er in seinen Armen gehalten und geküsst hatte …

»Kannst du ihnen bitte irgendwie Bescheid geben, dass es mir gut geht und ich nur nach Hause will?« Suzan stand neben ihnen, und Cassie machte eine Kopfbewegung zu ihr hin. »Oder könnte Suzan das nicht machen?«

»Ja. Einverstanden. Suzan, bist du so lieb? Erklär allen, dass ich Cassie nach Hause gebracht habe. Sie können jetzt mit der Aktion aufhören.« Diana führte Cassie den Hügel hinunter zum Parkplatz. Doch kaum hatten sie Dianas Auto erreicht, kam Adam angerannt.

»Die Prügelei löst sich langsam auf – und ich komme mit euch«, sagte er.

Cassie wollte ihm widersprechen, ihr fehlte jedoch die Kraft dazu. Außerdem könnte Diana Adams Beistand brauchen, wenn Cassie ihr die ganze Geschichte erzählte.

Sie nickte Adam zu, und er stieg ohne ein weiteres Wort ein. Sie fuhren zu Dianas Haus und gingen hoch in ihr Zimmer.

»Jetzt erzähl uns endlich, was passiert ist, bevor ich noch einen Herzinfarkt kriege«, drängte Diana.

Aber das war gar nicht so leicht. Cassie ging hinüber zum Erkerfenster, wo die Sonne auf die Glasprismen fiel und ihr Funkeln bunte Stücke eines Regenbogens durch das Zimmer tanzen ließ. Dann betrachtete sie noch einmal die Bilder der römischen und griechischen Göttinnen, die an den Wänden hingen.

»Cassie.«

»Entschuldigt«, flüsterte Cassie und drehte sich langsam zu Diana um. Deren Gesicht wirkte bleich vor Anspannung.

»Entschuldigung«, wiederholte sie etwas lauter. »Wie soll ich beginnen? Ich habe erfahren, warum ich so viel später als ihr anderen geboren bin, oder … eigentlich weiß ich das doch nicht genau.«

Sie dachte einen Moment darüber nach. »Ich meine, warum ich so spät auf die Welt kam. Es sei denn, er ahnte damals schon, dass der Zirkel plante, ihn zu verstoßen, und wollte sich damit eine Art Rückversicherung verschaffen …«

Sie überlegte erneut und schüttelte den Kopf. Adam und Diana starrten sie an, als hätte sie den Verstand verloren. »Also, ich kenne nicht die ganze Wahrheit. Aber ich bin nicht zur Hälfte eine Outsiderin, wie wir gedacht haben. Nicht deshalb war er hinter mir her, sondern aus einem ganz anderen Grund. Wir haben angenommen, dass Kori und ich irgendwie seinen Plänen hinderlich seien … Oh nein!«

Cassie hielt inne. Ein scharfer Schmerz durchfuhr sie. Ihre Augen füllten sich mit Tränen. »Ich glaube – ja, es muss so gewesen sein. Kori musste meinetwegen sterben. Wenn sie am Leben geblieben wäre, hättet ihr sie an meiner Stelle in den Zirkel aufgenommen, und er wollte das nicht. Sie war diejenige, die er nicht geplant hatte. Deshalb musste er sie aus dem Weg räumen.«

Cassie krümmte sich bei der Vorstellung, so weh tat es. Sie hatte Angst, ohnmächtig zu werden.

»Setz dich«, drängte Adam. Beide halfen ihr auf das Bett.

»Nicht … Ihr wisst noch nicht alles. Vielleicht ekelt ihr euch dann davor, mich zu berühren.«

»Cassie, nun sag uns endlich, worum es eigentlich geht. Du redest nur wirres Zeug.«

»Ich … ich bin Black Johns Tochter!«

Wenn in diesem Moment einer der beiden seinen Griff gelockert hätte oder vor ihr zurückgeschreckt wäre, hätte sie versucht, sich aus dem Fenster zu stürzen. Doch Dianas klare grüne Augen weiteten sich nur. Die Pupillen wurden riesig und schwarz. Adams Augen färbten sich silbern.

»Faye hat's mir gesagt, und es stimmt.«

»Sie lügt, und ich werde sie umbringen«, erwiderte Diana kalt. Solche Worte aus dem Mund der sanften Diana waren erstaunlich.

Beide hielten Cassie weiter fest. Diana umarmte sie von der einen und Adam von der anderen Seite. Cassies heftiges Zittern ließ auch ihre Körper erschaudern.

»Es ist wahr«, flüsterte Cassie und versuchte, sich zusammenzureißen. Sie musste ruhig werden und durfte jetzt nicht die Fassung verlieren. »Es erklärt alles: warum ich von ihm geträumt habe – von ihm und dem sinkenden Schiff. Wir ... wir sind irgendwie miteinander verbunden. Das erklärt auch, warum er immer hinter mir her war, wie zum Beispiel an Halloween und letzte Nacht am Strand. Er will, dass ich mich auf seine Seite stelle. Faye hat sich in ihn verliebt. Genau wie meine Mutter damals.«

Cassies Körper verkrampfte sich erneut. Adam und Diana hielten sie immer noch umschlungen. Keiner von beiden zuckte auch nur mit einer Wimper, als Cassie ihnen ins Gesicht sah.

»Das erklärt auch die Sache mit meiner Mutter«, sprach sie stockend weiter. »Warum er in jener Nacht, als wir ihn aus seinem Grab befreit hatten und er zurückgekommen war, geradewegs zu unserem Haus ging. Er wollte sie sehen – und deshalb ist sie jetzt in diesem Zustand. Oh Diana. Ich muss zu ihr.«

»Gleich, gleich«, flüsterte Diana, ihre eigene Stimme tränenerstickt.

Cassies Gedanken überschlugen sich. Kein Wunder, dass ihre Mutter aus New Salem geflüchtet war, kein Wunder, dass immer diese hilflose Panik in ihren Augen gelegen hatte. Wie sollte man auch nicht zu Tode verängstigt sein, nachdem sich herausgestellt hatte, dass der Mann, den man liebte, ein Monster war? Und wenn man zu allem Überfluss noch gezwungen war, das Zuhause zu verlassen, um sein Baby irgendwo weit weg in der Fremde zu bekommen?

Aber sie war tapfer genug gewesen, um zurückzukommen und Cassie hierher zu bringen. Jetzt musste auch Cassie tapfer sein. Sie wusste noch nicht, wie, aber sie musste es irgendwie schaffen.

»Ich bin wieder in Ordnung«, flüsterte sie. »Und ich möchte jetzt meine Mutter sehen.«

Diana und Adam warfen sich über ihren Kopf hinweg bedeutsame Blicke zu.

»Wir werden mitkommen«, erklärte Diana. »Wir werden vor ihrem Zimmer warten, wenn du willst, aber wir werden dich zumindest hinbringen.«

Cassie sah die beiden an. Dianas Augen waren jetzt dunkel wie Smaragde, aber voller Liebe und Verständnis, und Adams fein geschnittene Züge waren ruhig und verlässlich wie immer. Sie drückte die Hände der beiden.

»Danke«, sagte sie leise. »Ich danke euch so sehr.«

Großtante Constance öffnete. Sie war erstaunt, die drei zu sehen, und auch ein wenig nervös, was wiederum Cassie überraschte. Sie hätte niemals gedacht, dass Großtante Constance etwas aus der Fassung bringen könnte.

Aber als Cassie ins Gästezimmer ging, kamen Granny Quincey und die alte Mrs Franklin gerade heraus. Cassie blickte von Laurels zierlicher Urgroßmutter zu Adams molliger, leicht unordentlicher Großmutter und dann hin zu Großtante Constance.

»Wir … wir haben ein, zwei Dinge ausprobiert, um zu sehen, ob wir deiner Mutter helfen können.« Großtante Constance schien verlegen. Sie hustete. »Alte Rezepte«, gab sie zu. »Könnte doch sein, dass sie etwas Gutes bewirken. Wir sind im Wohnzimmer, falls du uns brauchst.« Sie schloss die Tür.

Cassie wandte sich um und schaute auf die schmale Gestalt, die zwischen den gestärkten Laken lag. Sie ging hinüber und kniete sich neben das Bett. Das Gesicht ihrer Mutter war so weiß wie diese Tücher. Alles an ihr war schwarz und weiß: weißes Gesicht, schwarzes Haar und schwarze Wimpern, die kleine Halbmonde auf ihren Wangen bildeten. Cassie nahm ihre kalte Hand, und da erst merkte sie, dass sie nicht wusste, was sie sagen sollte.

»Mutter?«, begann sie schließlich. »Mom? Kannst du mich hören?«

Keine Antwort. Nicht die kleinste Regung.

»Mom«, fuhr Cassie fort. Die Worte fielen ihr nicht leicht. »Ich weiß, dass du krank bist, und ich weiß auch, dass du Angst hast. Aber vor einem brauchst du dich nie mehr zu fürchten. Ich kenne jetzt die Wahrheit. Ich weiß über meinen Vater Bescheid.«

Cassie wartete und glaubte zu sehen, dass die Betttücher über der Brust ihrer Mutter sich schneller hoben und senkten.

»Ich weiß alles«, sagte sie. »Und du brauchst keine Angst zu haben, dass ich böse auf dich bin oder so was. Ich verstehe. Ich habe gesehen, was er mit den Menschen macht. Wie er Faye auf seine Seite gezogen hat, und sie ist noch stärker als du.« Cassie klammerte sich so fest an die kalte Hand, dass sie fürchtete, ihrer Mutter wehzutun. Sie hielt inne und schluckte.

»Ist auch egal, ich wollte dir nur sagen, dass ich es weiß. Und es wird bald alles vorbei sein. Ich werde dafür sorgen, dass er dich nie mehr verletzen kann. Ich werde ihn vernichten. Ich habe noch keine Ahnung, wie, aber es wird mir gelingen. Das verspreche ich dir, Mom.«

Sie stand auf und hielt immer noch die weiche, schlaffe Hand in der ihren. »Wenn du nur Angst hattest, Mom, kannst du jetzt zurückkommen«, flüsterte sie. »Das ist leichter als weglaufen, wirklich. Wenn du dich den Dingen stellst, sind sie plötzlich gar nicht mehr so schlimm.«

Cassie wartete wieder. Sie hatte eigentlich nicht geglaubt, dass sie auf etwas gehofft hatte. Doch es musste wohl so gewesen sein, denn als die Sekunden verrannen und nichts passierte, wurde ihre Enttäuschung immer größer.

Nur ein winziges Zeichen, das konnte doch nicht zu viel verlangt sein, oder? Aber es gab nicht einmal das. Zum hundertsten Mal an diesem Tag, so kam es ihr jedenfalls vor, füllten sich ihre Augen mit Tränen.

»Ist schon gut, Mom«, flüsterte sie und beugte sich hinunter, um ihre Mutter auf die Wange zu küssen.

Dabei fiel ihr ein dünner Faden um den Hals ihrer

Mutter auf. Sie zog daran, und unter dem Nachthemd kamen drei kleine, gelbbräunlich glänzende Steine hervor, die an den Faden gebunden waren.

Cassie steckte das Halsband zurück, wartete noch eine weitere Sekunde und verließ dann das Zimmer.

Könnte ich es ertragen, wenn meine Mutter ebenso stirbt wie meine Großmutter?, fragte sie sich, als sie die Schlafzimmertür hinter sich schloss. Nein. Aber langsam wurde ihr klar, dass sie mit dieser Möglichkeit rechnen musste.

Im Wohnzimmer tranken Diana und Adam mit den drei alten Damen Tee.

»Wer hat meiner Mutter die drei Halbedelsteine umgehängt? Und um welche Steine handelt es sich?«

Die drei Frauen sahen einander an.

Schließlich antwortete Großtante Constance. »Ich tat es.« Sie räusperte sich. »Es sind Tigeraugen. Sie sollen schlechte Träume fernhalten – jedenfalls hat das meine Großmutter behauptet.«

Es gelang Cassie, ihr ein kleines Lächeln zu schenken. »Oh. Vielen Dank.« Melanies Vorliebe für Kristalle schien in der Familie zu liegen. Sie machte sich nicht die Mühe, Großtante Constance zu erklären, was Black John mit diesen Steinen machen konnte, wenn er es versuchte.

»Schlechte Träume sind eine Plage«, erklärte die alte Mrs Franklin, als Diana und Adam aufstanden, um zu gehen. »Gute Träume sind natürlich etwas ganz anderes.«

Cassie schaute zu Adams Großmutter, deren geflochtenes graues Haar sich schon wieder löste, während sie sich genüsslich einen Keks in den Mund schob. Cassie kannte außer Suzan niemanden, der so gerne aß. Aber es steckte mehr in Mrs Franklin, als man auf den ersten Blick vermutet hätte.

»Träume?«, fragte Cassie.

»Gute Träume«, stimmte Adams Großmutter zu. »Um gute Träume zu bekommen, schläft man mit einem Mondstein.«

Cassie dachte auf dem ganzen Heimweg darüber nach.

Sie und Diana aßen schweigsam zu Abend. Nur sie beide, da Dianas Vater noch in seiner Anwaltskanzlei war. Adam war gegangen, um mit dem Rest des Zirkels zu reden.

»Ich kann's ihnen nicht sagen«, hatte Cassie gesagt. »Nicht heute Abend – vielleicht morgen.«

»Es gibt keinen Grund, warum ausgerechnet du das tun solltest.« Adams Stimme hatte fast barsch geklungen. »Du hast schon genug durchgemacht. Ich werde es ihnen beibringen – und dafür sorgen, dass sie es verstehen. Mach dir keine Sorgen, Cassie. Sie werden zu dir halten.«

Das war leichter gesagt als getan. Aber Cassie verdrängte ihre Befürchtungen, was den Zirkel betraf, denn es gab andere Dinge, die wichtiger waren. Sie hatte ihrer Mutter ein Versprechen gegeben.

Im Bett las sie in dem Buch der Schatten ihrer Großmutter. Nein, in *ihrem* Buch der Schatten. Sie suchte nach allem über Kristalle und Träume.

Und da war es: *Damit die Träume kommen. Man lege einen Mondstein unter sein Kopfkissen und wird die gan-*

ze Nacht schöne und angenehme Träume haben, aus denen man vielleicht etwas lernen kann.

Sie fand auch einen Absatz über Edelsteine im Allgemeinen. Große Kristalle wirkten besser als kleine. Nun, das wusste sie bereits. Melanie hatte es gesagt, und Black John hatte es heute ohne jede Frage bewiesen.

Sie legte das Buch hin und ging zu Dianas Schreibtisch.

In einer Schublade befand sich ein weißer Beutel aus Samt, der mit blauer Seide gefüttert war. Diana hatte Cassie bereits vor langer Zeit erlaubt, ihn zu öffnen. Cassie nahm den Beutel mit zum Bett und schüttete seinen Inhalt auf einem zusammengefalteten Teil der Überdecke aus. Die Steine formten einen bunten Regenbogen auf der weißen Decke.

Blauer Agat – Cassie nahm das dreieckige Stück auf und rieb mit seiner glatten Oberfläche an ihrer Wange entlang. Sie sah gelben Zitrin, Deborahs Stein, der die Energie steigern sollte. Und dort war ein wolkiger orangefarbener Karneol, den Suzan einmal benutzt hatte, um die heiße Leidenschaft eines ganzen Footballteams zu wecken. Grüne, schimmernde Jade, Melanies Meditationsstein, und königlicher, lilafarbener Amethyst – Laurels Stein, ein Stein des Herzens, so hatte Black John ihn genannt.

Es gab noch Dutzende andere: warmen Bernstein, der leicht war wie Plastik, dunkelgrünen Heliotrop, gesprenkelt mit Rot, einen weinfarbenen Granatstein, den hellgrünen Peridot, den Diana benutzt hatte, um die schwarze Energie aufzuspüren.

Cassies Finger fuhren durch den funkelnden Schatz, bis sie einen Mondstein gefunden hatte. Er war durchscheinend mit einem silbrig blauen Schimmer. Sie legte ihn auf den Nachttisch neben ihrem Bett.

Diana kam frisch aus dem Bad herein und beobachtete, wie Cassie die Steine zurück in den Beutel gleiten ließ.

»Hast du in deinem Buch der Schatten etwas gefunden?«, fragte sie.

»Nicht direkt.« Cassie wollte niemandem erklären müssen, was sie vorhatte, nicht einmal Diana. Später vielleicht, wenn es geklappt hatte.

»Ich hab langsam das Gefühl, meine Großmutter hat es nicht so gemeint, dass etwas Spezielles über Black John in dem Buch zu finden wäre«, fügte sie hinzu. »Vielleicht wollte sie nur sichergehen, dass ich eine gute Hexe werde. Mit allen Kenntnissen, die das erfordert. Vielleicht dachte sie, dass ich auf diese Weise klug genug werde, um ihn zu vernichten.«

Diana kroch ins Bett und machte das Licht aus. Kein Mond war am Himmel. Das Erkerfenster blieb dunkel. Doch es war irgendwie gemütlich, so zu zweit im Bett zu liegen. Es erinnerte Cassie an die alten Tage, als sie und Diana zum ersten Mal beschlossen hatten, »Adoptivschwestern« zu werden.

»Wir müssen einen Weg finden, ihn zu vernichten.« Cassie seufzte und zerstörte die friedliche Stimmung.

Diana schwieg einen Moment und erwiderte dann ruhig: »Nun, wir kennen bereits zwei Dinge, die ihn nicht töten können – Wasser und Feuer. Das erste Mal ertrank er, als sein Schiff unterging, und beim zweiten Mal verbrannte er, als unsere Eltern das Haus Nummer dreizehn niederbrannten. Aber der Tod hat ihm beide Male nichts anhaben können.«

Cassie wusste es zu schätzen, dass sie »unsere Eltern« sagte. *Ihre* Mutter hatte nicht versucht, jemanden zu verbrennen, da ging sie jede Wette ein.

»Er hat behauptet, dass sein Geist an keinen Körper gebunden sei«, erklärte sie Diana. »Ich glaube, er kann ihn an verschiedene Orte lenken. Vielleicht hat er ihn einfach irgendwo anders hingeschickt, als sein Körper starb.«

»Zum Beispiel in den Kristallschädel. Und dort ist er geblieben, bis wir den Schädel und seinen Körper zusammengebracht haben. Ja, so könnte es gewesen sein. Aber was können wir gegen ihn verwenden?«

»Erde … oder Luft.« Cassie überlegte. »Obwohl ich nicht sehe, wie Luft jemanden töten könnte.«

»Ich auch nicht. Erde, das könnte Kristalle bedeuten. Aber wir besitzen keinen Kristall, der groß genug ist, um ihn gegen ihn einzusetzen.«

»Nein«, stimmte Cassie ihr zu. »Es scheint darauf hinauszulaufen, die Meisterwerkzeuge zu benutzen und sonst gar nichts. Wir müssen sie finden.«

Sie spürte, wie Diana in der Dunkelheit nickte. »Aber wie?«

Cassie griff nach dem Mondstein und legte ihn unter ihr Kopfkissen.

Vielleicht liegt es nicht nur an der Größe der Steine, sondern daran, wie man sie benutzt, dachte sie.

»Gute Nacht, Diana«, sagte sie und schloss die Augen.

Kapitel Elf

Von Beginn an war dieser Traum deutlicher als die anderen. Oder vielleicht war es Cassie, die sich klarer bewusst war, was passieren würde. Salzwasser schlug ihr ins Gesicht; sie schluckte etwas davon. Es war so kalt, dass sie weder ihre Hände noch Füße fühlen konnte.

Hinab. Sie würde ertrinken ... aber nicht sterben. Mit der letzten Willenskraft schickte sie ihren Geist an den vorbereiteten Ort ... zu dem Schädel auf der Insel. Etwas von ihrer Kraft steckte bereits in dem Kristall; jetzt würde sie sich selbst damit vereinigen. Und eines Tages, wenn die Zeit reif war, wenn ihr Körper sich vollständig mit der See vermischt hatte und an diese Insel gespült wurde, würde sie wieder leben.

Gute Träume. Ich will gute Träume, dachte Cassie hektisch, als das Wasser sich über ihrem Kopf schloss.

Ein Wechsel ...

Sonnenlicht blendete sie.

»Du und Kate, ihr könnt im Garten spielen«, sagte die freundliche Stimme. *Ja.* Sie hatte es geschafft. Sie war hier.

Der Garten lag hinter dem Haus. Cassie wollte zur Hintertür.

»Jacinth! Was hast du vergessen?«

Cassie hielt einen Moment verwirrt inne. Sie hatte keine Ahnung. Die große Frau in dem puritanischen Kleid blickte auf den Boden. Dort, auf den sauber glänzenden Holzdielen, lag das in rotes Leder gebundene Buch der Schatten. Cassie erinnerte sich jetzt. Es war ihr vom Stuhl gefallen, als sie aufgestanden war.

»Tut mir leid, Mutter.« Die Worte kamen ganz natürlich über ihre Lippen. Und ihre Augen hatten sich dem Licht angepasst. Aber sie zerbrach sich den Kopf, wo das Buch hingestellt werden sollte. An einen ganz besonderen Platz … Wo? Dann sah sie den losen Ziegel im Kamin.

»Viel besser«, lobte die große Frau, als Cassie das Buch in das Loch legte und es mit dem Ziegel verschloss. »Vergiss nie, Jacinth, wir dürfen niemals unvorsichtig sein. Nicht einmal hier in New Salem, wo alle Nachbarn so sind wie wir. Jetzt lauf in den Garten.«

Kate war schon an der Tür. Im Sonnenschein draußen fiel Cassie auf, dass Kates Haar die gleiche Farbe hatte wie Dianas: nicht einfach golden, sondern etwas heller, wie aus purem Licht gemacht. Kates Augen waren ebenfalls golden wie Sonnenstrahlen. Sie war im wahrsten Sinne des Wortes ein goldiges Kind.

Kate tanzte lachend auf den Wegen und schaute über die Kräuterbüsche auf die blaue Weite des Ozeans hinter den Klippen. Zu dieser Zeit gab es dort keine Mauer, sie war noch nicht gebaut worden. Dann lief Kate nach vorn, um etwas zu pflücken.

»Hier, Lavendel.« Sie hielt Cassie ein Sträußchen hin. »Riecht der nicht fantastisch?«

Aber Cassie blieb bei der offenen Tür stehen. Zwei weitere Leute waren in die Küche gekommen. Kates Vater und Mutter, vermutete sie. Sie sprachen mit leisen, hastigen Stimmen.

»... Nachricht ist gerade gekommen. Das Schiff ist gesunken«, sagte der Mann gerade.

»Dann ist er tot!«, rief Jacinth' Mutter freudig überrascht.

Der Mann schüttelte den Kopf, aber Cassie konnte die nächsten Sätze nicht verstehen. Sie hatte Angst davor, beim Lauschen ertappt und fortgeschickt zu werden. »... der Kristallschädel ...«, hörte sie, und: »... man weiß nie ... könnte zurückkommen ...«

»Und dieser Jasmin«, jubilierte Kate. »Ist der nicht wunderbar?« Halt doch endlich den Mund, schrie Cassie innerlich.

Dann erklangen Worte, bei denen sie selbst im warmen Sonnenschein eine Gänsehaut überlief. »... verstecken sie«, schlug Kates Mutter vor. »Aber wo?«

Das war es. Wo, *wo?* Wenn dieser Traum einen Sinn haben sollte, dann den, Cassie das Versteck zu verraten. Kate versuchte, sie in den Garten zu zerren, sie sollte endlich an dem Jasmin riechen. Aber Cassie wehrte sie ungeduldig ab und strengte ihr Gehör an.

Die Erwachsenen stritten sich jetzt leise. Nur Bruchstücke drangen an Cassies Ohr. »Dürfen wir überhaupt ...?«

»Nein, nicht dort ...«

»Aber, wo dann ...?«

»Himmel, mein Brot brennt an!«

Dann erklang ein sachtes Lachen. »Natürlich! Wir hätten eher darauf kommen können.«

Worauf? Sie wehrte Kate erneut ab und versuchte, in die Küche zu spähen.

»Jacinth? Was ist los mit dir?«, quengelte Kate. »Du hörst mir überhaupt nicht zu! Jacinth, sieh endlich her zu mir!«

Verzweifelt starrte Cassie in die dämmrige Küche. Es war zu dunkel. Der Traum verblasste.

Nein! Sie musste ihn festhalten. Sie musste das Ende sehen. Großmutter, hilf mir, flehte sie. Lass mich …

»Jacinth!«

Schwärzer und schwärzer …

Lange Röcke raschelten, gaben die Sicht frei. Und nur ein winziger Blick …

»Das alte Versteck«, sagte Jacinth' Mutter befriedigt. »Bis sie wieder gebraucht werden.«

Die Dunkelheit verschlang Cassie.

Sie wachte verwirrt auf.

Zuerst wusste sie nicht mehr, was sie in dem Traum gesucht hatte. An den Traum selbst erinnerte sie sich jedoch. Wer war Jacinth? Eine Vorfahrin? Eine ihrer Urururururgroßmütter, vermutete sie. Und Kate?

Dann fiel ihr der Grund ein.

Die Meisterwerkzeuge. Die Mitglieder des ersten Zirkels hatten sie vor Black John versteckt, denn sie hatten gewusst, dass er zurückkommen würde. Cassie hatte sich in den Traum sinken lassen, um das Versteck herauszufinden, und es war ihr gelungen.

Sie hatte sich immer gefragt, warum es Black John in der Nacht seiner Rückkehr ausgerechnet auf ihre Großmutter abgesehen hatte. Nicht nur wegen des Buchs der Schatten. Das war ihr inzwischen klar. Und nicht nur, weil er ihre Mutter und Großmutter schon vorher gekannt hatte. Er hatte etwas von ihrer Großmutter gewollt.

Die Meisterwerkzeuge.

Aber ihre Großmutter hatte nicht gewusst, wo sie waren. Cassie war sich sicher, dass ihre Großmutter es *ihr* sonst gesagt hätte. Alles, was ihre Großmutter von ihrer eigenen Großmutter überliefert bekommen hatte, war, dass der alte Kamin ein gutes Versteck bot. Und jetzt, aus dem Traum, hatte Cassie erfahren, dass der lose Ziegel schon zu den Zeiten Jacinth' als Versteck benutzt worden war.

Aber es hatte nur *einen* losen Ziegel gegeben, und hinter ihm hatte sich nichts außer dem Buch der Schatten befunden. Cassie hatte es selbst gesehen. Und sie wusste, dass der ursprüngliche Zirkel nach einer Langzeitlösung gesucht hatte. Einem Platz, an dem die Meisterwerkzeuge sicher aufgehoben waren, bis eine zukünftige Generation sie brauchen würde. Also nicht nur hinter einem losen Ziegel.

Cassie erinnerte sich an den flüchtigen Blick auf den Kamin, den sie zwischen den Röcken der Frauen in den letzten Sekunden des Traums erhascht hatte. Der Feuerplatz hatte damals eine andere Form gehabt als heute.

Cassie blieb für ein paar Momente reglos in der samtenen Dunkelheit liegen. Dann rollte sie sich herum und schüttelte sanft Dianas Schulter.

»Diana, wach auf. Ich weiß, wo die Meisterwerkzeuge sind.«

Sie weckten Adam, indem sie Kiesel gegen sein Fenster warfen. Die drei gingen, bewaffnet mit einer Spitzhacke, einem Vorschlaghammer, mehreren normalen Hämmern, Schraubenziehern und einer Brechstange, zu Haus Nummer zwölf. Raj begleitete sie. Der Schäferhund lief glücklich neben Cassie her, als sei ein solcher Ausflug in den frühen Morgenstunden so richtig nach seinem Herzen.

Der abnehmende Mond stand hoch am Himmel, als sie zum Haus von Cassies Großmutter gelangten. Drinnen schien es noch kälter als draußen zu sein, und es lag eine tödliche Stille über dem Ort, die Cassies Begeisterung dämpfte.

»Dort«, flüsterte sie und deutete auf die linke Seite des Kamins, wo seit der Zeit ihres Traums neue Ziegel hinzugefügt worden waren. »Das ist anders. Dort müssen sie die Meisterwerkzeuge eingemauert haben.«

»Mist, dass wir keinen Presslufthammer haben«, meinte Adam fröhlich und nahm die Brechstange in die Hand. Die Kälte und die Stille schienen ihm nichts auszumachen. In dem kümmerlichen künstlichen Licht der Küche glänzte sein Haar wie die Granatsteine in Dianas Beutel. Raj setzte sich neben Cassie. Sein schwarzbrauner Schwanz fegte über den Küchenboden. Beim Anblick der beiden hob sich Cassies Stimmung.

Es dauerte lange. Cassie schürfte sich die Knöchel auf, als sie half, den alten Mörtel mit einem Schraubenzieher abzukratzen. Doch schließlich fielen die Ziegel einer nach dem anderen in die kalte Asche des Kamins.

»Dahinter ist auf jeden Fall etwas«, keuchte Adam und steckte die Hand in das Loch, das sie aufgeschlagen hatten. »Aber es müssen noch ein paar Ziegel weg ... So!« Er wollte wieder in das Loch greifen, schaute dann aber zu Cassie hin. »Nein – diese Ehre steht dir zu. Keine Angst, da ist nichts Lebendiges mehr drin.«

Cassie, die keine Lust hatte, einer über dreihundert Jahre alten Kakerlake zu begegnen, nickte ihm dankbar zu. Sie tastete hinein, und ihre Finger berührten etwas Glattes, Kühles. Es war so schwer, dass sie beide Hände benutzen musste, um es herauszuziehen.

»Eine Dokumententruhe«, flüsterte Diana, als Cassie das Ding vor dem Kamin auf den Boden setzte. Ihrer Meinung nach glich es mehr einer Schatzkiste. Einer kleinen Schatzkiste aus Leder und Bronze. »Im 17. Jahrhundert wurden sie benutzt, um wichtige Papiere darin aufzubewahren«, fuhr Diana fort. »Wir haben auch Black Johns Notizen in einer solchen Truhe gefunden. Mach sie auf, Cassie.«

Cassie sah von Diana zu Adam, der mit schmutzverschmiertem Gesicht auf der Spitzhacke lehnte. Ihre Finger zitterten, als sie den Deckel öffnete.

Was, wenn sie sich geirrt hatte? Wenn hier nicht die Meisterwerkzeuge drin waren, sondern nur ein paar vergilbte Pergamentblätter? Was, wenn ...

In der Truhe, frisch und unberührt, als ob sie erst gestern versteckt worden wären, lagen ein Diadem, ein Armband und ein Strumpfband.

»Oh«, hauchte Diana.

Cassie wusste, dass das Diadem, das der Zirkel benutzte, aus Silber war. Das in der Kiste war auch aus Silber, aber das Material sah kostbarer aus. Es schien weicher und schimmerte sanft. Sowohl das Diadem wie auch das Armband waren handgeschmiedet, nichts Maschinelles haftete ihnen an. Jeder zarte Strich der Inschrift auf dem Armband, jede der kunstvoll verschlungenen Verzierungen des Diadems zeugten von der Hand des Künstlers. Das Leder des Strumpfbands war weich, und statt *einer* silbernen Spange besaß es sieben. Es lag schwer in Cassies Hand.

Schweigend berührte Diana mit einem Finger den gehörnten Mond des Diadems.

»Die Meisterwerkzeuge«, sagte Adam leise. »Während all der Suche waren sie immer direkt vor unserer Nase.«

»So viel Macht«, flüsterte Diana. »Ich bin überrascht, dass sie hier so ruhig gelegen haben. Eigentlich hätte ich gedacht, dass sie irgendeine psychische Störung verursachen würden ...« Sie brach ab und schaute zu Cassie. »Hattest du nicht etwas davon gesagt, dass man hier kaum schlafen kann?«

»Knarren und Klappern die ganze Nacht über«, bestätigte Cassie. Dann ging ihr ein Licht auf. »Oh, du denkst ...«

»Ich glaube nicht, dass das an dem alten Gebäude lag«, erwiderte Diana kurz. »Werkzeuge von dieser Macht können die seltsamsten Dinge geschehen lassen.«

Cassie schloss die Augen und schimpfte mit sich selbst. »Wie konnte ich nur derart dumm sein? Es war so einfach. Ich hätte es ahnen ...«

»Hinterher ist alles einfach«, unterbrach Adam sie trocken. »Keiner ist auf die Idee gekommen, dass die Meisterwerkzeuge in diesem Kamin sind. Nicht einmal Black John. Wobei mir einfällt, wir sollten die Sache besser vor Faye geheim halten.«

Die beiden Mädchen sahen ihn an, dann nickte Diana langsam. »Sie hat Black John von den Amethysten erzählt. Ich fürchte, du hast recht. Man kann ihr nicht mehr trauen.«

»Wir sollten es niemandem sagen«, warnte Cassie. »Jedenfalls im Moment noch nicht. Bis wir entschieden haben, was wir mit den Werkzeugen machen. Je weniger Leute davon wissen, desto besser.«

»Richtig.« Adam drückte die Ziegel wieder in die Kaminwand zurück. »Wenn wir alles hier einigermaßen normal zurücklassen und vor dem Morgengrauen einen sicheren Ort finden, an dem wir die Truhe verstecken können, wird niemand darauf kommen, dass unsere Suche erfolgreich war.«

»Hier.« Cassie ließ das Strumpfband in das Kästchen zurückfallen und legte es in Dianas Hand. »Faye hat die anderen. Das sind deine.«

»Sie gehören der Meisterin des Zirkels …«

»Die Meisterin tickt nicht mehr richtig«, unterbrach Cassie sie trocken. »Sie gehören *dir*, Diana. Ich habe sie gefunden, und ich bestimme es so.«

Adam wandte sich von seiner Arbeit um, und die drei schauten einander im Licht der kalten, stillen Küche an. Sie waren alle schmutzig. Selbst Dianas schöne Wangenknochen waren mit grauem Staub verschmiert.

Cassies ganzer Körper schmerzte, und sie war immer noch erschöpft von einem der längsten und entsetzlichsten Tage in ihrem Leben. Aber in diesem Moment fühlte sie eine Wärme und Nähe, die alle Müdigkeit und allen Schmerz fortschwemmten. Sie waren – miteinander verbunden. Alle drei. Sie waren jeweils ein Teil des anderen. Und heute Nacht hatten sie gesiegt. Sie hatten triumphiert.

Wenn Diana uns nicht verziehen hätte, wo wären wir dann?, fragte sich Cassie und schaute in den Kamin.

Ich bin froh, dass er zu dir gehört, ich bin es wirklich, dachte sie. Als sie den Blick hob, sah sie, dass Diana Tränen in den Augen hatte, als hätte sie Cassies Gedanken lesen können.

»Gut. Ich nehme sie vorerst an – bis die Zeit gekommen ist, sie zu benutzen«, entschied Diana dann.

»Fertig«, sagte Adam. Sie sammelten still ihr Werkzeug ein und verließen dann das Haus.

Als sie zu Adams Haus zurückfuhren, entdeckten sie die Gestalt neben der Straße.

»Black John«, zischte Cassie und erstarrte.

»Wohl kaum.« Adam fuhr an den Bürgersteig. »Zu schmal. Ich tippe eher auf Sean.«

Es war Sean. Er trug Jeans, ein Pyjamaoberteil und sah sehr verschlafen aus.

»Was ist los?« Seine kleinen schwarzen Augen unter den schweren Lidern schweiften hektisch hin und her. »Ich hab Licht in Cassies Haus gesehen und dann, wie ein Auto aus der Ausfahrt fuhr … Ich hab euch doch glatt für Black John gehalten.«

»Es war sehr tapfer von dir, allein herzukommen«, sagte Cassie und erinnerte sich daran, dass sie sich geschworen hatte, freundlicher zu ihm zu sein. Das komische Gefühl, das sie beschlich, verdrängte sie.

Diana und Adam verständigten sich mit Blicken. Sean schaute fragend von ihren schmutzigen Gesichtern auf die Spitzhacke auf dem Boden des Jeeps und die Beule unter Adams Jacke.

»Wir sollten ihn einweihen«, meinte Diana. Cassie zögerte – sie hatten doch beschlossen, es niemandem zu verraten –, aber es schien keine andere Wahl zu geben. Widerwillig nickte sie.

Also kletterte Sean auf den Rücksitz und musste schwören, Stillschweigen über alles zu bewahren. Er wurde ganz aufgeregt, als er von den Meisterwerkzeugen hörte, doch Adam ließ nicht zu, dass er sie berührte.

»Wir werden jetzt ein Versteck für sie suchen«, schloss Adam. »Du gehst besser zurück ins Bett. Wir sehen uns morgen.«

»Okay.« Sean stieg wieder aus. Bevor er die Tür zuschlug, hielt er jedoch inne und sah Cassie an. »Oh, was die Sache angeht, dass Black John dein Vater ist. Also, ich wollte nur sagen, für mich ist das okay. Ich meine, du solltest dir mal meinen Alten ansehen … Na, das war's schon.«

Cassie fühlte, wie ihr Tränen in die Augen traten. Sie hatte vergessen, dass Adam es allen gesagt hatte. Dem Rest des Zirkels würde sie morgen gegenübertreten müssen. Aber im Moment war sie über Seans Reaktion froh und dankbar.

Ich muss wirklich in Zukunft netter zu ihm sein, dachte sie.

Sie versteckten die Meisterwerkzeuge in Adams Keller. »Solange wir sie nicht benutzen, wird keiner ihre Spur verfolgen können«, sagte Diana. »So wollten Melanie und ich es ohnehin machen. Aber sie sind gefährlich, Adam. Es ist riskant, sie zu besitzen.« Sie sah ihn ernst an.

»Lasst ruhig mal jemand anderen als nur euch beide ein kleines Risiko tragen«, erwiderte er sanft. »Ausnahmsweise.«

Cassie ging zum zweiten Mal in dieser Nacht ins Bett, todmüde, aber triumphierend. Sie legte den Mondstein zurück auf den Nachttisch. Für heute hatte sie genug Träume gehabt. Sie fragte sich, ob sie Kate jemals wiedersehen würde.

»Selbst wenn Frankensteins Monster ihr Vater wäre – mir ist das total egal.« Deborahs niemals sanfte Stimme schallte hart die Treppe herauf. Cassie stand in Dianas Zimmer an der Tür und klammerte sich an die Klinke. »Was hat das mit Cassie zu tun?«

»Das ist uns klar, Deborah. Aber würdest du bitte deine Stimme senken?« Das war Melanie, viel melodischer, doch immer noch verständlich.

»Warum geh'n wir nicht rauf und holen sie endlich?«, schlug Doug vernünftig vor, und Chris fügte hinzu: »Von allein kommt die nie.«

»Weil sie wahrscheinlich eine Heidenangst vor euch allen hat«, schimpfte Laurel und hörte sich an wie eine Herbergsmutter mit einem Haufen widerspenstiger Kinder. »Pfoten weg, Suzan, diese Kekse sind für sie!«

»Bist du sicher, dass die aus Haferflocken gebacken

sind? Sie schmecken wie Dreck«, erwiderte Suzan ruhig.

»Einmal musst du doch hinunter«, sagte Diana leise.

Cassie nickte und lehnte die Stirn kurz gegen die kühle Wand neben der Tür. Diejenige Stimme, die sie nicht unter den anderen gehört hatte, gehörte demjenigen, der ihr am meisten Sorge machte – Nick. Sie nahm die Schultern zurück, hob ihre Schultasche auf und zwang ihre Beine, sich vorwärtszubewegen. Jetzt weiß ich, wie man sich fühlt, wenn man vor ein Erschießungskommando tritt, dachte sie.

Der ganze Zirkel – außer Faye – hatte sich am Fuß der Treppe versammelt und schaute erwartungsvoll hoch. Plötzlich kam sich Cassie eher vor wie eine Braut, die die Stufen hinabstieg, als wie eine Gefangene. Sie war froh, dass sie saubere Jeans trug und einen violetten Kaschmirpulli, den Diana ihr geliehen hatte.

»Hallo.« Chris strahlte sie an. »Macht doch nichts, wenn dein Alter … Au!« Er stolperte zur Seite, als Laurel ihn gegen das Schienbein trat.

»Hier, Cassie. Nimm einen Keks«, sagte Laurel fröhlich.

»Lieber nicht«, flüsterte Suzan ihr zu.

»Die hab ich dir gepflückt.« Doug hielt ihr ein traurig aussehendes grünes Bündel hin. Er betrachtete es zweifelnd. »Ich glaube, das waren Gänseblümchen. Komisch, die sahen eben noch besser aus.«

»Möchtest du auf meiner Maschine zur Schule fahren?«, bot Deborah an.

»Nein, sie will nicht auf deiner Maschine fahren. Sie

kommt mit mir.« Nick, der auf einer Holzbank im Flur gesessen hatte, stand auf.

Cassie hatte sich davor gefürchtet, ihm ins Gesicht zu sehen, doch jetzt war schließlich der Moment gekommen. Äußerlich schien er cool und lässig wie immer, aber in den Tiefen seiner mahagonifarbenen Augen lag eine Wärme, die nur für sie allein bestimmt war. Als er ihr die Tasche aus der Hand nahm, drückte er ihre Finger einmal ganz fest.

Da wusste sie, dass alles gut werden würde.

Cassie sah sich in der Runde um. »Euch allen – mir fehlen die Worte. Danke.« Sie schaute zu Adam, dem es gelungen war, in allen Verständnis zu wecken. »Auch dir, danke.«

Er zuckte mit den Schultern, und nur jemand, der ihn sehr gut kannte, sah den Schmerz hinter seinem Lächeln. Seine Augen waren vor unterdrückten Gefühlen dunkel wie Sturmwolken. »Keine Ursache«, sagte er, während Nick sie zur Tür führte.

Auf dem Weg warf Cassie einen Blick über die Schulter auf Doug. »Um Himmels willen, was ist mit deinem Gesicht?«

»Der war immer schon so hässlich«, versicherte Chris ihr.

»Ist bei der Prügelei passiert.« Doug betastete sein schwarzes Auge mit Stolz. »Aber du solltest mal die anderen fünfzig Jungs sehen«, rief er hinter ihr her.

»Habt ihr Ärger deswegen bekommen?«, fragte Cassie Nick, als sie draußen waren.

»Quatsch – die konnten hinterher doch gar nicht mehr

feststellen, wer mit dem Trouble angefangen hatte. Dann müssen sie die ganze Schule bestrafen.«

Und es sollte sich herausstellen, dass der Direktor genau das tat. Das Footballspiel an Thanksgiving wurde abgesagt, und das gab eine Menge böses Blut unter den Schülern. Cassie hoffte nur inständig, dass niemand herausfand, wer für die Strafe verantwortlich war.

»Könnten wir uns bitte alle unbedingt noch bis zu den Herbstferien nächste Woche ganz unauffällig verhalten?«, bat Diana in der Pause. Cassie und Adam waren die Einzigen, die wussten, warum. Nämlich, damit sie Zeit hatten, herauszufinden, wie sie die Meisterwerkzeuge am besten einsetzen konnten. Aber die anderen stimmten zu. Niemand außer Doug und Deborah hatte im Moment Lust auf weitere Prügeleien.

»Trotzdem habe ich Angst. Ich habe Angst, dass er in jedem Fall hinter uns her sein wird. Er kann uns von der Fluraufsicht auch ohne jeden Grund aufgreifen lassen«, sagte Cassie später zu Diana.

Doch es geschah nicht. Eine gespenstische Ruhe erfasste die New Salem High School. Jeder schien auf etwas zu warten, aber keiner wusste, worauf.

»Geh nicht allein. Warte einen Moment, ich komme mit dir«, sagte Diana unruhig.

»Ich weiß genau, wo das Buch steht«, erwiderte Cassie. »Ich werde mich nur eine Minute im Haus aufhalten.« Sie hatte schon lange vorgehabt, Diana das Buch »Der Tod des Artus« zu leihen. Es war eines ihrer Lieblingsbücher, und ihre Großmutter hatte eine wunderschöne Ausgabe aus dem Jahre 1906 besessen. »Und wenn ich schon mal da bin, kann ich auch gleich etwas getrockneten Salbei für die Füllung mitbringen.«

»Nein, komm so schnell wie möglich wieder zurück.« Diana wischte sich mit dem Rücken ihrer fettigen Hand eine feuchte Haarsträhne aus der Stirn. Sie hatten sich der überraschend anstrengenden, aber interessanten Tätigkeit gewidmet, den Truthahn für Thanksgiving zu füllen.

»Okay.« Cassie fuhr zu Nummer zwölf. Sie waren spät dran mit dem Truthahn, die Sonne stand schon tief am Himmel.

Nur rein und raus, dachte Cassie, als sie durch die Haustür eilte. Sie fand das Buch auf einem Regal in der Bibliothek und nahm es unter den Arm. Eigentlich war sie nicht sonderlich beunruhigt. Die letzte Woche war so ereignislos verlaufen. Der Zirkel hatte ungestört vor zwei Tagen, am 24. November, Suzans Geburtstag gefeiert.

Siehst du, sagte sie in Gedanken zu Diana, als sie aus dem Haus kam. Gar nichts ist pas…

In der Sekunde, als sie das Auto sah, einen grauen BMW, der neben dem weißen Golf ihrer Großmutter parkte, reagierte sie bereits und wollte zurück ins Haus springen. Doch sie hatte keine Chance. Eine grobe Hand wurde auf ihren Mund gepresst, und dann wurde sie fortgeschleppt.

Kapitel Zwölf

»Weg hier, bevor uns einer sieht«, keuchte die Stimme. Cassie roch salzigen Schweiß.

Jordan, dachte sie. Der mit der Pistole. Der andere war Logan, sein jüngerer Bruder. Oder war das der ältere? Cassie war es nie gelungen, Portias Brüder richtig auseinanderzuhalten, obwohl Portia damals in Cape Cod kaum ein anderes Gesprächsthema gehabt hatte.

Ihr Gehirn arbeitete ruhig und klar.

Sie fuhren mit ihr aus New Salem hinaus zum Festland. Die ganze Zeit über lag Cassie mit dem Gesicht flach auf dem Boden vor dem Rücksitz. Jordan hatte seine Füße auf ihren Rücken gestellt und presste etwas Kaltes, Hartes gegen ihren Hinterkopf. Als ob ich eine gefährliche Verbrecherin wäre, dachte Cassie. Was glaubten die denn, was sie ihnen antun könnte? Etwa dass sie alle in Frösche verwandelte?

Die anderen Füße auf ihrem Rücken waren weiblich und gehörten wohl Portia, vermutete sie. Nein, Sally. Portia war zu fein für so etwas.

Cassie hörte das Rumpeln der Räder, als sie über die Brücke aufs Festland fuhren. Danach kamen mehrere Kurven und eine lange Fahrt über einen holprigen Weg. Als sie endlich anhielten, war es sehr ruhig.

Sie befanden sich mitten im Wald. Überall um sie herum standen dicht an dicht Birken, Buchen und Eichen.

Sie zerrten Cassie aus dem Auto, und dann trieben die beiden Jungen sie vor sich her ins Dickicht. Cassie hörte die leichteren Schritte der Mädchen hinter sich. Es wurde ein langer Marsch, der sie immer weiter fort vom Weg und von der Zivilisation führte. Als es langsam dunkel wurde, erreichten sie eine Lichtung.

Jemand war schon vorher hier gewesen. Der Strahl von Logans Taschenlampe fiel auf eine Feuerstelle, und von einem Baum hingen Seile herab. Portia und Sally – Cassie hatte recht gehabt, es war tatsächlich Sally – machten ein Feuer, während die Jungen Cassie an den Baum banden. Sie brauchten dazu viel mehr Seil, als Cassie es für notwendig hielt.

Und das Feuer gefiel ihr gar nicht.

»Warum macht ihr das?«, fragte sie Logan, als er endlich mit dem Fesseln fertig war und zurücktrat. Jetzt, da sie ihre Gesichter sah, konnte sie auch Logan von Jordan unterscheiden. Jordan war der mit dem kalten Blick eines Haifischs.

»Weil du eine Hexe bist«, erwiderte Logan kurz.

»Das soll ein vernünftiger Grund sein?«

Portia kam heran. »Du hast gelogen«, zischte sie hasserfüllt. »Über den Jungen am Strand und über alles andere auch. Die ganze Zeit warst du selbst eine Hexe.«

»Damals noch nicht.« Cassie versuchte, mit ruhiger Stimme zu antworten. »Aber jetzt.«

»Dann gibst du es also zu. Nun, dann werden wir das nachholen, was wir damals schon hätten tun sollen.« Vor Angst krampfte sich Cassies Magen zusammen, und sie schaute wieder auf die tanzenden Flammen. Jordan hielt etwas hinein. Etwas Langes aus Metall.

Ich bin in echten Schwierigkeiten, dachte sie. Das ist kein Spiel.

Sie brauchte Hilfe. Das wusste sie, und sie kannte nur einen Weg, Hilfe herbeizurufen. Ihre einzige Waffe war ihre Macht.

Gut, sagte sie zu sich selbst. Mach das, was du bei Sean getan hast. Halte dich bereit, bleib ruhig – und konzentriere dich.

Adam! Sie versuchte, ihn mit ihrem Geist zu rufen. *Adam, ich bin's, Cassie. Ich bin in großer Gefahr.* Sie wünschte sich, sie hätte die Chalcedonrose dabei. Adam hatte ihr gesagt, der Stein würde ihr helfen, mit ihm in Kontakt zu treten. Aber die Chalcedonrose gehörte Diana.

Denk nicht darüber nach. Konzentriere dich auf Adam. Adam muss dich einfach hören.

Adam!, rief sie wieder und legte ihre ganze telepathische Kraft hinein. *Adam!* Sie formulierte die Botschaft so einfach und klar wie möglich. *Ich bin's, Cassie. Ich brauche Hilfe.*

Er wird kommen, dachte sie. Er wird diesen Ort irgendwie finden. Er wird kommen, wenn ich nur ruhig abwarte. Es war die Vorstellung davon, was geschehen würde, sollte Adam es nicht rechtzeitig schaffen, die ihr das Blut in den Adern gefrieren ließ.

Okay, hier war sie also. Mitten in der Wildnis, gefangen von vier Hexenjägern. Und das Schweigen zerrte an ihren Nerven.

»Wenigstens«, sagte sie langsam zu Logan und Sally, denn sie nahm an, dass Portia und Jordan nicht antworten würden, »könntet ihr mir einiges erklären. Ihr habt mich hierhin verschleppt, also könntet ihr mir wenigstens sagen, warum ihr Hexen so sehr hasst. Ich kann das nämlich nicht verstehen.«

»Spinnst du, oder was?«, fragte Logan in einem Tonfall, als wäre das ganz offensichtlich. Dann, als sie ihn weiter anstarrte, fuhr er fort: »Weil sie böse sind.«

»Logan ...« Cassies Blick suchte sein Gesicht im Feuerschein. »Wir sind genau wie ihr. Wir sind nur mehr im Einklang mit der Natur, das ist alles. Wir studieren und feiern sie, und manchmal schaffen wir es, dass sie Dinge für uns tut. Aber wir sind nicht böse. Schau«, bat sie, als er sich abwandte. »Wir haben unsere Fehler wie jeder andere Mensch auch, aber wir bemühen uns, gut zu sein.«

»Und was ist mit Faye Chamberlain?«, fuhr Sally sie an und beteiligte sich plötzlich an dem Gespräch. »Ist sie auch gut?«

»Nicht alles an Faye ist böse«, antwortete Cassie noch langsamer. »Diana hat das einmal zu mir gesagt, und es stimmt. Faye muss das Gute in sich nur erst noch finden. Außerdem könnt ihr nicht alle von uns nach einer Person beurteilen.«

»Und was hat dein kostbarer Klub all die Jahre über mit der gesamten Schule gemacht? Nennst du das etwa gut? Wir Outsider waren doch nur Sklaven für sie.«

»Das war falsch. Ich gebe es zu. Aber Diana hat da doch nicht mitgemacht. Wenn die anderen sie wie eine Prinzessin behandelt haben, dann ist das doch nicht ihre

Schuld gewesen. Faye ist die Hauptschuldige. Und einige der anderen haben sich ihr gedankenlos einfach angeschlossen. Egal, was immer sie getan haben, das hier ist nicht der richtige Weg, das Problem zu lösen.«

»Keine Sorge, das wird Mr Brunswick schon für uns tun«, erwiderte Portia kurz.

»Mr Brunswick ist ein Mörder! Er ist nicht euer Freund, Portia. Er hat Kori Henderson getötet, die Schwester von Chris und Doug. Und zwar, weil sie nicht in seine Pläne passte! Und er hat Mr Fogle, den alten Schuldirektor, umgebracht, weil er seine Stelle haben wollte! Außerdem hat er Jeffrey auf dem Gewissen, Sally! Ja. Er hat es aus Bosheit getan oder um die Hexen und die Outsider noch mehr gegeneinander aufzuhetzen. Er will, dass wir einander hassen.«

»Das ist doch völlig an den Haaren herbeigezogen«, warf Logan ein. »Welchen Grund sollte er dafür haben?«

»Weil«, Cassie schloss die Augen, denn sie wusste, es war wahrscheinlich zwecklos, »weil er selbst ein Hexer ist. Einer von der bösen Sorte. Und so abgrundtief schlecht und widerlich, dass man es kaum fassen kann. Ich glaube, er will, dass wir euch vernichten. Oder vielleicht will er uns nur von hier wegführen, damit wir seine bösen Taten anderswo für ihn erledigen. Ich weiß im Grunde nicht genau, was er bezweckt.« Sie öffnete die Augen wieder. »Doch was immer es ist, es ist nichts Gutes.«

»Ach, vergesst das blöde Geschwafel. Fangen wir lieber an«, warf Jordan verächtlich ein.

»Nein, warte. Ich möchte eines klarstellen.« Sally baute sich vor Cassie auf und schaute ihr in die Augen.« Du hast behauptet, dass Brunswick Jeffrey getötet hat – aber das konnte er nicht. Er war weder in jener Nacht in New Salem noch zu den Zeiten, als die anderen Morde begangen wurden.«

»Oh doch. Er war hier. Nur nicht in seiner jetzigen Gestalt«, stieß Cassie hervor. Sie erwiderte Sallys Blick. »Das brauchte er auch nicht. Er ist ein Hexer. Er hat Macht ausgesandt, schwarze Energie, um es zu tun. Oder er hat den Verstand von anderen übernommen und sie dazu gebracht, es zu tun.«

Wie zum Beispiel Faye, dachte Cassie düster. Wenn man es recht betrachtete, hätte auch Faye Kori die Stufen hinunterstoßen können, damit sie sich den Hals bricht. Oder den Stein wegstemmen und so die Lawine auslösen, unter der Mr Fogle begraben wurde. Faye hätte sogar Jeffrey unter einem Vorwand in den Heizungskeller locken und ihn dann erdrosseln können. Sie hätte sich dazu nur von hinten an ihn ranschleichen und ihm den Strick um den Hals zu legen brauchen. Der Polizeiarzt sagte, dass ein Täter genügt hätte.

»Welchen Unterschied macht das schon«, fuhr Cassie müde fort. »Er hat es getan, das ist alles, was zählt. Und *er war's*, Sally. Das schwöre ich. Er hat Jeffrey ermordet.«

Sally starrte Cassie durchdringend an. Ihr Gesicht war nur wenige Zentimeter von Cassies entfernt. Sie schüttelte den Kopf und wandte sich ab.

»Es tut mir leid«, sagte Cassie leise. »Ich mochte Jeffrey auch. Ich weiß, du denkst, dass ich versucht habe, ihn dir wegzunehmen. Aber das stimmt nicht. Ich war nur … so aufgekratzt beim Schulball. Das war die erste Party, bei der die Jungs wirklich mit mir tanzen wollten.«

»Wer's glaubt …«, stieß Sally zwischen den Zähnen hervor, ohne sich umzudrehen.

»Es stimmt. Das ist die Wahrheit, Sally«, erwiderte Cassie leidenschaftlich. »Damals in Kalifornien habe ich keinen einzigen Freund gehabt. Ich war viel zu schüchtern. Bis heute habe ich keine Ahnung, warum die Jungs mich beim Schulball so angehimmelt haben. Sally …« Hilflos betrachtete sie die angespannten Schultern des Mädchens mit dem rotbraunen Haar.

Sally wandte sich langsam um. »Du hast wohl noch nie in einen Spiegel geschaut«, sagte sie, aber ihre Stimme klang schon weniger feindlich.

Cassie kämpfte mit den Tränen. »Doch, aber ich sehe nichts Besonderes. Und ich wollte dir Jeffrey nicht wegnehmen. Ich war nur sehr geschmeichelt, als er mich aufgefordert hat. Die Nacht war wunderschön, alles schien wie verzaubert, und dann …« Sie sah von Sally zu Logan und blinzelte wieder. »Du weißt nicht, was ich fühlte, als mir klar wurde, dass er tot ist. Ich hätte alles getan, um seinen Mörder zu fangen.«

Logan machte einen Schritt auf sie zu, doch Portias Stimme, scharf wie ein Wespenstich, hielt ihn zurück. »Sie tut es! Sie wendet ihre Hexenkräfte auf dich an. Gerade in diesem Moment. Sei nicht dumm, Logan.«

Cassie schaute zu ihr hin. »Portia, um Himmels willen …«

»Portia hat recht«, unterbrach sie Jordan brutal. »Wenn wir ihr zuhören, trickst sie uns aus. Sie war von Anfang an eine Lügnerin.« Er zog das Metallding aus dem Feuer.

»Was ist das?«, fragte Cassie angstvoll.

»Ein Brandeisen.«

Cassie dachte darüber nach und versuchte, ihre mühsam aufrechterhaltene Ruhe zu bewahren. Jordan trat mit dem Ding, das an einem Ende rot glühte, vor sie hin. Damit hatte Cassie noch gerechnet. Doch nicht mit seiner Frage.

»Wo sind die Meisterwerkzeuge?«

Sie war wie vor den Kopf gestoßen. *»Was?«*

»Mr Brunswick hat uns alles erzählt.« Portias Stimme war dünn und hart. »Er hat uns gesagt, dass sie eure Machtquelle sind und dass ihr alles verliert, wenn man sie zerstört. Er möchte sie selbst vernichten, um eurem Treiben für immer ein Ende zu setzen.«

Cassie hatte den wilden Drang, zu lachen, doch sie wusste, dass sie sich damit nur noch mehr in Schwierigkeiten bringen würde. Also *er* steckte hinter dem Ganzen. Und er wusste, dass sie die Meisterwerkzeuge gefunden hatten. Er ging davon aus, dass sie das Versteck Jordan verriet, um sich selbst zu retten. Oder vielleicht steckt er hier irgendwo und wartet nur darauf, dass ich um Hilfe rufe, dachte sie.

Das werde ich nicht! Nie, nie, nie! Von ihm will ich nicht gerettet werden.

Sie sah sich auf der Lichtung um und zu den Schatten hin, die am Rande des Feuers tanzten.

»Er will also die Meisterwerkzeuge«, sagte sie gefasst. »Aber nicht, um sie zu zerstören. Er wird sie benutzen, um euch zu vernichten und uns auch, wenn wir uns seinem Willen nicht beugen.«

Jordan war nicht überrascht. »Du wirst uns schon noch alles sagen. Ich habe erwartet, dass du erst mal lügen wirst.«

Cassies ganzer Körper spannte sich an, als er das rot glühende Eisen näher an sie heranführte. Ich bin tapfer, dachte sie und versuchte, ihr wild klopfendes Herz zu beruhigen. Ich bin stark, wenn es drauf ankommt. Aber als sie das heiße Metall roch, verfiel sie in Panik

»Halt! Sofort aufhören, ihr Schweine!« Das war Deborahs Stimme, wild und voller Wut. Das Mädchen stand zwischen zwei Bäumen, als wäre es in diesem Moment aus dem Nichts aufgetaucht. Mit ihren wirren Locken, die mit den schwarzen Schatten verschmolzen, und ihrer lauernden, geschmeidigen Haltung glich sie einer Göttin des Waldes, die gekommen war, um schreckliche Rache zu nehmen.

Jordan ließ das Brandeisen fallen, griff nach seiner Pistole und richtete sie auf Deborah.

Eine neue Stimme meldete sich ruhig von der anderen Seite der Lichtung. »Wenn du dich von Cassie entfernst und die Pistole fallen lässt, werden wir euch nichts tun«, sprach Adam mit klarer, deutlicher Stimme. Er war genauso lautlos aufgetaucht wie Deborah und wirkte genauso gefährlich.

Cassie musste an das Kostüm denken, das er an Halloween getragen hatte. An Herne, den wilden Naturgott.

Jetzt wäre sie nicht überrascht gewesen, wenn neben ihm ein Hirsch erschienen wäre.

Dann gab es eine weitere, leichte Bewegung, und Cassie erblickte Diana.

Es war, als wäre das Mondlicht plötzlich auf die Lichtung getreten. Eine unwirkliche Aura umgab Diana. Ihr langes silbernes Haar umhüllte sie wie ein schimmernder Mantel. So groß, schlank und gebieterisch, wie sie da stand, hätte sie die Göttin Diana sein können, mit dem Mond und den Sternen zu ihren Füßen.

»Lasst meine Freundin in Ruhe«, war alles, was sie sagte.

Für einen Moment glaubte Cassie, dass sie Dianas Befehl schon allein wegen der Stärke ihrer Autorität gehorchen würden. Jordans Pistole senkte sich. Dann riss er sie wieder hoch und zielte auf Adam. Logan riss einen brennenden Ast aus dem Feuer. Er hielt ihn so dicht an Cassies Gesicht, wie Jordan es mit dem Brandeisen gemacht hatte.

»Nur einen Schritt vorwärts, und sie wird dafür bezahlen!«, schrie er.

Adam atmete tief aus. »Wir haben euch gewarnt«, sagte er leise.

Cassie blickte von Dianas smaragdgrünen Augen hin zu Logans brennendem Ast und dann wieder zurück. Sie wusste, dass Diana sich an die Kerzenzeremonie erinnerte.

Feuer – so nahe, dass sie seine Hitze auf ihrer Wange spürte. Im Feuer lag Macht, wie Cassie entdeckt hatte, als Faye damals im alten Chemiegebäude mit einem brennenden Stück Papier vor ihrem Gesicht herumgewedelt hatte. Macht, die man sich nur zu nehmen brauchte …

Und diesmal tat sie es.

Der Ast flammte auf, als hätte jemand Benzin darübergegossen. Cassie wandte schnell das Gesicht ab und schloss die Augen vor der gleißenden Helligkeit. Logan schrie auf und warf den Ast weg. Jordans Kopf fuhr herum, er war einen Moment abgelenkt – und mehr war nicht nötig.

Jordan ging zu Boden, als die Henderson-Zwillinge wie aus dem Nichts auftauchten und sich wie zwei goldene Flammen auf ihn warfen. Die Pistole feuerte einen Schuss in den Nachthimmel ab, und dann hatten sie ihn überwältigt. Jeder von ihnen kniete auf einem Arm. Cassie sah, wie Nick aus dem Schatten heraus Logan von hinten ansprang. Dieser wehrte sich heftig, aber Adam griff ein, und der Kampf war in wenigen Sekunden vorbei.

Als Cassie zur anderen Seite blickte, hatte man sich um die beiden Mädchen bereits gekümmert. Sally lag auf dem Gesicht. Deborah kniete auf ihrem Rücken, und Melanie lehnte sich über die beiden. Portia stand stocksteif und still mit dem Rücken eng gegen einen Baum gepresst. Raj bewachte sie, nur wenige Meter entfernt, mit gefletschten Zähnen. Sein schwarzes Fell war gesträubt. Laurel stand direkt hinter ihm. Obwohl sie so zierlich war, sah sie jetzt furchteinflößend aus.

»Diese Bäume«, sagte sie gerade warnend zu Portia, »haben schon viel von euresgleichen erdulden müssen. Versuch nur wegzurennen, und du wirst dich in ihrer Mitte verirren. Ganz zu schweigen von dem, was der

Hund mit dir machen würde. An deiner Stelle würde ich nicht mal wagen, mit der Wimper zu zucken.«

Portia wagte es nicht.

Diana kam herüber und schnitt Cassies Fesseln mit einem Messer durch, was eine ganze Weile dauerte.

»Gute Arbeit«, sagte Suzan von der Seite.

»Bist du okay?«, fragte Diana besorgt. Die unwirkliche, majestätische Aura umgab sie immer noch. Cassie nickte.

»Wir waren schon auf dem Weg, als du Adam telepathisch gerufen hast«, fuhr Diana fort. »Laurel hatte den Wagen von Jordan die Crowhaven Road hinunterrasen sehen, und Adam hat gleich gefühlt, dass etwas nicht stimmte. Er hat uns zu ihrem Auto geführt, aber es war Raj, der dich quer durch den Wald aufgespürt hat.«

Cassie nickte nur dankbar. Sie konnte noch nicht sprechen.

»Da Cassie nichts geschehen ist, werden wir euch vieren nichts tun«, sagte Diana dann laut. »Aber wir werden das hier an uns nehmen« – sie hob Jordans Pistole mit spitzen Fingern auf, als sei sie eine giftige Schlange –, »und wir werden euch hier zurücklassen. Euer Auto hat platte Reifen. Ihr müsst also zu Fuß nach Hause gehen.«

Die vier Outsider schwiegen. Sally, die immer noch auf dem Boden lag, keuchte; Logan, mit Nicks Arm um seine Kehle, zitterte; Portia klebte weiterhin wie erstarrt am Baum. Aber es war Jordan, dem Cassies Aufmerksamkeit galt. Er starrte Diana so hasserfüllt an wie ein tollwütiger Hund.

Es wird nie aufhören, dachte Cassie. Sie werden uns danach nur noch mehr hassen. Sie werden uns etwas anderes antun, und dann wir ihnen, und es wird nie, nie, nie enden.

Impulsiv ging sie zu Jordan, der mit dem Rücken auf dem Waldboden lag, und hielt ihm die Hand hin. »Wir brauchen doch keine Feinde zu sein«, sagte sie. »Können wir den Kampf nicht endlich beenden?«

Jordan spuckte sie an.

Cassie erstarrte. Sie war zu überrascht, um sich aufzuregen. Noch nie hatte sie jemand angespuckt. Schockiert betrachtete sie ihre ausgestreckte Hand und wischte sie dann an den Jeans ab.

Was dann geschah, hörte sie später von Laurel, denn alles ging so schnell, und sie hatte den Blick immer noch gesenkt. Nick wollte sofort auf Jordan losgehen, doch er wurde dadurch gehindert, dass er erst Logan loswerden musste, und Adam war sowieso schneller. Er bewegte sich blitzartig, packte Jordan an der Jacke, riss ihn hoch und schickte ihn mit einem wohlplatzierten Schlag ins Gesicht gleich wieder zu Boden. Hinter Cassie schoss das Feuer in orangeroten Flammen zehn Meter hoch. Jordan landete auf dem Rücken und hielt sich mit beiden Händen die Nase.

»Los, steh auf!«, schrie Adam. Das Feuer brüllte und schickte Funkenschauer in die Dunkelheit.

Nick war jetzt bei Adam. Sein Gesicht war reglos und kalt. Der alte Nick. »Komm, Kumpel. Der hat genug.« Er packte Adam am Arm.

Jordan hob eine Hand von seiner Nase, und Cassie

sah das Blut. »Sie ist eine verdammte Lügnerin«, heulte er mit belegter Stimme und schaute von Cassie zu Adam.

Einen Moment lang glaubte Cassie, dass sich Adam wieder auf ihn stürzen würde. Doch er wandte sich ab, als habe er vergessen, dass es Jordan überhaupt gab. Er schien auch Nick nicht mehr zu bemerken. Er nahm Cassies Hand, die Jordan angespuckt hatte, drehte sie um und küsste sie. Ihre Knie wurden weich …

Jetzt muss ganz schnell etwas geschehen, dachte sie.

»Wir sollten sie fesseln«, schlug Melanie vor. Ihre ruhige, kühle Stimme klang über die Lichtung. »Oder zumindest drei von ihnen – der vierte kann die anderen losbinden, wenn wir weg sind.«

»Aber nicht zu fest«, stimmte Diana ihr zu. Während Sally, Logan und Jordan gefesselt wurden, steckte sie das Messer neben Portia in den Boden. »Du kannst sie befreien. Aber versucht nicht, uns zu folgen.« Portia sah nicht danach aus, als hätte sie das vor. Ihre Augen waren schreckerfüllt und weit aufgerissen.

Diana folgte ihrem Blick zu dem Feuer, das immer noch tobte wie eine angezündete Ölquelle. »Kannst du es nicht ein wenig abmildern?«, sagte sie leise zu Cassie. »Ich glaube, die haben ihre Lektion gelernt.«

Cassie, die gar nichts gemacht hatte, murmelte etwas Unverständliches und bückte sich hastig über Sally.

Sally schaute sie von der Seite an und sprach, ohne die Lippen zu bewegen. »Ich habe mich geirrt, was dich betrifft.«

Cassie sah sie überrascht an, schwieg jedoch und lehnte

sich näher über sie, als wollte sie ihre gefesselten Handgelenke überprüfen.

»Könnte sein, dass du mit Brunswick recht hast«, flüsterte Sally kaum hörbar. »Wenn es stimmt, tut ihr mir leid. Er hat eine Sache für den Neunten geplant. Dann ist Vollmond oder so – und dann wird er zuschlagen. Er wollte die Meisterwerkzeuge unbedingt vorher haben.«

»Danke«, flüsterte Cassie zurück und drückte Sallys Hände. Dann richtete sie sich auf und sagte zu Diana: »Gehen wir.« Als sie die Lichtung verließen, stieß sie Adam unauffällig an.

»Bist du das mit dem Feuer?«, fragte sie ganz leise.

»Was? Oh.« Die Flammen fielen plötzlich in sich zusammen. »Anscheinend«, erwiderte er.

Sie gingen durch den Wald zurück. Laurel und Deborah führten sie sicher zwischen den dicht stehenden Bäumen hindurch. Raj lief neben ihnen her. Cassie dachte den ganzen Weg über nur an Nick.

Als sie zur Straße kamen, stieg sie mit ihm in sein Auto ein. Er startete schweigend den Motor, einen Arm über die Lehne des Beifahrersitzes gelehnt. Die anderen Autos waren vor ihnen. Ihre Scheinwerfer beleuchteten den einsamen Weg, während sie zurück nach New Salem fuhren.

Cassie versuchte, die richtigen Worte zu finden. Sie war noch nie in einer solchen Situation gewesen und hatte Angst, etwas falsch zu machen. Sie hatte Angst, Nick wehzutun.

Aber es gab keinen Ausweg. Von dem Moment an, in

dem Adam ihre Hand geküsst hatte, hatte sie es gewusst. Ob es ihr nun passte oder nicht, sie konnte nichts daran ändern.

»Nick …«, begann sie und stockte.

»Du brauchst mir nichts zu erklären«, antwortete er mit seiner alten, coolen Mich-berührt-nichts-Stimme. Cassie hörte den Schmerz dahinter. Dann sah er sie an, und sein Tonfall wurde weicher.

»Ich wusste von Anfang an, was ich tat«, sagte er. »Und du hast mir nie etwas vorgemacht. Es ist nicht deine Schuld.«

»Adam ist nicht der Grund«, flüsterte sie. Er wollte zwar keine Erklärung, aber sie wollte, dass er sie verstand. »Ich meine, es ist nicht seinetwegen. Ich weiß, mit ihm gibt es keine Hoffnung. Das habe ich inzwischen eingesehen. Ich freue mich für ihn und Diana. Aber ich …« Sie hielt inne und senkte hilflos den Kopf. »Das hört sich jetzt total blöd an, aber es gibt keinen anderen Jungen für mich. Niemals. Ich muss nur …« Sie versuchte, die richtigen Worte zu finden, doch ihr fiel nichts Passendes ein. »Also werde ich wohl meine Tage als alte Jungfer beenden«, murmelte sie schließlich und seufzte.

Nick warf den Kopf zurück und lachte. Cassie schaute ihn verlegen an, aber sie war froh, dass er so locker reagierte. Seine Stimme war auch wieder normal, als er sie von der Seite ansah und den Arm vom Beifahrersitz nahm.

»Ach, das glaubst du wirklich?«, sagte er belustigt.

»Weißt du einen anderen Ausweg?«, verteidigte sie sich hitzig.

Nick antwortete nicht, er schüttelte nur leicht den Kopf und lachte leise. »Cassie, ich bin froh, dass ich dich getroffen habe. Du bist – einzigartig. Manchmal habe ich zwar den Eindruck, du gehörst in ein früheres Jahrhundert statt in die heutige Zeit. Du, Diana und euer Märchenprinz. Ihr alle drei. Aber trotzdem bin ich froh.«

Cassie wurde noch verlegener, und sie verstand ihn nicht. »Ich bin auch froh, dass ich dich getroffen habe. Du warst so nett zu mir – und du hast ein gutes Herz.«

Er lachte wieder. »Die meisten würden dir da wohl nicht zustimmen. Aber ich bin auch nicht so mies, wie's manchmal den Anschein hat. Jedenfalls werde ich mir Mühe geben, schon allein deswegen, damit du mich nicht andauernd mit diesen unschuldigen, weit aufgerissenen Kinderaugen empört ansiehst.« Er wollte eine Zigarette aus der Packung in seiner Tasche fischen, steckte sie jedoch mit einem kurzen Blick auf Cassie wieder zurück.

Cassie lächelte. Sie wünschte, sie könnte seine Hand halten, aber das wäre nicht richtig. Von jetzt an war sie ganz auf sich allein gestellt.

Sie lehnte sich zurück und schaute durch das Autofenster auf die hell erleuchteten Häuser, die draußen vorbeihuschten.

Kapitel Dreizehn

»Es ist der Mond der langen Nächte«, erklärte Diana. »Und es ist nicht nur Vollmond am Neunten, sondern auch noch eine Mondfinsternis.«

»Eine totale Mondfinsternis«, bestätigte Melanie ernst.

»Ist das schlecht für uns?«, fragte Cassie.

Diana überlegte. »Nun, die Kräfte aller Hexen sind im Mondlicht am stärksten. Und einige Zaubersprüche wirken am besten bei Neumond, andere bei Vollmond oder einer anderen Mondphase. Ich bin sicher, wenn Black John in dieser speziellen Nacht zuschlägt, wird eine Mondfinsternis die beste Voraussetzung für ihn sein. Und die schlechteste für uns, um ihn zu bekämpfen.«

»Außer, dass wir wissen, dass er etwas plant – und er hat keine Ahnung davon«, warf Adam ein. »Er wird nicht damit rechnen, dass wir vorbereitet sind.«

Im Zirkel wurde nachdenklich genickt. Es war der Tag nach Thanksgiving, und alle Mitglieder, die geholfen hatten, Cassie zu befreien, hatten sich bei Adam versammelt. Cassie hatte ihnen erzählt, was passiert war, bevor sie gekommen waren – außer, dass Jordan nach den Meisterwerkzeugen gefragt hatte. Das hatte sie nur Diana und Adam vor Dianas Haus gestern Abend schnell zugeflüstert. Jetzt sah sie die beiden fragend an.

Adam und Diana betrachteten die Gruppe ernst.

»Gut«, meinte Adam schließlich. »Besser, wir sagen es ihnen. Da er es schon weiß, macht es ja keinen Unterschied mehr.«

»Faye muss es irgendwie herausgefunden haben.« Diana sah niedergeschlagener aus denn je. »Sie ging zu Black John ...«

»Nein«, unterbrach Cassie sie.

Diana blickte sie überrascht an. »Aber ...«

»Nicht Faye«, sagte Cassie düster und mit absoluter Gewissheit. *»Sean.«*

Adam fluchte leise. Diana starrte erst ihn an und dann Cassie. »Oh nein«, flüsterte sie.

»Was ist mit Sean? Was hat er getan?«, wollte Deborah wissen. Nick wurde ganz aufmerksam. Mit verengten Augen betrachtete er Cassie.

Nach einem Blick auf Diana, die nickte, antwortete Cassie nüchtern: »Er hat Black John verraten, dass Adam, Diana und ich die Meisterwerkzeuge gefunden haben.«

»Ihr habt *was?* Du meinst, ihr habt tatsächlich ...«, stotterte Deborah. Den anderen hatte es komplett die Sprache verschlagen.

»Cassie war es, die uns hingeführt hat«, sagte Adam. »Sie waren im Kamin von Nummer zwölf versteckt. Auf dem Rückweg sind wir Sean begegnet, der behauptete, er hätte ein Licht gesehen. Und du glaubst ...?« Er schaute zu Cassie.

Cassie holte tief Luft. »Ich glaube, Black John hat ihn die ganze Zeit beeinflusst. Sean hat auch den Hämatit aus meinem Zimmer gestohlen. Letzte Nacht habe ich es herausgefunden, als ich versuchte, einzuschlafen. Ich überlegte, wer es Black John gesagt haben könnte – und immer zuckte mir dabei blitzartig das Bild von Sean durch den Kopf, als ich ihn das erste Mal getroffen hatte. Er trug einen Gürtel mit glänzenden Steinen, in die sein Name eingraviert war. Ich hab ihn andauernd mit diesem Gürtel gesehen, aber jetzt ist es kalt, alle tragen Pullover, deshalb ist es mir nicht mehr aufgefallen. Aber ich wette, er trägt ihn darunter, und ich wette ebenfalls, dass er den Gürtel sogar unter dem Schlafanzug anhatte. Und diese glänzenden Steine, das sind …«

»Hämatite«, antwortete ein halbes Dutzend Stimmen düster im Chor, und alle sahen Melanie an.

»Hämatit oder Eisenstein«, bestätigte Melanie. »Ja, stimmt. Ich habe diesen Gürtel auch gesehen. Wie unglaublich blöd von uns. Ich wäre nie draufgekommen.«

Nick lehnte sich nach vorn. »Du meinst also, dass Faye Black John nichts von den Amethysten erzählt hat, die unser Schutz sein sollten? Auch das soll Sean gewesen sein?«

Cassie betrachtete seinen zu einer harten Linie zusammengepressten Mund. »Es war nicht seine Schuld, Nick. Wenn Black John in seinen Verstand eingedrungen ist – nun, ich weiß, wie ich mich fühlte, als er dasselbe mit mir versucht hat. Sean wäre nicht fähig gewesen, ihm zu widerstehen. Tatsächlich haben wir es ja bei der Schulversammlung gesehen, als er sich freiwillig für die Fluraufsicht melden wollte. Ich musste ihn förmlich anschreien, um seine Trance zu brechen.«

»Sean … oh Gott«, sagte Laurel und setzte sich zurück. »Das ist ja schrecklich.«

»Ich fürchte, es kommt noch schlimmer.« Cassie blickte auf den Wohnzimmertisch von Mrs Franklin und legte eine Hand flach darauf. Sie wusste nicht, wie sie fortfahren sollte. »Also, ich glaube, dass … dass Black John Sean benutzt hat, um die Morde zu begehen.«

Tiefes Schweigen entstand. Selbst Diana schien zu entsetzt, um Cassies Theorie zu unterstützen.

Aber Adam schaute Cassie in die Augen und nickte. »Ja.«

»Oh nein«, protestierte Suzan.

»Er könnte …« Cassie schluckte. »Also, er könnte Kori am Abend zuvor eine Nachricht geschickt haben, in der er sie bat, sich mit ihm vor der Schule zu treffen. Sie hätte keinen Verdacht geschöpft, sondern nur geglaubt, es handle sich um eine Sache, die den Zirkel betrifft. Er könnte sich von hinten an sie herangeschlichen haben und …«

»Den mach ich kalt!«, brüllte Doug und sprang auf. Nick und Deborah packten ihn, aber dann begann Chris ebenfalls, voller Wut zu schreien, und wollte zur Tür. Adam und Melanie hielten ihn nur mit Mühe zurück.

»*Er* war es, nicht Sean!«, rief Cassie laut. »Es war Black John. Er ist derjenige, der Kori getötet hat. Wenn ich recht habe, wird Sean sich vermutlich nicht einmal daran erinnern! Er war nur ein … eine *Hülle* für die schwarze Energie.«

»Himmel«, stammelte Laurel fassungslos. »Himmel … Erinnert ihr euch an die Schädelzeremonie in Dianas Garage? An den Zeitpunkt, als die schwarze Energie freigesetzt wurde? Sean und Faye fingen an zu rangeln, eine

Kerze ging aus, und die schwarze Energie entwich. Sean hat behauptet, Faye hätte angefangen, und wir alle haben ihm geglaubt. Aber Faye sagte, Sean hätte versucht, den Kreis zu durchbrechen. Was ist, wenn sie recht hatte?«

»Ich wette, ihre Aussage stimmte«, erklärte Cassie. »Black John ist die ganze Zeit bei uns gewesen. Was Sean gesehen hat, hat auch er gesehen. Und als genug schwarze Energie befreit war – was Black John in die Wege leitete, wann immer sich die Gelegenheit ergab –, hat diese Energie Sean beeinflusst, um die Morde zu begehen.«

»Es war bestimmt nicht leicht, Mr Fogle nach Devil's Cove zu locken«, warf Suzan ein. »Sean konnte behaupten, dass er ein anderes Mitglied des Zirkels bei ihm anschwärzen wollte. Ich hab das andauernd gemacht, hab dem Direktor Sachen erzählt über ...« Sie warf einen Blick auf Diana. »Ist auch egal. Das war früher. Jedenfalls könnte Sean Fogle gebeten haben, sich mit ihm unter den Felsen zu treffen, und dann – *rumms!*« Sie machte eine stoßende Handbewegung. »Auf Nimmerwiedersehen, Mr Fogle.«

»Können wir dich jetzt loslassen?«, fragte Adam Chris. Deborah zischte Doug zu: »Wirst du dich vernünftig benehmen?«

Die Antwort der Hendersons bestand nur aus wütenden Lauten. Als man sie losließ, setzten sie sich widerwillig hin. Ihre Gesichter waren rot, und ihre Augen brannten hell wie Gasflammen.

»Wir knüpfen uns das Schwein noch vor«, sagte Doug leise.

»Und wenn es das Letzte ist, was wir tun«, stimmte

Chris genauso leise zu. Cassie konnte nur hoffen, dass sie damit Black John meinten.

»Aber wie war das mit Jeffrey?«, fragte Diana Cassie.

Cassie zuckte mit den Schultern. »Keine Ahnung, wie Sean ihn hinunter in den Heizungskeller locken konnte …«

»Vielleicht, indem er behauptete, dass du dort unten wärst«, schlug Laurel vor.

»Okay, wenn er es so gemacht hat, brauchte er sich nur von hinten an Jeffrey heranzuschleichen und ihn mit dem Seil zu erwürgen – nein, Sean ist zu klein. Ach, ich weiß auch nicht, wie er das bewerkstelligt hat.«

»Er hat Lovejoy dazu gebracht, sich hinzusetzen oder nach vorn zu beugen.« Nicks Stimme war glasklar und eisig. »So würde ich es jedenfalls machen, wenn ich jemanden erwürgen wollte, der größer ist als ich. Und außerdem, wenn Sean die schwarze Energie irgendwie in sich hatte, dann muss er über riesige Kräfte verfügt haben. Anders kann es nicht gewesen sein, denn er musste Lovejoy die Schlinge um den Hals legen und ihn nachher noch über das Heizungsrohr hochziehen.«

Cassie wurde schlecht. »Das stimmt – ich habe weder Sean noch Jeffrey eine Zeit lang vor dem Mord in der Turnhalle beim Ball gesehen. Plötzlich tauchte Sean auf der Tanzfläche auf und kam auf mich zu. Daher bin ich in den Heizungskeller geflüchtet und … und habe Jeffrey gefunden.«

»Wir müssen mit Sean reden«, sagte Diana.

»Nein«, erklärte Adam überraschend heftig. »Genau das sollten wir nicht tun. Wenn wir jetzt mit ihm sprechen, wird Black John Bescheid wissen. Spielen wir das Spielchen jedoch weiter mit und tun so, als hätten wir nichts gemerkt, können wir Sean gezielt falsche Informationen liefern. Die er dann prompt an Black John weitergeben wird.«

»Zum Beispiel ihm weismachen, dass wir nicht wissen, wann Black John zuschlagen wird.« Deborahs schwarze Augen glitzerten. »Oder dass wir riesige Angst vor Black John haben – dass wir die Meisterwerkzeuge gar nicht benutzen können und unvorbereitet sind …«

»Und völlig untereinander zerstritten«, schlug Laurel vor. »Wir können uns auf nichts einigen, keine Entscheidungen mehr treffen.«

»Genau! Wann beginnt die Mondfinsternis, Melanie?«, fragte Adam.

»So ungefähr um halb sieben Uhr abends. Dann müssen wir aufpassen. Der Mond tritt in den Schatten.«

»Der Mond im Schatten«, wiederholte Cassie leise. »Ich kann mir nicht erklären, warum Black John ausgerechnet diesen Zeitpunkt gewählt hat.« Er ist doch selbst ein Schatten, fügte sie in Gedanken hinzu.

»Und bis dahin tun wir alle so, als wären wir völlig planlos, voller Angst und würden einander zerfetzen«, sagte Melanie.

»Sollte nicht zu schwer sein. Wir haben ja noch Übung von früher.« Suzan hob eine Augenbraue.

»Da gibt es noch etwas, das wir machen sollten, ohne unsere Geheimnisse preiszugeben.« Cassies Stimme war nachdenklich. »Jemand von uns sollte mit Faye reden.«

»Und das bist du«, antwortete Nick. »Ich könnte mir

niemand Besseren für den Job vorstellen.« Er zwinkerte Cassie zu, doch seine Miene war ernst.

»Wir brauchen dich.«

»Klar«, antwortete Faye lässig und betrachtete sich im Spiegel. Sie probierte verschiedene Frisuren aus: das Haar nach hinten gebunden, auf dem Kopf zusammengesteckt, als langen Zopf über eine Schulter geworfen. Cassie war nicht mehr in Fayes Schlafzimmer gewesen seit jener Nacht, in der Faye einen Ring von roten Edelsteinen um den Kristallschädel gelegt und die schwarze Energie befreit hatte, die dann schließlich Jeffrey zum Verhängnis geworden war.

Der Raum war wie damals üppig und luxuriös eingerichtet: die Tapete hatte ein Muster aus prachtvollen Dschungelorchideen, das Bett war mit Kissen überhäuft, die chromblitzende Stereoanlage wies teure Extras auf. Fayes Vampirkätzchen rieben sich wieder schnurrend an Cassies Knöcheln.

Aber es herrschte eine andere Atmosphäre. Die roten Kerzen waren von den Tischen verschwunden; an ihrer Stelle befanden sich jetzt Stapel von Papieren. Auf der Bettdecke lag ein sündhaft teures Handy. Ein Notebook thronte aufgeklappt auf dem Tisch vor dem Spiegel, und die sorglos verstreuten Kleider waren die schicken Kostümchen, die Faye neuerdings trug.

Das alles passte mehr zu Portia als zu Faye.

»Ich nehme an, du weißt schon, dass Portia Bainbridge und Sally mich vor zwei Tagen entführt haben«, fuhr Cassie fort.

Faye warf einen amüsierten Blick in den Spiegel. »Und ich bin sicher, du hättest nur dein süßes Mündchen öffnen und um Hilfe rufen müssen, und Daddy wäre als Retter in der Not sofort zur Stelle gewesen.«

Cassie versuchte, sich nicht anmerken zu lassen, wie übel ihr bei dieser Vorstellung wurde. »Ich will seine Hilfe nicht«, sagte sie und schluckte.

Faye zuckte mit den Schultern. »Vielleicht später.«

»Nein, Faye. Auch nicht später. Ich will ihn nie mehr wiedersehen. Da du von der Entführung weißt, hast du sicher auch erfahren, was sie von mir wollten. Wir haben die Meisterwerkzeuge gefunden.« Cassie betrachtete das merkwürdige seitenverkehrte Spiegelbild von Faye und sah dann der echten Faye direkt in die Augen. »Sie gehören dir«, sagte sie fest. »Du bist die Meisterin des Zirkels. Aber der Zirkel wird ... Black John bekämpfen.«

»Du kannst es nicht mal aussprechen, stimmt's? Dabei ist es gar nicht schwer. Daddy, Vater, Papa. Wie immer du ihn nennen willst, ich bin sicher, er wird nichts dagegen haben.«

»Hör mir jetzt endlich zu, Faye!« Cassie schrie fast. »Du sitzt hier und hältst sarkastische Reden ...«

»Schau an, sie kennt sogar Fremdwörter!«

»... während da draußen etwas Schreckliches passieren wird. Er wird Menschen ermorden. Alles, was er verkörpert, sind Hass und die Lust zu töten. Ich weiß es, ich kann es in ihm fühlen. Und er verschaukelt dich ganz schön dabei.«

Fayes goldene Augen verengten sich. Sie sah jetzt weniger amüsiert aus.

»Ich kenne dich inzwischen schon eine Weile, Faye, und ich habe dich sehr oft gehasst. Aber ich hätte es nie für möglich gehalten, dass du mal die nette, adrette Sekretärin von jemandem wirst. Du hast dir immer deine eigene Meinung gebildet und hast nie jemandem die Füße geküsst. Erinnerst du dich, dass du mich mal gefragt hast, ob meine Grabinschrift lauten sollte: ›Hier liegt Cassie. Sie war nett‹? Nun, möchtest du, dass deine heißt: ›Hier liegt Faye. Sie war eine gute Sekretärin‹?«

Faye ballte eine Hand auf der Ablage vor dem Spiegel zur Faust. Ihre Nägel waren nicht mehr scharlachrot, sondern lila lackiert. Ihr Kiefer war fest zusammengepresst, und sie starrte sich im Spiegel selbst in die Augen.

Cassies Puls beschleunigte sich. »Wenn ich dich ansah, habe ich eine Löwin gesehen. Eine stolze schwarzgoldene Löwin. Jetzt jedoch …« Sie schaute auf ihre Füße. »… ist da nur noch ein Kätzchen. Das Schmusetier eines reichen Mannes.«

Angespannt wartete sie. Vielleicht … aber auch nur vielleicht … war das Band, das während der Kerzenzeremonie geschmiedet worden war, stark genug. Vielleicht besaß Faye noch genug Stolz, genug Unabhängigkeit …

Fayes Blick traf Cassies im Spiegel. Dann schüttelte Faye den Kopf. Ihre Miene war verschlossen, ihre Lippen eine dünne Linie. »Ich glaube, du findest allein zur Tür«, war alles, was sie sagte.

Die Kätzchen wanden sich um Cassies Füße, als sie sich umdrehte, und sie konnte die feinen Nadelstiche der scharfen Krallen spüren.

Nein!, fuhr sie sie telepathisch an und fühlte, wie die Kätzchen mit zurückgelegten Ohren erstarrten. Sie nahm je eines in jede Hand und warf sie auf Fayes Bett. Dann ging sie.

»Wir müssen ihr bis zum Neunten Zeit lassen«, sagte Diana. »Vielleicht überlegt sie sich es noch.«

»Vielleicht später«, zitierte Cassie Faye, doch viel Hoffnung lag nicht in ihrer Stimme.

»Wir werden auch mit Sean bis zum Neunten warten«, entschied Adam.

Sie schafften es, in den nächsten sieben Tagen mit niemandem in der Schule Ärger zu bekommen – außer untereinander. In der New Salem High School sprachen die Mitglieder des Zirkels nur noch öffentlich miteinander, um sich zu streiten. Laurels Geburtstag am ersten und Seans am dritten Dezember wurden nicht gefeiert, denn einer niedergeschlagenen Diana zufolge konnten sie sich nicht lange genug untereinander vertragen, um eine Party steigen zu lassen. Cassie sah die Blicke der Outsider und hörte das Flüstern. Ihr Plan ging auf.

Sie selbst konzentrierte sich darauf, so gut wie möglich wieder in die Rolle der alten Cassie zu schlüpfen – schüchtern, gehemmt und leicht in Angst oder Verlegenheit zu versetzen. Die Rolle passte ihr nicht. Sie war wie eine alte Haut, der sie längst entwachsen war, und sie brannte darauf, sie endgültig abzustreifen. Aber im Moment führten sie Sean auf diese Weise hinters Licht. Und sogar Faye.

»Ich hab gehört, zwischen dir und Nick ist Schluss«, sprach Faye sie eines Tages auf dem Flur an. Der Blick ihrer verhangenen goldenen Augen war warm und erfreut.

Cassie errötete und sah zur Seite.

»Und mit dem Zirkel ist auch nicht mehr viel los, wenn ich die Lage richtig deute«, fuhr Faye fort und schnurrte förmlich vor Vergnügen.

Cassie wand sich.

»Könnte sein, dass ich mal wieder zu euch stoße. Vielleicht für die nächste Vollmondzeremonie. Falls ihr so was überhaupt noch feiert.«

Cassie zuckte mit den Schultern.

Faye machte einen sehr zufriedenen Eindruck. »Wir könnten echt teuflischen Spaß miteinander haben. Denk darüber nach.«

Als Faye wegging, sah Cassie Sally Waltman auf ihrem Posten als Fluraufsicht. Sie trat so unauffällig wie möglich an sie heran.

»Wir sind für den Neunten vorbereitet, wie du es uns geraten hast«, flüsterte sie. »Aber könntest du noch was für uns tun?«

Sally war schrecklich nervös. »Jeder bewacht inzwischen jeden. Er hat seine Spitzel überall. Keiner ist mehr sicher …«

»Ich weiß. Trotzdem, wenn der Neunte kommt, kannst du uns dann bitte Bescheid geben, sollte Brunswick etwas Ungewöhnliches tun? Wenn es so aussieht, als wollte er zuschlagen? Bitte, Sally. Alles, was ich dir über ihn erzählt habe, ist wahr.«

»Gut.« Sally warf einen gehetzten Blick um sich. »Jetzt geh endlich, bitte! Ich werde versuchen, dir eine Nachricht zu schicken, sollte ich etwas erfahren.« Cassie nickte und eilte davon.

Die Morgendämmerung des neunten Dezember war grau und windig. Genau die Art von Tag, an dem Cassie sich am liebsten vor ein gemütliches Kaminfeuer zurückgezogen hätte. Stattdessen zog sie sich extra warm an: einen dicken Pullover, Handschuhe und einen gefütterten Parka. Sie hatte keine Ahnung, was heute auf sie zukommen würde, doch sie wollte wenigstens von der Kleidung her vorbereitet sein. Zu den Schulsachen steckte sie ihr Buch der Schatten in die Tasche.

Als sie aus dem Französischunterricht kam, fing Sally sie ab.

»Komm bitte mit«, fuhr das Mädchen sie hart im Kommandoton an. Cassie folgte ihr in das leere Büro der Schulkrankenschwester. Sally ließ sofort den Befehlston fallen.

»Wenn ich hier mit dir zusammen erwischt werde, ist alles aus«, flüsterte sie hastig. Ihre Augen waren auf das Milchglasfenster in der Tür gerichtet. »Aber ich habe gerade zufällig gehört, wie Brunswick mit deiner Freundin Faye geredet hat. Vielleicht verstehst du, worum's geht. Ich hab nämlich keinen blassen Schimmer.« Sie blickte sich gehetzt um. »Sie haben darüber gesprochen, wie man einen Unfall auf der Brücke zum Festland arrangieren könnte. Sie wollen anscheinend einen leeren Schulbus hinschaffen und ein Auto oder mehrere Autos. Er sagte: ›Sie brauchen nur für eine Stunde oder so zu brennen. Bis dahin wird das Wasser hoch genug gestiegen sein.‹ Weißt du, was das soll?«

»Ein Unfall würde die Brücke zum Festland blockieren«, sagte Cassie langsam.

»Klar. Aber wieso?«, fragte Sally ungeduldig.

»Keine Ahnung. Ich werd's rauskriegen. Sally, falls ich noch mal Kontakt mit dir aufnehmen muss – wirst du in der Pause in der Cafeteria sein?«

»Ja. Aber dort darfst du mich nicht ansprechen. Portia schaut mich seit der Nacht auf der Lichtung sowieso immer ganz misstrauisch an. Ich vermute, sie hat Verdacht geschöpft. Ihre Brüder sind wütend weggefahren, und sie hat kein Wort von dem geglaubt, was du über Brunswick gesagt hast. Wenn sie mich mit dir zusammen erwischt, bin ich so gut wie tot.«

»Dasselbe Schicksal könntest du erleiden, wenn du nicht mit mir sprichst«, antwortete Cassie trocken. »Jetzt geh raus. Ich folge dir in einer Minute.«

Cassie rannte zum alten Wissenschaftsgebäude. Auf der zweiten Etage wartete der Rest des Zirkels – außer Sean und Faye, die über dieses Treffen nicht informiert worden waren. Der Plan sah vor, Sean direkt nach der Pause zu schnappen, auch wenn sie bis dahin noch nichts Konkretes über Black Johns Pläne erfahren hatten.

»Jetzt wissen wir etwas«, sagte Cassie atemlos und ließ sich auf eine alte Kiste fallen. »Hört zu.« Sie erzählte ihnen, was sie von Sally erfahren hatte.

»Na, das erklärt es doch«, warf Deborah ein, als Cassie fertig war. »Ich habe gerade gesehen, wie er und Faye aus der Schule kamen. Von der Sekretärin weiß ich, dass sie den ganzen Nachmittag weg sein werden. Also wollen die beiden einen Schulbus zu Schrott fahren. Cool.«

»Aber warum?«, fragte Cassie verzweifelt. »Okay, es sieht danach aus, als wollte er die Brücke blockieren. Wo liegt der Sinn darin?«

Es war Adam, der antwortete. Er hatte bei Doug gesessen und einen Ohrstöpsel von Dougs tragbarem Miniradio in sein Ohr gepresst.

»Der Sinn liegt darin, alle auf der Insel festzuhalten. Gerade kamen die neuesten Nachrichten – erinnert ihr euch noch an den Hurrikan, von dem vorgestern und gestern andauernd die Rede war? Man hatte Angst, er würde nach Florida ziehen. Dann hat er sich draußen auf dem Atlantik nach Richtung Norden gedreht.«

Die Mitglieder des Zirkels schüttelten den Kopf. Die meisten von ihnen hatten sich in letzter Zeit nicht für die Nachrichten interessiert. Aber Melanie sagte: »Der Hurrikan hatte sich doch laut Wetterdienst nur als harmloser tropischer Sturm herausgestellt.«

»Ja, man hatte angenommen, dass er sich über dem Ozean auflösen wird. Hört mal, ich weiß ein bisschen über Stürme Bescheid. Dieser schien keine Bedrohung für die Bevölkerung darzustellen, weil er sich laut Berechnungen nach Nordosten Richtung Cape Hatteras wenden sollte. Das tun Hurrikans meistens, wenn sie auf den niedrigen Luftdruck dort treffen. Aber wir alle wissen, was geschieht, wenn es nicht so ist.« Adam schaute sich mit ernstem Gesicht in der Gruppe um. Diesmal nickten alle außer Cassie.

»Dann laden sie sich auf dem Meer auf und kommen

mit ganzer Wucht direkt auf uns zu«, sagte er daraufhin zu ihr. »Wie schon mal 1938, 1976, vor ein paar Jahren und vor allem 1993.«

Tiefes Schweigen entstand. Cassie schaute nacheinander in die Gesichter in dem dämmrigen Raum.

»Oh nein«, flüsterte sie wie benommen.

»Doch«, erwiderte Adam ernst. »Winde, die Spitzenwerte von hundertfünfzig Stundenkilometern erreichen können, riesige Wassermassen, vierzig Meter hoch. Der Wetterdienst behauptet immer noch, dass sich der Sturm abwenden wird. Gerade hat man im Radio gesagt, dass er weit von der atlantischen Küste entfernt bleiben wird. Aber … will jemand von euch eine Wette darauf eingehen?« Er schaute sich wieder im Kreis um.

Laurel sprang auf. »Wir müssen Black John stoppen! Wenn diese Brücke blockiert wird, ist jeder auf der Insel in Lebensgefahr.«

»Zu spät«, warf Deborah kurz ein. »Er ist schon weg. Erinnerst du dich? Ich hab vor zehn Minuten gesehen, wie er aus dem Gebäude kam.«

»Und jeder ist nicht nur in Gefahr, sondern so gut wie tot«, fügte Melanie hinzu. »Der Sturm vor ein paar Jahren hat New Salem nur gestreift. Dieser hier könnte es auslöschen.«

Cassie sah Adam an. »Wie schnell nähert sich dieser Hurrikan?«

»Keine Ahnung. Vielleicht mit fünfzig Stundenkilometern, vielleicht auch mit siebzig. Wenn er sich bei Cape Hatteras nicht dreht, wird eine Sturmwarnung herausgegeben. Aber dann wird es zu spät sein. Besonders, da die Brücke blockiert ist. Der Sturm könnte uns in sieben oder acht Stunden erreichen.«

»Zur Zeit der Mondfinsternis?«, fragte Cassie.

»Möglich. Oder kurz danach.«

»Aber bevor er zu uns kommt, wird er Cape Cod und Boston verwüsten«, flüsterte Diana. »Menschen werden dort sterben.«

»Es gibt nur einen Ausweg«, erklärte Cassie fest. »Wir müssen den Hurrikan aufhalten, bevor er überhaupt das Festland erreicht. Wir müssen es schaffen, dass er sich auflöst oder auf den Ozean hinauszieht. Und zuvor müssen wir auf eigene Faust die Bevölkerung warnen – ihnen sagen, dass sie Schutzmaßnahmen für eine Sturmflut ergreifen müssen.«

»Dazu müsste die Insel eigentlich geräumt werden«, antwortete Adam trocken. »Was zurzeit nicht einmal mit Booten möglich wäre. Hört euch den Wind an.«

Er hielt inne, und Cassie vernahm nicht nur das Heulen des immer stärker werdenden Windes, sondern auch ein Prasseln gegen die zugenagelten Fenster. Regen.

»Wenn die Leute nicht wegkönnen, müssen sie sich in ihren Häusern verschanzen. Na, wie wär's mit einer coolen Hurrikan-Party?«, schlug Chris vor.

»Das ist nicht komisch«, sagte Nick mit scharfer Stimme.

Doch Cassie fuhr fort: »Gut, sagt allen, sie sollen sich so gut wie möglich auf die Katastrophe einrichten. Und wir machen uns auf zur Crowhaven Road …«

»Mit Sean«, unterbrach Adam sie schnell. »Ich hole ihn, und wir treffen uns alle bei mir zu Hause. Auf, Leute, los.«

Kapitel Vierzehn

»So, das wär's«, rief Cassie atemlos und sprach jetzt nicht nur zu Sally, sondern zu allen in der Cafeteria. »Vergesst den Unterricht, lasst alles stehen und liegen. Geht. Verlasst die Insel, falls möglich, und wenn nicht, dann tut alles, um euch zu schützen.« Sie hielt inne. »Es ist wirklich wahr. Sally, bring du's ihnen bei.«

Das Mädchen hatte Cassie mit vorsichtigen Blicken taxiert und saß auf der Stuhlkante, als würde es am liebsten jeden Moment vor Cassie fliehen.

Sally sah Cassie noch eine Sekunde prüfend an, dann nickte sie wie zu sich selbst. Sie holte tief Luft und stand auf.

»Okay, ihr habt's alle gehört«, sagte sie mit lauter, klarer Stimme, die bis in die letzten Ecken der Cafeteria drang. »Ein Hurrikan kommt auf die Insel zu. Warnt alle und sorgt dafür, dass sich die Nachricht verbreitet. Kommt schon, bewegt euch.«

Ein Junge stand auf. »Ich hab gestern im Fernsehen in den Nachrichten gesehen, dass der Sturm uns gar nicht berühren wird. Woher will sie denn wissen …?«

»Sie ist eine Hexe, stimmt's?«, schrie Sally in ihrem härtesten Kommandoton zurück. »Willst du mir etwa weismachen, dass Hexen solche Dinge nicht voraussehen können? Sie wissen mehr über die Natur, als du jemals kapieren wirst. Und jetzt macht endlich!«

»Hast du den Verstand verloren, Sally?« Die dünne, ärgerliche Stimme kam von der Tür zum Hinterzimmer, wo Portia vor einer Gruppe Schülern mit Armbinden stand. Ihr Gesicht war weiß vor Wut. »Du gehörst zur Fluraufsicht!«

»Nicht mehr! Bewegt eure lahmen Hintern, Leute!«

»Das ist gegen alle Schulvorschriften. Ich werde Mr Brunswick holen«, kreischte Portia.

»Tu das, Schätzchen. Wenn du ihn finden kannst!« Sally war unbeeindruckt. »Zum letzten Mal, kommt schon! Wem wollt ihr mehr glauben? Ihr oder mir?«

Die Schüler der Fluraufsicht hinter Portia zögerten einen Moment. Dann rannten sie geschlossen in einer Gruppe nach vorn, um Sally zu gehorchen. Portia wurde grob zur Seite gestoßen, als sie an ihr vorbeistürmten und sie als Einzige im Zimmer zurückließen. Cassies letzter Blick fiel auf Portia, die dort stand, wütend, stocksteif und ganz allein.

Sally rief den Angestellten der Cafeteria Anweisungen zu, und Cassie wandte sich zum Gehen. Doch als sie die Tür erreicht hatte, hielt jedes der beiden Mädchen inne. Sie sahen einander quer durch den Raum an.

»Wirst du klarkommen?«, fragte Sally. Cassie wusste, dass sie damit nicht nur sie selbst meinte, sondern den ganzen Zirkel.

»Ja.«

»Okay. Viel Glück.«

»Euch auch viel Glück. Auf Wiedersehen, Sally.«

Das war kein besonders geistreicher Dialog, dachte Cassie, als sie zum Parkplatz lief. Aber es war ein Waffenstillstand zwischen einer Outsiderin und einer Hexe. Nein, eigentlich sogar mehr als nur das.

Und jetzt muss ich sie aus meinen Gedanken verbannen, sagte sie sich. Alle Outsider. Sally wird sich um ihre Leute kümmern und wir uns um unsere.

Es regnete inzwischen heftig, und es schien immer schlimmer zu werden, während sie und Diana zur Crowhaven Road fuhren. Heftige Windböen brausten um Dianas Auto, als sie in Adams Einfahrt einbogen.

Direkt hinter ihnen war Adams Jeep. »Sie haben Sean.« Cassie drehte den Kopf. Sie und Diana eilten hin, um zu helfen.

Nick und Doug hielten den kleineren Jungen auf dem Rücksitz fest. Sie schleppten ihn grob zur Haustür, so wie Portias Brüder mit Cassie verfahren waren. Es schien ein bisschen übertrieben zu sein. Sean war so schmächtig. Aber dann blickte Cassie in seine fiebrig glänzenden schwarzen Augen.

»Ihr nehmt ihm besser schnell den Hämatit weg«, riet sie, als sie oben in Adams Zimmer waren.

Nick zog Seans Pullover hoch. Und da war er. Der mit Steinen besetzte Gürtel, der Cassie bereits in der ersten Schulwoche aufgefallen war. Adam löste die Schnalle und warf ihn auf den Boden, wo er wie eine tote Schlange liegen blieb. »Wo ist der andere Stein?«, fragte er Sean grob.

Sean kämpfte, um sich zu befreien. Er keuchte, sein Blick war wild. Alle drei Jungen mussten ihn festhalten, und wenn nicht in diesem Moment Chris, Laurel und Deborah hinzugekommen wären, hätte er es geschafft, sich loszureißen. Zusammen mit Deborah gelang es den Jungen, ihm Pullover und Hemd auszuziehen. Darunter, dort wo die anderen Mitglieder des Zirkels die Amethyste getragen hatten, trug Sean einen kleinen Lederbeutel. Adam schüttelte ihn vorsichtig, und heraus fiel Cassies Hämatit.

»Du mieser, kleiner Dieb«, fauchte Deborah und drohte Sean mit der geballten Faust. Sean starrte sie mit leeren Augen an. Er keuchte immer noch und schien schreckliche Angst zu haben.

»Vermutlich wusste er gar nicht, dass er den Stein besaß«, mischte Melanie sich ein. »Er stand von Anfang an unter Black Johns Einfluss. Jemand bringt am besten den Stein nach draußen und vergräbt ihn. Ist das Kräuterbad fertig, Laurel?«

»Klar!«, übertönte Laurels Stimme aus dem Badezimmer unten das plätschernde Wasser. »Bringt ihn rein.«

Der Zirkel hatte dieses Reinigungsritual geplant, seit er von Black Johns Einfluss auf Sean erfahren hatte, und jeder kannte seine Aufgabe. Die Jungen schleppten Sean ins Badezimmer, während Laurel direkt draußen vor der Tür blieb. »Ob an- oder ausgezogen, ist egal. Schmeißt ihn nur ins Wasser«, hörte Cassie sie rufen.

Deborah hob den Hämatit mit einer Kehrschaufel auf und ging hinaus, um ihn zu vergraben. Diana machte schnell einen Kräuterzauber fertig, dessen Zutaten sie mitgebracht hatte. Sie nahm das Beutelchen mit den Kräutern und rief Erde, Wasser, Feuer und Luft an. Sie spritzte ein paar Tropfen Wasser aus einem Glas darüber, blies es sanft mit ihrem Atem an, verstreute etwas Salz darauf und führte es dicht über die Flamme einer angezündeten Kerze auf dem Tisch.

»Okay, das wär's«, meinte sie schließlich. »Melanie, was ist mit dir?«

Melanie schaute von einem Kreis von weißen Steinen auf dem Fußboden hoch. »Ich bin auch so weit. Wenn wir mit Sean fertig sind, wird er so rein sein, dass wir ihn nicht mehr wiedererkennen.«

Cassie wollte noch eine Sache in ihrem Buch der Schatten nachschlagen. Aber etwas anderes hatte Vorrang.

»Wir müssen die Eltern hier warnen«, erklärte sie. »Die, die zu Hause sind und nicht bei der Arbeit. Wer macht das?«

»Ich gehe zu uns«, sagte Chris sofort. »Meine Eltern sind beide zu Hause.«

»Meine Mutter arbeitet auf dem Festland. Problem erledigt.« Deborah zuckte mit den Schultern.

»Bleibt nur noch Fayes Mutter übrig.« Diana zögerte.

»Das mach ich«, erklärte Suzan zu Cassies Überraschung. »Sie kennt mich. Mir wird sie am ehesten glauben.«

»Und die alten Ladys. Ich meine Adams Großmutter, Granny Quincey und Großtante Constance.« Das war Cassie gerade noch rechtzeitig eingefallen.

»Sie sind alle bei mir zu Hause. Heute Morgen sind sie schon gekommen«, antwortete Melanie. »Das hat, glaube ich, was mit deiner Mutter zu tun, Cassie. Aber ich kann jetzt nicht hier weg.«

»Okay, ich übernehme es.« Und damit war Cassie schon aus der Tür.

Draußen lag ein merkwürdiger Geruch in der Luft. Es roch nach Ebbe, nach verfaulenden, verwesenden Dingen. Cassie rannte zum Rand der Klippe bei Melanies Haus. Der Ozean war dunkel und wild. Die Farbe des Wassers war weder blau noch grün oder grau, sondern wie eine schleimige, ölige Mischung aus allen dreien. Schaumflocken flogen durch den Wind, und die weiße Gischt spritzte auf.

Über ihr nahmen die dicken, dahinjagenden Wolken fantastische Formen an. Sie veränderten sich jede Sekunde, wie von unsichtbaren Händen gebildet. Regen peitschte in Cassies Gesicht. Es war eine wilde und gleichzeitig furchteinflößende Szenerie.

Niemand öffnete auf ihr Klopfen an der Tür von Haus Nummer vier. Cassie war sich nicht sicher, ob man sie drinnen bei dem Wind und dem Regen überhaupt hören konnte. »Tante Constance?«, rief sie, stieß die unverschlossene Tür einen Spalt auf und schaute hinein. »Hallo?«

Sie ging zu dem Zimmer, das man ihrer Mutter gegeben hatte, hielt jedoch inne, drehte sich schuldbewusst um und wischte sich ihre sandverschmierten, feuchten Turnschuhe an der Fußmatte ab. Trotzdem tropfte Wasser auf den fleckenlos sauberen, spiegelglatt polierten Holzboden, als sie zum Gästezimmer lief. Die Tür stand ein wenig auf, und eine merkwürdige gleißende Helligkeit drang aus dem Zimmer.

»Hallo …? Oh mein Gott!« Cassie steckte den Kopf durch den Türspalt und erstarrte. Der Raum wurde von Dutzenden weißen Kerzen erhellt. Um das Bett standen drei Gestalten, drei Frauen, deren Erscheinung so seltsam und fantastisch war, dass Cassie sie einen Moment lang nicht erkannte.

Eine von ihnen war dünn und groß, eine andere klein und mollig und die dritte zierlich wie ein Püppchen. Alle drei trugen ihr langes Haar offen; das der großen Frau war schwarz, dick und länger als Dianas, das der molligen silbergrau und wirr und das der zierlichen Frau weiß und fein wie Spinnweben. Und sie waren nackt.

Cassie fielen fast die Augen aus dem Kopf. »Großtante Constance«, flüsterte sie atemlos der Frau mit dem langen schwarzen Haar zu.

»Wen hast du denn erwartet?«, antwortete Melanies Großtante scharf und zog die elegant gezupften Augenbrauen zusammen. »Schneewittchen und die sieben Zwerge? Jetzt geh, Kind. Wir sind beschäftigt.«

»Sei nicht so unfreundlich zu ihr«, sagte die mollige Frau, in der Cassie jetzt Adams Großmutter erkannte. Sie lächelte Cassie völlig unbefangen an.

»Wir versuchen, deiner Mutter zu helfen, Liebes«, fügte die zierliche Gestalt, Laurels Urgroßmutter Granny Quincey, hinzu. »Es ist die Zeremonie der Lüfte, deshalb sind wir nackt. Constance hatte ihre Zweifel, aber wir haben sie überzeugt.«

»Und wir müssen unbedingt damit fortfahren.« Großtante Constance wedelte mit dem hölzernen Becher, den sie in der Hand hielt. Granny Quincey trug ein Bündel Kräuter und Adams Großmutter ein silbernes Glöckchen. Cassie schaute zum Bett, auf dem ihre Mutter reglos wie immer lag. Das Licht ließ ihr schlafendes Gesicht anders aussehen, so wie es auch die drei Frauen veränderte.

»Aber es kommt ein Hurrikan«, wandte Cassie hilflos ein. »Ich bin gekommen, um euch zu warnen.«

Die Frauen tauschten Blicke aus. »Nun, wenn es so ist, dann ist es nicht zu ändern.« Adams Großmutter seufzte.

»Aber ...«

»Deine Mutter darf nicht bewegt werden, Liebes«, unterbrach Granny Quincey sie und duldete keinen Widerspruch. »Also, geh und tu, was immer du tun musst, und wir werden versuchen, sie hier zu beschützen.«

»Wir werden Black John bekämpfen.« Die simple Aussage Cassies schien bleischwer in der Luft zu hängen. Die drei alten Frauen sahen einander wieder an.

Großtante Constance öffnete stirnrunzelnd den Mund, aber Granny Quincey kam ihr zuvor. »Es gibt keinen anderen Ausweg, Constance. Sie müssen kämpfen.«

»Dann seid vorsichtig. Sag Melanie – und auch allen anderen –, dass sie sich vorsehen sollen«, bat Großtante Constance.

»Und bleibt zusammen. Solange ihr zusammenbleibt, habt ihr eine Chance«, riet Adams Großmutter.

So viel dazu. Die Frauen wandten sich wieder zum Bett. Cassie blieb noch einen Moment stehen und betrachtete die Kerzen – so weiß, mit Flammen, die noch weißer waren, von einem goldenen Weiß wie Dianas Haar – und die unzähligen, geisterhaften Schatten an Decke und Wänden. Dann ging sie. Als sie leise die Tür schloss, tanzten alle Flammen wild, und sie erhaschte einen Blick auf die drei Frauen im Zimmer. Die Arme hochgestreckt, schienen auch sie einen Tanz zu beginnen. Das silberne Glöckchen läutete sacht.

Im Zimmer hatte Cassie den Wind nicht mehr gespürt. Aber jetzt tat sie es. Alles außerhalb dieser Tür schien kälter und lauter. Das dämmrige Licht, das durch die Fenster hereinfiel, sah grau und winterlich aus. Cassie kämpfte mit dem Wunsch, in das goldene Zimmer zu flüchten und – sich dort zu verstecken, doch sie wusste, dass das unmöglich war.

Sie kämpfte gegen den Wind an, zurück zu Adams Haus Nummer neun.

Cassie war die Letzte, die zurückkam. Der Zirkel befand sich in Adams Wohnzimmer und saß um Sean herum, der seinerseits in einem Kreis von Quarzkristallen hockte. Seans Gesicht war rosa und sah sauber geschrubbt aus, sein Haar war nass und stachelig, und die Kleider, die man ihm angezogen hatte, waren zu groß für ihn. Cassie vermutete, dass sie Adam gehörten. Um den Hals trug er das Kräuterbeutelchen, das Diana vorbereitet hatte. Er machte einen benommenen und verängstigten Eindruck, aber er schien nicht mehr fliehen zu wollen.

»Waren sie da? Hast du sie gefunden?«, fragte Diana Cassie.

Cassie nickte. Sie wollte nicht erzählen, in welcher Situation sie die drei Frauen angetroffen hatte. Sie wusste nicht, wie es Melanie, Adam und Laurel aufnehmen würden, dass ihre Verwandten nackt in einem Krankenzimmer herumtanzten. Die drei könnten einen falschen Eindruck bekommen und vielleicht nicht verstehen, was es mit dem goldenen Licht auf sich hatte.

»Sie wollten dort bleiben«, antwortete sie stattdessen. »Granny Quincey sagte, meine Mutter dürfe nicht bewegt werden, und dass sie versuchen würden, ihr zu helfen. Sie raten uns, sehr vorsichtig zu sein, und Adams Großmutter fügte hinzu, wir sollten auf jeden Fall zusammenbleiben.«

»Guter Rat«, meinte Adam mit einem Blick auf Sean. »Und das ist auch genau das, was wir jetzt klären wollen. Halten wir nun zusammen oder nicht?«

»Wir haben versucht, ihn über die Morde auszufragen«, flüsterte Laurel Cassie zu. »Er erinnert sich an nichts, weiß gar nicht, wovon wir reden. Wir mussten ihn überzeugen, dass das Ganze kein Scherz ist. Jetzt glaubt er uns, aber er hat Todesangst.«

»Wir stellen dich vor die Wahl, Sean«, fuhr Adam gerade fort. »Entweder du machst mit, oder du verbringst den Rest des Tages im Keller eingesperrt, wo du keinen Unfug anstellen kannst.«

»Oder«, warf Diana leise ein, »du kannst zu ihm gehen. Zu Black John. Es ist sein Recht«, fügte sie schnell hinzu, als einige der anderen protestieren wollten. »Er muss eine Entscheidung treffen.«

Seans verängstigter Blick schweifte durch den Raum. Er tat Cassie leid, so wie er da allein, umringt von den anderen, saß, die ihn alle ansahen. Als er sprach, war seine Stimme heiser, sein Tonfall jedoch eindeutig. »Ich bleibe bei euch.«

»Guter Junge«, lobte Laurel ihn, und Deborah klopfte ihm so heftig auf den Rücken, dass er fast vornübergekippt wäre.

Die Hendersons schwiegen und betrachteten ihn nur mit ihren seltsamen blaugrünen Augen. Cassie wurde das Gefühl nicht los, dass sie ihm nie vergeben würden, was mit Kori passiert war, selbst wenn es nicht seine Schuld gewesen war. Aber zumindest im Augenblick hielt der Zirkel zusammen.

Außer ...

Cassie sah zu Adam hin, und dann sahen beide zu Diana.

Diana nickte. »Der Zeitpunkt ist gekommen«, sagte sie. »Das ist Fayes letzte Chance. Hoffentlich ergreift sie sie.«

Cassie zweifelte daran, aber sie nahm das Telefon in die Hand, das auf einem Haufen ungebügelter Wäsche auf der Couch lag. »Wie ist ihre Nummer?«

Diana sagte es ihr.

Cassie wählte. Nichts geschah.

»Gebt ihr ein wenig Zeit, ans Telefon zu gehen«, bat Diana.

Alle warteten. Der Regen klatschte gegen die Scheiben, und der Wind heulte im Kamin.

»Gibt es denn nichts, was wir tun können? Vielleicht Bretter vor die Fenster nageln oder so etwas?«, fragte Cassie.

»Normalerweise ja. Wir würden spezielle Fensterläden anbringen, alles festbinden und solche Sachen«, antwortete Adam. »Aber wenn dieser Hurrikan uns erwischt, sind wir tot, deshalb hat es nicht viel Zweck.«

Sie warteten.

»Versuch's noch mal«, sagte Diana, und Cassie wählte erneut.

»Ihre Mutter hat sie seit heute Morgen nicht mehr gesehen«, erklärte Suzan. »Ich frage mich, wo sie und Black John sich herumtreiben.«

Cassie fragte sich das auch. Schließlich sagte sie: »Ich glaube, dem Zirkel fehlt eine Meisterin. Und – eigentlich wollte ich das zuerst in meinem Buch der Schatten nachlesen, aber, Melanie, steht da nicht irgendwo, dass man in einem Notfall eine neue Meisterin wählen kann?«

Melanie lächelte leicht, dann nickte sie, als ob sie wüsste, was Cassie vorhatte. »In einem Krisenfall, wenn alle Mitglieder dem zustimmen, kann neu gewählt werden.«

Die Mitglieder bewegten sich und sahen interessiert aus. »Oh«, meinte Laurel. »Eine gute Idee.«

»Besonders, da wir die Meisterwerkzeuge haben«, fügte Adam hinzu.

»Tun wir's«, stimmte auch Deborah zu.

Cassie war aufgeregt. Sie hatte sich etwas geschworen, als Faye bei der Kerzenzeremonie den Kreis auf die Straße gemalt hatte. Nämlich, dass Faye nicht ewig Meisterin des Zirkels bleiben sollte, und in ein paar Minuten würde sie es auch nicht mehr sein.

Sie öffnete freudig den Mund, um zu sagen: »Ich wähle Diana«, aber bevor sie sprechen konnte, ertönte Dianas Stimme.

»Ich nominiere Cassie«, sagte sie klar und deutlich.

Cassie starrte sie entgeistert an. Als sie sich von dem

Schock erholt hatte, meinte sie nur: »Du machst wohl Witze.«

»Nein.« Dann wandte Diana sich um und sprach feierlich zum Rest des Zirkels. »Cassie hat bewiesen, dass sie die meiste magische Kraft von uns allen besitzt, Faye eingeschlossen. Sie kann die Elemente anrufen, wir haben es selbst beim Feuer gesehen. Sie kann sich über lange Entfernungen hinweg telepathisch verständigen. Sie hat wahre Träume, und sie war diejenige, die uns zu den Meisterwerkzeugen geführt hat. Von ihrer Großmutter weiß sie, dass ihre Familie schon immer die Gaben der klarsten Weissagung und der stärksten Macht besessen hat. Und sie ist stark, stärker, als ich es für diese Art von Kampf bin. Ich nominiere Cassie.«

Cassie war verblüfft, aber die anderen nickten.

»Sie ist hart im Nehmen«, stimmte Deborah zu. »Selbst wenn man es ihr nicht ansieht.«

»Sie hat es geschafft, dass dieser Köter mich losließ«, meldete sich Chris zu Wort und betrachtete seinen Fuß.

»Und sie ist auch klug.« Laurel klang stolz wie eine Mutter auf ihr Kind. Schließlich war sie neben Diana Cassies erste Freundin im Zirkel gewesen. »Sie denkt an Dinge, die den meisten nicht einfallen würden.«

»Sie hat Ideen.« Suzan nickte weise mit ihrem rotblonden Schopf.

»Ich mag sie«, murmelte Sean zögernd von seinem Platz inmitten des weißen Steinrings. »Sie war immer nett zu mir.«

»Sie ist eben eine Naturbegabung.« Doug grinste sein wildes Grinsen.

Nick sagte nur: »Ja.«

Cassie merkte, dass sie es ernst meinten. »Ich bin auch Black Johns …« Sie hielt inne und versuchte es noch mal. »Tatsache ist doch, dass Black John mein …« Sie konnte das Wort immer noch nicht sagen.

»Ich glaube, das könnte sogar für uns von Vorteil sein.« Melanie betrachtete Cassie mit ihren nachdenklichen grauen Augen. »Wenn er dich wirklich nicht verletzen will, könnte ihn das ein bisschen beeinträchtigen.«

Alle nickten. Cassie schluckte und sah sich im Zirkel um. Es schien keinem eingefallen zu sein, dass sie vielleicht viel zu verängstigt war, um den Kampf gegen Black John anzuführen. Tief in ihrem Inneren wusste sie, dass sie ihn nie mehr wiedersehen wollte – dass sie noch nicht bereit war. Ja, sie hatte keine Ahnung, ob sie es jemals sein würde.

Aber alle schauten sie an: Diana mit ernstem Vertrauen. Deborah und die Hendersons mit unschuldiger Zuversicht. Sogar Nick und Melanie drängten sie mit Blicken.

Cassie sah zu Adam.

Seine blaugrauen Augen glichen ein wenig dem Ozean draußen. Sie waren unergründlich und aufgewühlt. »Du kannst es«, sagte er angespannt und beantwortete damit ihre unausgesprochene Frage. »Und ich glaube, es ist das Beste für den Zirkel. Ich weiß allerdings nicht, ob es auch das Beste für dich ist.«

Cassie atmete tief aus. Sie glaubten an sie. Sie durfte sie nicht enttäuschen. »Wenn alle zustimmen …« Sie erkannte ihre eigene Stimme kaum.

»Wir machen's diesmal ganz einfach«, meinte Melanie. »Alle, die für Cassie als Meisterin des Zirkels stimmen, heben die Hand.«

Keine Hand blieb unten.

Diana sprang auf. »Ich hole die Sachen.« Sie und Adam liefen in den Keller und kamen ein paar Minuten später mit der Schatzkiste zurück. Jeder lehnte sich vor, um alles zu sehen, als Cassie sie öffnete. Leise, erstaunte Laute waren zu hören.

»Sie sind wunderschön.« Suzan berührte das silberne Diadem mit einem perfekt lackierten Fingernagel.

»Ja.« Diana öffnete ihre Tasche. »Hier, Cassie. Zieh das an.« Es war das weiße Gewand, das Diana bei den Treffen immer getragen hatte.

Cassie fühlte, wie sie rot wurde. Sie konnte das einfach nicht anziehen. Sie würde aussehen wie …?

»Mach dir keine Sorgen. Du wirst darin nicht frieren.« Diana lächelte sie an.

»Aber … du bist größer als ich. Es wird zu lang sein und …«

»Ich habe den Saum umgenäht.« Auf das darauf folgende Schweigen fügte sie sanft hinzu: »Nimm es, Cassie.«

Langsam nahm Cassie das Gewand in ihre Hände. Sie trat in das Badezimmer und zog es an. Es passte perfekt. Diana hatte das geplant, dachte sie.

Sie war zu verlegen, um hinauszugehen, doch sie sagte sich fest, dass jetzt nicht der richtige Zeitpunkt war, um sich Sorgen zu machen, wie viel Haut man sah. Chris und Doug pfiffen bewundernd, als sie wieder zur Gruppe kam.

»Klappe, ihr zwei. Das hier ist eine ernste Angelegenheit«, schimpfte Laurel.

»Sie kann sich genauso gut in diesen Kreis weißer Steine stellen. Wir brauchen keinen neuen zu machen«, sagte Melanie. »Steh auf, Sean.«

Sean sah erleichtert aus, als er den Kreis verlassen konnte. Cassie trat hinein.

Als Diana mit der Eidformel für die Meisterin des Zirkels und mit der Anrufung der Elemente fertig war, fragte Cassie zweifelnd: »Hört mal, das ist doch nur vorübergehend, oder?«

»Psst«, machte Laurel, die vor ihr kniete. Cassie fühlte, wie etwas Weiches direkt über ihrem rechten Knie befestigt wurde. Sie schaute hinunter und sah, wie Laurel das grüne Strumpfband aus Leder befestigte.

Etwas Kühles umschloss ihren rechten Oberarm, als Melanie ihr den silbernen Reifen überstreifte. Er war erstaunlich schwer. Cassie wusste, dass sie ihn immer spüren würde, wenn sie den Arm bewegte.

»Sieh mich an«, befahl Diana.

Cassie gehorchte. In ihren Händen hielt Diana das zierliche Silberdiadem mit dem Sichelmond. Sanft und doch zugleich fest drückte sie es auf Cassies Haar. Und dann erfüllten die Meisterwerkzeuge vom Strumpfband bis zum Diadem Cassies Körper mit prickelnder Wärme. Mit neuer Energie.

Das sind die echten Werkzeuge und nicht nur Symbole dafür, dachte sie. Sie besitzen eine eigene Macht.

Und in diesem Moment wurde ihr bewusst, dass *sie*

diese Macht lenken konnte. Sie war ein Teil von ihr, vermischte sich mit ihrer eigenen Stärke. Sie war eine Hexe, entstammte einer Ahnenreihe mächtiger Hexen, und sie war die Meisterin des Zirkels.

»Gut.« Sie räusperte sich, trat aus dem Steinkreis und ging hinüber zu ihrer Tasche, um ihr Buch der Schatten herauszuziehen. Jetzt machte sie sich keine Gedanken mehr darüber, wie sie wohl aussah. Sie wusste, sie war schön. Im Grunde war das auch egal. Der Zirkel besaß einen kleinen zeitlichen Vorsprung, und den wollte sie zu ihrem Vorteil nutzen.

»Gut«, wiederholte sie. »Während wir warten, sollten wir uns alle unsere Bücher der Schatten vornehmen. Meine Großmutter hat mir geraten, ich solle meins gründlich studieren, und das ist besser, als Däumchen zu drehen. Wir können abwechselnd laut daraus vorlesen, bis es dunkel wird. Bis dahin wird Black John nichts unternehmen.«

»Bist du sicher?« Melanie zweifelte.

»Ja.« Cassie hatte keine Ahnung, woher sie das mit solcher Bestimmtheit wusste. Eine innere Stimme flüsterte es ihr zu. Und inzwischen war sie klug genug, darauf zu hören.

Keiner hatte einen Einwand. Diejenigen, die Bücher der Schatten besaßen, holten sie herbei. Draußen heulte der Sturm wie ein wildes Tier.

Kapitel Fünfzehn

Gegen vier Uhr fiel der Strom aus. Im Haus wurde es kälter. Sie zündeten Kerzen an und fuhren mit dem Lesen fort.

»Zum Schutz gegen Feuer und Wasser«, begann Cassie einen neuen Spruch. Aber Melanie meinte, er sei nicht stark genug, um bei einem Hurrikan zu helfen. Und Cassie fühlte, ohne zu wissen, warum, dass sie recht hatte.

Sie machten weiter. Cassie traf im Text auf eine Sache, die ihr bereits bekannt war. Je größer ein Kristall war, desto mehr Energie konnte er aufnehmen und gezielt abgeben. Den nächsten Spruch »Wie man das Böse abwehrt« las sie laut vor, obwohl sie ihn nicht verstand.

»Beschwöre die Macht herauf, die nur dir allein gehört. Rufe die Elemente an, mit denen du dich am meisten verwandt fühlst, oder ihre Eigenschaften. Und diese Mächte sind: die Macht der Sonne, des Mondes, der Sterne und die Macht von allem, was zur Erde gehört.«

Sie wiederholte leicht verwirrt die Worte.

»Ich glaube, das soll heißen, dass wir Hexen die Natur zu Hilfe gegen das Böse rufen können. Alle Dinge, die gut sind, werden auf unserer Seite sein«, sagte Melanie.

»Ja, aber wie machen wir das?«, fragte Cassie. »Und was wird daraufhin geschehen?«

Melanie wusste es auch nicht.

Es wurde dunkel. Das graue Licht vor den Fenstern wurde immer schwächer, bis es schließlich ganz verschwand. Der Wind rüttelte an den Fensterläden und ließ die Glasscheiben klirren. Unaufhörlich peitschte der Regen durch die Dunkelheit.

»Was glaubt ihr, wird er machen?« Suzan erschauderte unwillkürlich.

»Etwas sehr Böses«, murmelte Laurel düster.

Cassie war stolz auf sie. Sie hatten alle Angst. Sie kannte die Mitglieder inzwischen gut genug, um zu erkennen, was hinter dem rastlosen Hin- und Hergehen von Deborah und hinter Melanies tiefem Schweigen lag. Aber keiner von ihnen wollte weglaufen oder verlor den Mut. Doug riss schlechte Witze, und Chris faltete Papierflugzeuge. Nick saß still und angespannt da. Adam hatte wieder Dougs Stöpsel im Ohr und hörte sich die Nachrichten in dessen Miniradio an.

Um sechs Uhr hörte der Sturm auf.

In Cassies Ohren klang die plötzliche Stille nach dem Prasseln des Regens, dem Heulen, Klappern und Klirren unnatürlich laut. Sie sah sich um und merkte, dass die anderen aufmerksam lauschten.

»Das kann doch nicht wahr sein«, meinte Suzan. »Es sei denn, der Hurrikan ist an uns vorbeigezogen.«

»Er tobt immer noch über dem Atlantik«, sagte Adam. »Man nimmt an, dass er in ungefähr einer Stunde das Festland erreichen wird. Das hier ist nur die sprichwörtliche Ruhe vor dem Sturm.«

»Cassie?«, fragte Diana.

»Ich glaube, es beginnt.« Cassie bemühte sich, ruhig

zu sprechen. Und dann spannte sich jeder Muskel ihres Körpers an.

Cassandra.

Das war seine Stimme in ihrem Kopf. Sie schaute die anderen an und sah, dass sie es auch gehört hatten.

Bring deinen Zirkel an das Ende der Crowhaven Road. Zum Haus Nummer dreizehn, Cassandra. Ich warte dort auf dich.

Cassies Finger krampften sich in eines der ungebügelten Wäscheteile, die neben ihr lagen. Sie versuchte, sich auf die Macht der Meisterwerkzeuge zu konzentrieren, auf die Wärme, dort, wo sie ihre Haut berührten. Dann schickte sie ihre telepathische Botschaft und legte die ganze Kraft, die sie gesammelt hatte, hinein.

Wir werden kommen. Grüße Faye von uns.

Sie atmete tief aus.

Doug grinste sie an. »Gut gemacht«, sagte er.

Das war reinster Galgenhumor, und sie alle wussten es. Doch irgendwie fühlte sich Cassie dadurch besser. Unauffällig wischte sie ihre verschwitzten Hände an der Wäsche ab und stand auf. »Gehen wir.«

Diana hatte recht gehabt. Das weiße Gewand und die Meisterwerkzeuge hielten die Kälte draußen ab. Der Himmel war klar, und die ganze Welt schien zu schweigen. Nur das Brausen der Wellen war zu hören. Ja, die Ruhe vor dem Sturm, dachte Cassie. Ein sehr merkwürdiger Frieden, der jeden Moment in Gewalt umschlagen konnte.

»Schaut euch den Mond an«, sagte Melanie.

Cassies Magen verkrampfte sich.

Es war ein Sichelmond. Wie eine runde silbergoldene Scheibe, aus der ein Teil herausgebissen worden war. Aber Cassie spürte, dass etwas nicht stimmte. Das war kein ab- oder zunehmender Mond, sondern der Vollmond, der überschattet wurde. Sie wurde Zeugin, wie die Dunkelheit auf eine hell leuchtende Welt fiel.

Sie bildete sich ein, sie könnte tatsächlich erkennen, wie sich der Schatten bewegte und immer mehr von der weißen Oberfläche bedeckte.

»Kommt«, drängte sie.

Sie gingen die nasse Straße hoch. An Suzans dunklem Haus vorbei, an Seans … Wasser floss gurgelnd zu beiden Seiten der Straße in kleinen Bächen hinab. Sie kamen an Cassies Haus vorbei …

Und dann hatten sie das verlassene Grundstück von Nummer dreizehn erreicht.

Es sah noch genauso aus wie damals, als sie Halloween gefeiert, ein Feuer entfacht und Black Johns Geist heraufbeschworen hatten. Leer, verlassen, öde. Hier gab es nichts.

»Ist das ein Trick?«, fragte Nick scharf. Cassie schüttelte unsicher den Kopf. Die kleine innere Stimme schwieg. Sie schaute zum Mond und erschrak.

Er war sichtbar kleiner geworden, die Sichel war jetzt nur mehr sehr schmal. Der Schatten auf ihm war weder schwarz noch grau, sondern von einem stumpfen Kupferrot.

»Noch zehn Minuten bis zur Mondfinsternis«, flüsterte Melanie.

»Und ungefähr eine halbe Stunde, bis der Hurrikan die Küste erreicht«, fügte Adam hinzu.

Ein frischer Wind kam auf. Cassies Füße wurden feucht in den dünnen weißen Slippern, die Diana gekauft hatte.

Verwirrt blieben die Mitglieder stehen. Cassie lauschte auf die Wellen, die gegen den Fuß der Klippe brandeten. Ihre Sinne waren aufs Äußerste geschärft. Regloses Schweigen herrschte. Die Anspannung wurde von Minute zu Minute größer und zerrte mehr und mehr an ihren Nerven.

»Schaut«, flüsterte Diana.

Cassie sah wieder zum Mond hinauf.

Das dumpfe Kupferrot verschluckte gerade das letzte silberne Rändchen des Mondes. Es verschwand wie eine Kerze, die gelöscht wurde.

Dann holte sie erschrocken Luft.

Denn der Mond war nicht nur dunkel geworden. Es war ein neuer Mond entstanden, und dieser war nicht einmal mehr kupferrot. Der Schatten hatte sich in ein tiefes Rot verwandelt, in ein grauenerregendes Rot wie von altem Blut. Hoch am Himmel, für jeden gut sichtbar, glühte er, wie von einem gespenstischen Licht erfüllt.

Dann gab Sean ein halb ersticktes Geräusch von sich.

Cassie drehte sich gerade noch rechtzeitig um, um zu sehen, was geschah. Auf dem leeren Grundstück erschien etwas. Ein rechteckiger Schatten nahm Gestalt an und wurde immer fester. Cassie konnte jetzt ein spitzes Dach erkennen, holzverkleidete Wände, kleine, unregelmäßig verteilte Fenster. Eine Tür aus schweren Balken. Das Gebäude glich dem alten Flügel des Hauses ihrer Großmutter, dem Originalhaus von 1693.

Ein flackernder dumpfroter Schein umgab es wie ein Irrlicht.

»Ist es echt?«, flüsterte Deborah.

Cassie brauchte einen Moment, um wieder zu Atem zu kommen. »Im Augenblick ist es jedenfalls echt«, antwortete sie. »Vielleicht für ein paar Minuten.«

»Das ist ja entsetzlich«, keuchte Laurel.

Cassie wusste, was sie fühlte, was der ganze Zirkel fühlte. Das Haus war böse auf die gleiche Art, wie der Kristallschädel böse gewesen war. Es sah verzerrt aus, wie etwas aus einem Albtraum – oder wie eine Ausgeburt der Hölle. Und es erfüllte sie alle instinktiv mit namenloser Angst. Cassie hörte das heftige Atmen von Chris und Doug.

»Geht nicht nahe heran«, warnte Nick heiser. »Bleibt alle zurück, bis er herauskommt.«

»Keine Sorge«, versicherte Deborah ihm. »Niemand wird auch nur einen Schritt darauf zumachen.«

Cassie wusste es besser.

Die innere Stimme, die für ein paar Minuten geschwiegen hatte, sagte ihr jetzt klar und deutlich, was sie zu tun hatte. Sie gab ihr jedoch keinen Rat, wie sie den Mut dazu aufbringen sollte.

Cassie drehte sich um und schaute auf den Rest des Zirkels hinter sich. Der Klub. Der Zirkel. Ihre Freunde.

Seit ihrer Einführung war sie so glücklich gewesen, ein Teil dieser Gruppe zu sein. Sie hatte sich zu verschiedenen Zeiten auf verschiedene Mitglieder verlassen: an Dianas Schulter geweint, sich an Nick und Adam geklammert, wenn sie einen von ihnen gebraucht hatte. Aber jetzt war sie an der Reihe, und nicht einmal Nick oder Adam konnten ihr dabei helfen. Selbst Diana durfte sie nicht begleiten.

»Ich muss alleine gehen.«

Sie merkte erst, dass sie laut gesprochen hatte, als alle sie anstarrten. Im nächsten Moment kamen die Proteste.

»Sei nicht verrückt, Cassie. Das ist *sein Reich*, du kannst da nicht hinein«, sagte Deborah.

»Alles könnte passieren. Lass ihn doch rauskommen«, schlug Nick vor.

»Es ist zu gefährlich. Wir werden es verhindern.« Adams Stimme duldete keinen Widerspruch.

Cassie bedachte ihn mit einem vorwurfsvollen Blick. Er war derjenige gewesen, der gesagt hatte, dass es vielleicht nicht das Beste für *sie* wäre, Meisterin des Zirkels zu werden. Er hatte recht gehabt, deshalb müsste er doch jetzt derjenige sein, der sie verstand. Natürlich war es gefährlich, aber es gab keinen anderen Ausweg. Black John – John Blake – Jack Brunswick, wie immer man ihn auch nennen mochte, hatte sie herbefohlen, und in diesem Moment wartete er drinnen auf sie. Und Cassie musste gehen.

»Wenn ihr nicht auf mich hören wollt, warum habt ihr mich denn überhaupt zur Meisterin gewählt?«, verteidigte sie sich. »Und ich sage euch jetzt, das ist es, was er will. Er wird nie herauskommen. Er will, dass ich hineingehe.«

»Aber du musst ihm doch nicht gehorchen.« Chris flehte fast.

Nur Diana schwieg. Sie stand da, ihre Lippen zitterten, und in ihren Augen glänzten Tränen.

Und sie war es, an die Cassie sich wandte. »Doch, ich muss.«

Diana, die wusste, was es bedeutete, Meisterin zu sein, nickte stumm, und Cassie drehte sich um, bevor sie Dianas Tränen sehen konnte. »Ihr bleibt hier«, befahl sie den anderen. »Und zwar, bis ich wieder herauskomme. Mir wird nichts passieren. Denn ich habe die Meisterwerkzeuge.«

Damit begann sie, auf das Haus zuzugehen.

Die dicken Nägel in der Tür schienen noch intensiver rot zu glühen als das Holz drum herum. Cassie berührte zögernd die eiserne Klinke. Aber sie fühlte sich unter ihren Fingern kühl und fest an. Die Tür schwang auf, und sie trat ein.

Über allem lag ein leichter roter Nebelschleier, doch sah die Einrichtung aus wie im wirklichen Leben. Dort ein Stuhl mit hoher Lehne, ein Tisch, eine hölzerne Bank … Cassie tastete sich voran. Die Küche glich der Küche ihrer Großmutter und war leer wie der Salon daneben. Eine steile enge Wendeltreppe führte aus einer Ecke des Zimmers nach oben.

Cassie kletterte die Stufen hoch. Zinnlaternen strahlten ein kaltes, gespenstisches rotes Licht aus, das kaum heller war als der rötliche Nebel.

Das erste kleine Schlafzimmer war verlassen. Das zweite ebenfalls. Blieb nur noch der große Raum über der Küche.

Cassie ging ohne zu zögern darauf zu. Auf der Schwelle merkte sie, dass der rote Schein hier heller war und dem Schatten über dem Mond glich.

Sie trat ein.

Er war da. Er war so groß, dass sein Kopf die unebene Decke fast berührte. Von ihm ging eine mächtige Aura des Bösen aus. Sein Gesicht war triumphierend und grausam. Cassie glaubte, hinter seinen Zügen den Kristallschädel zu erkennen, und erschauderte.

Sie blieb stehen und sah ihn an. »Vater«, sagte sie. »Ich bin gekommen.«

»Mit deinen Freunden«, antwortete Black John. »Ich bin stolz auf dich.« Er streckte ihr die Hand hin, die sie nicht beachtete.

»Du hast sie brav hergebracht«, fügte er hinzu. »Ich bin froh, dass sie dich zu ihrer Meisterin gemacht haben.«

»Das ist nur vorübergehend.«

Black John lächelte. Seine Blicke schienen die Meisterwerkzeuge zu liebkosen. »Sie stehen dir gut.«

Cassie fühlte, wie Panik in ihr aufstieg. Alles verlief genau nach seinem Plan. Welche Chance blieb ihr noch? Sie war hier mit den Meisterwerkzeugen, denen er so lange nachgejagt war, auf seinem Gebiet, in seinem Haus. Und sie hatte Angst vor ihm.

»Du brauchst dich nicht zu fürchten, Cassandra«, sagte er. »Ich werde dir nicht wehtun. Wir beide haben keinen Grund, uns zu streiten. Denn wir haben dasselbe Ziel. Wir wollen den Zirkel einen.«

»Wir haben *nicht* dasselbe Ziel.«

»Du bist meine Tochter!«

»Ich bin kein Teil von dir!«, schrie Cassie. Er spielte mit ihren Gefühlen, suchte nach einer Schwäche. Und mit jeder Minute näherte sich der Hurrikan mehr dem Festland. Cassie zermarterte sich verzweifelt das Hirn nach einer Ablenkung, und dann sah sie etwas hinter dem großen Mann.

»Faye«, flüsterte sie. »Ich habe dich in seinem Schatten erst gar nicht bemerkt.«

Faye trat mit arroganter Miene nach vorn. Sie trug ihr schwarzes Gewand, das dem Cassies aufs Haar glich, ihr eigenes Diadem, das Armband und das Strumpfband. Sie hob stolz den Kopf und starrte Cassie mit glühenden goldenen Augen an.

»Meine beiden Königinnen«, sagte Black John liebevoll. »Hell und dunkel. Zusammen werdet ihr den Zirkel leiten ...«

»Und du wirst uns lenken?«, fragte Cassie scharf.

Black John lächelte wieder. »Eine kluge Frau weiß, wann es Zeit ist, auf den Ratschlag eines Mannes zu hören.«

Faye lächelte nicht. Cassie warf ihr einen schrägen Blick zu.

Black John schien es nicht zu bemerken. »Möchtest du, dass ich den Hurrikan aufhalte?«, fragte er Cassie.

»Ja. Natürlich.« Dazu war sie gekommen, um seine Bedingungen zu erfahren. Und um herauszufinden, wo er verwundbar war. Cassie wartete.

»Dann brauchst du nur einen Eid zu schwören. Einen Eid, mit Blut besiegelt, Cassandra. Du kennst dich mit diesen Dingen aus.« Er hielt Faye die Hand hin, ohne sie anzusehen. Faye starrte ihn einen Moment lang an, dann zog sie einen Dolch aus ihrem Strumpfband. Das Zeremonienmesser mit dem schwarzen Griff, mit dem die Schutzkreise gezogen wurden. Black John hob es kurz hoch, dann schnitt er sich in die Handfläche. Dunkles schwarzes Blut quoll hervor.

Wie bei Adam. Cassies Gedanken überschlugen sich. Ihr Herz klopfte wie wild. Wie bei dem Eid, den Adam und ich geschworen haben.

Der große Mann in Schwarz hielt Cassie den Dolch hin. Als sie sich nicht bewegte, reichte er ihn Faye. »Gib du ihn ihr«, befahl er.

Faye gehorchte. Zögernd packte Cassie ihn am Griff. Faye stellte sich neben Black John.

»Es ist nur ein bisschen Blut, Cassandra. Schwöre, dass du mir unbedingt und immer gehorchen wirst, und ich werde den Hurrikan abwenden. Er wird sich harmlos über dem Meer auflösen. Dann kann unsere Herrschaft beginnen.«

Der Dolch zitterte in Cassies Hand. Es gelang ihr jetzt nicht mehr, ihren wilden Pulsschlag unter Kontrolle zu bekommen. Sie wusste, was sie tun musste, aber sie brauchte Zeit, um den Mut dafür aufzubringen.

»Wie hast du Jeffrey ermordet?«, fragte sie plötzlich. »Und warum?«

Black John sah zunächst irritiert aus, aber er erholte sich schnell. »Indem ich ihn dazu brachte, sich kurz hinzusetzen. Und um die Kluft zwischen den Outsidern und unserer Art noch größer zu machen.« Er lächelte. »Außerdem gefiel mir nicht, dass er sich für meine Tochter interessierte. Er war keiner von uns, Cassandra.«

Cassie wünschte sich, Portia könnte ihren »Mr Brunswick« jetzt sehen. »Warum hast du gerade Sean benutzt?«

»Weil er schwach war, und er trug bereits einen Stein, den ich beeinflussen konnte. Was sollen all diese Fragen? Merkst du denn nicht …?«

Er brach ab und bewegte sich blitzartig. Während er noch sprach, hatte Cassie den Dolch auf ihn geschleudert. Sie hatte noch nie in ihrem Leben mit einem Messer geworfen, doch jemand von ihren Vorfahren, der die Meisterwerkzeuge getragen hatte, musste dieses Talent besessen haben. Das Armband schien ihren rechten Arm zu lenken, und der Dolch wirbelte direkt auf Black Johns Herz zu.

Aber der Schwarze Mann war einfach zu schnell. Er fing die Waffe mitten in der Luft ab. Er betrachtete erst sie und dann Cassie.

»Das war deiner nicht würdig, Cassandra«, tadelte er. »Verhält man sich so seinem Vater gegenüber? Jetzt bin ich wirklich böse auf dich.« Seine Stimme war kalt wie der Tod und voller Gift.

Cassie dachte, sie hätte sich vorher gefürchtet, aber das war ein Irrtum gewesen. Jetzt packte sie blanker Horror. Ihre Knie zitterten, und ihr Herz hämmerte wie ein Presslufthammer gegen ihre Rippen.

Black John schleuderte den Dolch auf Cassie. Zitternd blieb die Waffe vor ihren Füßen in den Dielen stecken. »Der Hurrikan wird gleich das Festland erreichen«, sagte

Black John. »Du hast keine andere Wahl. Du hattest *nie* eine. Schwör den Eid, Cassandra. *Schwöre!*«

Ich habe Angst, dachte Cassie. Bitte, ich habe solche Angst … Sie trug die Meisterwerkzeuge, aber sie hatte keine Ahnung, wie man sie benutzte.

»Ich bin dein Vater. Du musst mir gehorchen.«

Wenn ich nur wüsste, was ich mit ihnen machen kann …

»Du hast nicht die Macht, mir zu widerstehen!«

»Doch, die habe ich«, flüsterte Cassie. In ihrem Verstand öffnete sich eine Tür, ein silbernes Licht erschien. Wie der Mond, der aus den Schatten tritt, erhellte es alles. Sie verstand nun den Spruch: *Wie man das Böse abwehrt: Beschwöre die Macht herauf, die nur dir allein gehört …*

Plötzlich hatte sie das Gefühl, als würde eine lange Ahnenreihe von Hexen hinter ihr stehen. Sie war nur die letzte in dieser Reihe, nur eine von ihnen, und alles Wissen der Vorfahren gehörte ihr. Ihr Wissen und ihre Macht. Uralte Worte drangen über ihre Lippen.

»Die Macht des Mondes habe ich über Euch«, sagte sie zitternd.

Black John starrte sie an und schien zu erschaudern.

»Die Macht des Mondes habe ich über Euch«, wiederholte sie fester. »Die Macht der Sonne habe ich über Euch.«

Black John machte einen Schritt rückwärts.

Cassie trat nach vorn und suchte in ihrem Gedächtnis nach den nächsten Sätzen. Aber sie kam nicht dazu, sie auszusprechen. Eine zweite Stimme ertönte hinter ihr.

»Die Macht der Sterne habe ich über Euch. Die Macht der Planeten habe ich über Euch.«

Es war Diana. Ihr goldblondes Haar wehte leicht, wie von einer sanften Brise berührt. Sie stellte sich hinter Cassie, groß, stolz und schlank, wie ein goldenes Schwert. Cassies Herz ging auf; sie war in ihrem ganzen Leben noch nie so froh gewesen, dass jemand ihren Befehl missachtet hatte.

»Die Macht der Gezeiten habe ich über Euch. Die Macht des Regens habe ich über Euch.« Das war Adam. Er war direkt hinter Diana. Sein Haar leuchtete in dem roten Nebel wie Feuer, wie Rubine.

Deborah folgte ihm. Ihre dunklen Locken umrahmten wild ihr zierliches Gesicht, während sie voller Konzentration die Stirn runzelte. »Die Macht des Windes habe ich über Euch«, zitierte sie.

Nick gesellte sich zu ihr. Sein Blick war kalt und wuterfüllt. »Die Macht des Eises habe ich über Euch.«

Und dann Laurel. »Die Macht der Blätter habe ich über Euch. Die Macht der Wurzeln habe ich über Euch.«

»Die Macht der Kristalle habe ich über Euch.«

Melanies klare Stimme durchschnitt den roten Nebel. Sie waren alle da, kamen alle zu Cassie und erhoben ihre Stimmen zusammen mit ihr. Black John kauerte vor ihnen.

»Die Macht des Donners habe ich über Euch« kam von Doug, und Chris zischte: »Die Macht der Blitze habe ich über Euch.«

»Die Macht des Morgentaus habe ich über Euch.« Suzan schob eine kleine Gestalt vor sich her. Es war Sean.

Er zitterte und schien von Todesangst erfüllt zu sein, dem Mann gegenübertreten zu müssen, der seinen Verstand kontrolliert hatte. Aber er schrie die Worte förmlich heraus.

»Die Macht des Blutes habe ich über Euch!«

Black John war bis zur roten Wand des Hauses zurückgewichen. Er schien mit jedem Satz durchsichtiger geworden zu sein. Seine Gesichtszüge wirkten verschwommen wie auf einer unscharfen Fotografie. Der rote Nebel war verjagt worden. Was blieb, war der Mann in Schwarz.

Aber es waren nur elf in Cassies Zirkel. Der Zirkel war nicht komplett. Und nur ein vollständiger Zirkel konnte gegen diesen Mann bestehen.

Als Seans Schrei verklungen war, richtete Black John sich auf. Er trat einen Schritt nach vorn, und Cassie stockte der Atem.

»Die Macht des Feuers habe ich über Euch!«, fauchte eine heisere Stimme, und er zuckte zurück wie von einem Peitschenschlag getroffen. Erstaunt schaute Cassie zu Faye.

Das Mädchen schien in dem Maße an Größe gewonnen zu haben, wie Black John sie verloren hatte. Faye sah aus wie eine wilde, ungezähmte Amazonenkönigin, während sie dastand und ihn mit glühenden goldenen Augen anstarrte. »Die Macht der Dunkelheit habe ich über Euch!« Jedes Wort war wie ein Messerstich. »Die Macht der Nacht habe ich über Euch.«

Jetzt!, dachte Cassie. Er war geschwächt, verwundet,

und sie waren vereint. Jetzt war der Zeitpunkt, ihn zu vernichten.

Aber weder Feuer noch Wasser war es zuvor gelungen. Black John war zweimal besiegt worden, aber jedes Mal war er zurückgekommen. Wenn sie ihn für immer loswerden wollten, mussten sie mehr tun, als nur seinen Körper zu zerstören. Sie mussten die Quelle seiner Kraft zerstören – den Kristallschädel.

Wenn wir nur einen größeren Kristall hätten, dachte Cassie verzweifelt. Aber sie hatten keinen. Sie dachte an die Granitfelsen von New Salem … Doch das waren keine Kristalle. Sie konnten keine Energie laden und gebündelt wieder abgeben. Außerdem brauchte sie nicht nur einen großen Kristall, sondern einen *enormen.* Einen, der so groß war, so riesig …

Ich stelle mir immer gerne vor, dass der ganze Strand aus Kristallen besteht, hörte sie Melanies lachende Stimme in ihrem Kopf. *Ein Kristall ist nur fossilisiertes Wasser und Sand …*

Mit den Worten tauchte ein Bild vor ihrem inneren Auge auf. Ein flüchtiger Blick auf Cassies eigene Hand am Strand von Cape Cod. »Schau weg«, hatte Portia bei Adams Anblick gezischt, und Cassie hatte verschämt gehorcht und ihre eigenen Finger betrachtet, die durch den Sand strichen. Durch einen Sand, in dem winzige Kristallteilchen glitzerten: dunkelrot, grün, golden, braun und schwarz. Ein Strand. Ein Strand!

»Konzentriert euch mit mir!«, schrie Cassie. »Alle! Gebt mir eure telepathische Kraft! Jetzt!«

Sie stellte sich ihn ganz deutlich vor, den langen Strand,

der sich parallel zur Crowhaven Road erstreckte. Mehr als einen Kilometer lang, Kristalle auf Kristalle gehäuft. Sie ließ ihre Gedanken dorthin rasen, legte die ganze Kraft des Zirkels hinein.

Sie konzentrierte sich darauf, schaute jetzt auf Black John – auf den Kristallschädel mit seinen grinsenden Zähnen und leeren Augenhöhlen. Und dann schleuderte sie ihre Macht heraus.

Sie fühlte, wie sie aus ihr herausströmte mit gleißender Hitze, wie ein lodernder Komet, von der ganzen Kraft des Zirkels gelenkt. Von ihr zum Strand und vom Strand zu Black John, gebündelt, ungeheuer stark, mit der ganzen Macht von Erde und Wasser vereint. Und diesmal wurde der Kristallschädel in tausend Stücke zerschmettert, wie damals in Mr Brunswicks Büro ihr Amethyst.

Ein Schrei ertönte, den Cassie niemals vergessen würde. Dann verschwand der Boden des Hauses Nummer dreizehn unter ihren Füßen.

Kapitel Sechzehn

»Bist du okay?«, fragte Cassie Suzan, auf der sie gelandet war. »Was ist mit euch anderen?«

Die Mitglieder des Zirkels lagen über das leere Grundstück verstreut, als ob eine riesige Hand sie fallen gelassen hätte.

»Ich glaube, mein Arm ist gebrochen«, sagte Deborah ruhig. Laurel kroch zu ihr hin, um ihr zu helfen.

Cassie sah sich um. Das Haus war verschwunden. Nummer dreizehn war wieder ein verlassenes Stück Land. Und das Licht änderte sich.

»Schaut!« Melanie hatte ihr Gesicht zum Himmel gewandt. Jetzt lagen Freude und Erleichterung in ihrer Stimme.

Der Mond schimmerte wieder silbergolden. Es war zwar nur eine dünne Sichel, die aber größer wurde. Die blutige Farbe war verschwunden.

»Wir haben's geschafft!«, rief Doug. Sein blondes langes Haar hing noch wirrer auf seine Schultern als sonst. Er grinste. »He, Leute! Wir haben's tatsächlich geschafft.«

»*Cassie* hat es geschafft«, wies Nick ihn zurecht.

»Ist er wirklich weg?«, fragte Suzan scharf. »Diesmal für immer und ewig?«

Cassie sah sich wieder um. Sie spürte nichts außer der frischen Luft und der sich endlos bewegenden See. Die Erde war still. Nur Mond und Sterne gaben Licht.

»Ich glaube, ja«, flüsterte sie. »Ich glaube, wir haben gewonnen.« Dann wandte sie sich schnell an Adam. »Was ist mit dem Hurrikan?«

Er fummelte an dem Miniradio an seinem Gürtel herum. »Hoffentlich ist es nicht kaputtgegangen«, sagte er und schob die Stöpsel in seine Ohren.

Hinkend und kriechend, scharten sich alle um ihn und warteten.

Er lauschte, schüttelte den Kopf und wechselte die Sender. Sein Gesicht war angespannt. Cassie nahm Dianas Hand. Die Spannung stieg ins Unerträgliche.

Plötzlich richtete Adam sich auf. »Der Sturm wendet sich nach Nordosten! Nach Nordosten hinaus aufs Meer!«

Die Henderson-Brüder jubelten, aber Melanie brachte sie zum Schweigen. Adam fuhr fort.

»Sturmflut … Überschwemmungen … Aber es ist alles unter Kontrolle. Menschen wurden nicht verletzt … nur Sachschaden. Wir haben's geschafft! Wir haben's tatsächlich geschafft!«

»*Cassie* war es, die …«, begann Nick erneut verärgert, aber Adam war schon aufgesprungen, hatte Cassie gepackt und wirbelte sie durch die Luft. Cassie kreischte und schrie. Sie hatte Adam nicht mehr so glücklich gesehen, seit … Nun, sie konnte sich nicht daran erinnern.

Vielleicht seit damals am Strand in Cape Cod, dachte sie, als er ihr sein charmantes, draufgängerisches Lächeln geschenkt hatte. Sie hatte in all den Monaten voller Sorge und Ärger ganz vergessen, dass dieser verbissene Ernst nicht Adams natürliche Art war.

Wie der Naturgott Herne, dachte sie, als er sie atemlos und rot im Gesicht wieder auf die Füße setzte. Chris und Doug wollten jetzt mit ihr tanzen, beide zusammen. Adam drehte sich mit Diana im Walzertakt. Cassie brach lachend genau in dem Moment zusammen, als sie etwas Großes, Pelziges ansprang und sich mit ihr auf dem Boden herumrollte.

»Raj!«, rief Adam. »Ich hatte dir doch befohlen, zu Hause zu bleiben.«

»Er ist so gehorsam wie ihr alle«, keuchte Cassie und drückte den Schäferhund an sich, der ihr mit seiner nassen Zunge durchs Gesicht fuhr. »Aber ich bin froh, dass ihr alle gekommen seid.« Sie sah sich in der Runde um.

»Wir konnten dich doch unmöglich mit ihm allein lassen«, protestierte Sean.

Doug kicherte, aber er schlug dem kleineren Jungen gut gelaunt auf den Rücken. »Natürlich nicht, Tiger«, meinte er und verdrehte zu Cassie hin die Augen.

Cassie betrachtete Faye, die ein wenig abseits saß. »Ich bin froh, dass auch du zu uns gekommen bist«, sagte sie.

Faye sah gar nicht mehr wie eine Sekretärin aus. Ihre schwarze Mähne hing lose über ihre Schultern, und das schwarze Kleid zeigte mehr von ihrer goldbraunen Haut, als es verbarg. Sie glich ein wenig einem Panther und noch mehr einer Dschungelkönigin.

Ihr bernsteinfarbener Blick unter den schweren Lidern musterte Cassie, und ein kleines Lächeln erschien auf ihren Lippen.

Dann schaute sie nach unten. »Jedenfalls kann ich mir

jetzt wieder die Fingernägel rot lackieren«, erwiderte sie lässig.

Cassie wandte sich ab und verbarg ihr eigenes Lächeln. Das war vermutlich die meiste Anerkennung, die sie jemals von Faye erhalten würde.

»Wenn ihr mit Schreien und Tanzen fertig seid, können wir dann bitte nach Hause gehen? Deborahs Arm ist nämlich tatsächlich gebrochen«, meldete sich Laurel zu Wort.

Cassie sprang schuldbewusst auf. »Warum hast du denn nichts gesagt?«

»Ach, das ist doch nichts«, wehrte Deborah ab. Aber sie ließ doch zu, dass Nick und Laurel ihr beim Aufstehen halfen.

Auf dem Heimweg kam Cassie plötzlich ein anderer Gedanke. Ihre Mutter. Black John war tot, der Hurrikan abgewendet, aber was war mit ihrer Mutter?

»Können wir Deborah nicht zu den alten Damen bringen?«, fragte sie Diana.

»Das ist sowieso das Beste«, antwortete Diana. »Sie verstehen das meiste vom Heilen.« Verständnis lag in ihren grünen Augen, als sie Cassie ansah. Dann nahm sie ihre Hand und drückte sie.

Ich muss mich wappnen, dachte Cassie, als sie sich Haus Nummer vier näherten. Ich muss auf alles gefasst sein. Sie könnte tot sein. Oder noch in demselben Zustand, in dem ich sie verlassen habe ... leblos und weiß wie die Bettlaken. Es könnte sein, dass sie für immer so bleibt.

Was immer auch geschieht, ich habe mein Versprechen gehalten. Ich habe Black John vernichtet. Er wird ihr nie mehr wehtun können.

Cassie schaute zum Mond hoch, bevor sie in Melanies Haus trat. Die Sichel war jetzt größer. Ein dicker, glücklicher Mond. Sie nahm es als gutes Omen.

Drinnen flackerten Kerzen. Cassie fragte sich für einen Moment, ob die drei alten Damen immer noch nackt das Ritual der Lüfte tanzten. Dann schaute sie ins Wohnzimmer. Großtante Constance saß steif wie ein Brett auf einem runden Sessel. Sie war makellos gekleidet und sah sehr würdig aus, wie sie da ihren drei Gästen bei Kerzenschein Tee servierte.

Ihren *drei* Gästen …

»Mom!«, schrie Cassie und rannte so hektisch nach vorn, dass sie dabei einen von Großtante Constance' zierlichen Stühlen umstieß. In der nächsten Minute umarmte sie ausgelassen ihre Mutter. Und ihre Mutter erwiderte die Umarmung.

»Du lieber Himmel, Cassie«, sagte ihre Mutter ein paar Minuten später und zog sich leicht zurück, um Cassie zu betrachten. »Kind, wie siehst du denn aus?«

Cassie tastete nach dem Diadem, das verrutscht war. Sie schob es wieder gerade und schaute ihrer Mutter in die Augen. Sie war so glücklich, dass diese Augen wieder voller Leben waren, dass sie ganz vergaß, zu antworten.

Deborahs Stimme drang vom Flur her. Müde, aber stolz verkündete sie: »Sie ist unsere Meisterin.« Und dann etwas leiser: »Hat jemand vielleicht eine Schmerztablette für mich?«

»Nun, es ist ganz offensichtlich nicht vorübergehend«, sagte Laurel und sah aufgebracht aus. »Ich meine, wir haben dich schließlich gewählt.«

»Und du hast deine Prüfung bestanden.« Deborah biss herzhaft in den Apfel, den sie mit der Hand hielt, die nicht in Gips lag.

Es war der folgende Tag. Heute war schulfrei, wegen geringfügiger Schäden am Schulgebäude und wegen des mysteriösen Verschwindens des Direktors.

Der Zirkel genoss das überraschend milde Wetter und machte ein Picknick in Dianas Garten.

»Aber wir haben jetzt zwei Meisterinnen«, gab Chris zu bedenken. »Oder ist Faye inzwischen wieder abgewählt?«

»Wohl kaum.« Faye warf ihm einen vernichtenden Blick zu.

Melanie überlegte. »Also, die anderen Zirkel haben auch mehr als eine Meisterin gehabt. Der Originalzirkel zum Beispiel. Black John war nur einer der Meister, erinnert euch. Du könntest dir das Amt mit Faye teilen, Cassie.«

Cassie schüttelte den Kopf. »Nicht ohne Diana.«

»Wie war das?«, fragte Doug.

Nick warf ihr einen amüsierten Blick zu. »Könnte sein, dass Diana diese Ehre gar nicht will.«

»Das ist mir egal«, sagte Cassie, bevor Diana den Mund aufmachen konnte. »Ohne Diana bleibe ich nicht Meisterin. Ich lege mein Amt nieder. Ich gehe nach Kalifornien zurück.«

»Hört mal, ihr könnt doch nicht alle drei …«, begann Deborah.

»Warum nicht?«, meinte Melanie und richtete sich gerade auf. »Ich finde, es ist eine gute Idee. Ihr könntet ein Triumvirat bilden. Wie im alten Rom. Die hatten auch drei Anführer.«

»Diana will das vielleicht gar nicht«, wiederholte Nick eindringlicher.

Aber Cassie stand auf und ging ängstlich zu ihr hinüber. »Du wirst es doch tun?«, bat sie. »Für mich?«

Diana betrachtete erst sie und dann den Rest des Zirkels.

»Na los, mach schon.« Doug zog die Worte in die Länge.

»Drei ist eine gute Zahl«, fügte Laurel hinzu und lächelte wie ein kleiner Kobold.

Faye seufzte schwer. »Also, warum nicht«, knurrte sie und schaute in die andere Richtung.

Diana sah wieder Cassie an. »Einverstanden«, stimmte sie zu. Cassie umarmte sie herzlich.

Diana schob sich eine blonde Strähne aus dem Gesicht. »Jetzt habe ich eine Aufgabe für dich«, sagte sie. »Niemand außer dir kann es tun. Würdest du bitte das Kästchen ausgraben und herbringen, das ich dir bei der Zeremonie der Hekate gegeben habe?«

Cassie wunderte sich zwar, aber sie ging, nur begleitet von Raj, die Straße hinunter, um das Kästchen zu holen. Es war schön, einmal allein zu sein und zu wissen, dass draußen nichts Böses lauerte. Sie grub das Kästchen aus dem feuchten Sand aus und brachte es zu Dianas Haus zurück.

Ein wenig atemlos reichte sie es ihr.

»Was ist da drin? Noch mehr Meisterwerkzeuge?«, fragte Doug.

»Ach, vermutlich irgend so ’n Mädchenkram«, meinte Chris.

Diana beugte sich mit einem merkwürdigen Ausdruck im Gesicht über das Kästchen. »Du hast es nicht geöffnet«, sagte sie zu Cassie.

Cassie schüttelte den Kopf. »Nein, es war doch eine Sache des Vertrauens.«

»Nun, ich wusste, du würdest es nicht tun. Jetzt gehört sie samt Inhalt dir. Es ist ein Geschenk.« Diana blies den getrockneten Sand von dem Kästchen und reichte es zurück an Cassie.

Cassie sah sie unsicher an, dann schüttelte sie das kleine Kästchen. Der Inhalt klapperte leicht. Schließlich öffnete sie es vorsichtig und zögernd.

Die Schachtel enthielt nur ein Teil. Einen kleinen ovalen Stein, hellblau gemischt mit Grau, und mit winzigen Kristallen besetzt, die im Sonnenlicht funkelten.

Die Chalcedonrose.

Cassie erstarrte. Sie sah Diana an und wusste nicht, was sie sagen oder tun sollte. Sie verstand nicht. Aber ihr Herz begann, wie wild zu klopfen.

»Sie gehört dir«, wiederholte Diana, und dann, als Cassie immer noch reglos über das Kästchen gebeugt blieb, wandte sie sich an Melanie. »Du erklärst es ihr besser.«

Melanie räusperte sich. »Nun«, begann sie und blickte zu Adam, der genauso bewegungslos wie Cassie dasaß. Er hatte den ganzen Morgen über noch nicht viel gesagt, aber jetzt starrte er Diana schweigend und wie gebannt an.

»Nun«, begann Melanie erneut. Adam wollte sie immer noch nicht ansehen, deshalb fuhr sie trotzdem fort: »Es war, als Adam uns erzählte, wie er dich getroffen hatte«, sagte sie zu Cassie. »Er beschrieb eine Verbindung – die du ein silbernes Band genannt hast. Erinnerst du dich?«

»Ja«, flüsterte Cassie. Sie musterte Diana jetzt ebenfalls schweigend. Diana erwiderte ihren Blick freundlich.

»Das silberne Band ist etwas Reales, etwas aus den alten Überlieferungen. Die Menschen, die es miteinander verbindet, sind Seelengefährten, Menschen, die füreinander bestimmt sind. Als Diana und ich davon erfuhren, wussten wir, dass das auf Adam und dich zutrifft«, endete Melanie. Sie war froh, es hinter sich zu haben, Leuten etwas zu erklären, die sie nicht einmal ansehen wollten.

»Deshalb war ich so überrascht, als ich das mit dir und Nick hörte«, sagte Diana sanft zu Cassie. »Weil ich wusste, dass du nur Adam lieben kannst. Und ich wollte dir das alles schon am Anfang erklären, aber du hast mich so inständig gebeten, dir eine weitere Chance zu geben, mir zu beweisen, dass du treu sein kannst … Und ich hielt das für eine gute Idee. Nicht für mich, sondern für dich selbst. Jetzt weißt du, Cassie, wie stark du bist. Nicht wahr?«

Cassie nickte stumm. »Aber … Diana …«, flüsterte sie.

Diana blinzelte. Ihre grünen Augen wurden feucht. »Du wirst es noch schaffen, dass ich weine. Cassie, bei der ganzen Selbstlosigkeit, die ihr zwei bewiesen habt, glaubst du nicht, dass ich nicht auch meinen Teil dazu beitragen will? Ihr habt meinetwegen Monate gewartet. Jetzt ist es vorbei.«

»Und niemand kann etwas daran ändern«, fügte Melanie mitfühlend, doch sachlich hinzu. »Du und Adam, ihr seid verbunden. Es wird ein Leben lang nie einen anderen für euch beide geben. Vielleicht sogar für viele Leben.«

»Diana, ich kann nicht einfach ... Ich meine ... ich werde immer ...«, stotterte Adam.

»Ich werde dich auch immer lieben, Adam«, erwiderte Diana fest. »Aber es ist Cassie, der dein Herz gehört.«

»Ja«, flüsterte Adam. Er ging hinüber zu Cassie. Er sah ein wenig benommen aus, aber seine Augen waren blau wie das Meer, und sie wurde rot bei der Art, wie er sie anlächelte.

»Los, küss sie!«, schrie Chris, und Laurel gab ihm einen Klaps. Der Rest des Zirkels sah mit großem Interesse zu.

Adam warf ihnen böse Blicke zu und küsste Cassie förmlich auf die Wange. »Später«, flüsterte er ihr auf eine Weise zu, die sie mit freudiger Nervosität erfüllte.

»Worüber wir wirklich reden müssen, ist, was wir mit den Meisterwerkzeugen machen«, lenkte Melanie die allgemeine Aufmerksamkeit wieder auf sich. »Wir haben die Macht, der Zirkel hat die Macht, und wir müssen beschließen, wie wir sie nutzen wollen.«

»Quatsch, wir müssen 'ne Riesenparty steigen lassen«, warf Doug ein. »Um uns für die ganzen Geburtstage zu entschädigen, die ins Wasser gefallen sind. Den von mir und Chris, den von Sean und Laurel ...«

»Umweltschutz«, unterbrach Laurel ihn fest. »Das sollte unsere erste Wahl sein.«

»Ich hatte auch keine Geburtstagsparty«, schmollte Suzan und packte mit spitzen Fingern einen Schokoriegel aus.

Faye musterte ihre Fingernägel, die im Sonnenlicht wie rote Juwelen glitzerten. »Mir fallen da auf Anhieb ein paar Typen ein, die ich gerne verhexen würde.«

Cassie betrachtete ihren Zirkel, wie alle lachten und gut gelaunt miteinander stritten. Ihr Blick fiel auf Nick, der sich zurücklehnte. Er zwinkerte ihr zu.

Dann sah sie zu Adam und merkte, dass auch er sie ansah. Er nahm ihre Hand und schloss sie über der seinen. Beide hielten die Chalcedonrose.

Cassie schaute auf ihre ineinander verschlungenen Finger, und es schien, als würde das silberne Band sich darum winden und sie zusammenbinden. Aber nicht nur sie. Fasern des Bandes spannten sich wie ein Netz um alle anderen in der Gruppe und banden sie mit silbernem Licht zusammen.

»Ich liebe dich«, flüsterte Adam ihr zu. Cassie sah ihn nur an. Und ihr Blick sagte mehr als tausend Worte.

– ENDE –